失窃的天书

松 鹰 著

四川文艺出版社

图书在版编目（CIP）数据

失窃的天书 / 松鹰著. — 成都：四川文艺出版社，2016.8
　ISBN 978-7-5411-4399-1

Ⅰ.①失… Ⅱ.①松… Ⅲ.①长篇小说—中国—当代 Ⅳ.①I247.5

中国版本图书馆CIP数据核字（2016）第174130号

SHIQIE DE TIANSHU
失窃的天书
松　鹰　著

责任编辑　孙学良
封面设计　叶　茂
内文设计　史小燕
责任校对　王　冉
责任印制　周　奇

出版发行　四川文艺出版社（成都市槐树街2号）
网　　址　www.scwys.com
电　　话　028-86259287（发行部）　028-86259303（编辑部）
传　　真　028-86259306

邮购地址　成都市槐树街2号四川文艺出版社邮购部　610031
排　　版　四川最近文化传播有限公司
印　　刷　成都东江印务有限公司
成品尺寸　145mm×210mm　1/32
印　　张　9.5　　　　　　　　　　字　　数　220千
版　　次　2017年5月第一版　　　印　　次　2017年5月第一次印刷
书　　号　ISBN 978-7-5411-4399-1
定　　价　39.80元

版权所有·侵权必究。如有质量问题，请与出版社联系更换。028-86259301

松鷹作品

目录

引　子 /001

第一章　主编之死 /003

第二章　黑马 /022

第三章　天敌 /051

第四章　永远的谜 /081

第五章　"鸿门宴" /101

第六章　命门 /138

第七章　苍山如血 /165

第八章　狗尾巴花女孩 /186

第九章　势 /208

第十章　死角 /224

第十一章　看守内阁 /253

第十二章　真相 /272

尾　声 /292

附　记 /296

引 子

雷鸣永生难忘这个激情澎湃的雷电之夜。

他梦见一间温馨的小屋。窗户在黑夜里亮着橘黄色的光。屋外下着瓢泼大雨。他蹲在小屋的一角,望着窗外的雨幕呆然神往。雨下得好大,仿佛要涤荡一切。大街的十字路口上,许多人举着黑色的伞,在雨里踽踽而行。

突然窗外雷声大作。轰隆隆的巨响,好像雷神架着战车驶过,那响声从头顶越过,由近及远,渐渐在远方消失。灯蓦然熄了,灿然即逝的白色闪电把屋里照得雪亮。

他发现一个女孩同他席地而坐,那女孩头上戴着玫瑰花环。

另一个女孩坐在他的对面,那女孩头上戴着狗尾巴花。

他为雷声和闪电强烈地震撼了。只觉得内心里淤积着痛苦的渴望和躁动不安,那是少年时代的青春火焰在熊熊烘烤、燃烧。

"我要蘸着自己的血,用整个生命去写!"在黑暗中,他低着头喃喃地说。

戴着玫瑰花环的女孩站起来,仿佛没有听见他说什么,脸上冷冰冰的,掉头而去。

戴着狗尾巴花的女孩,两眼亮晶晶地瞅着他,嘴角露出微笑……

他梦见黑夜里,一道淡蓝色树枝状闪电,从九天之上一直连到地面,壮观极了。他站在街头,仰着脸淋着大雨,像接受洗礼一般虔诚。举着黑伞的人从他身旁走过。

他缓缓脱去贴在身上的湿衣裳,露出黧黑的肌肉,全身赤裸,尽情沐浴着大自然的赐予。雨水顺着他的脊背、躯干向下流动。人们从伞后探出脸来。一位丽人向他投来默默的注视……

他梦见自己变成一个婴儿,正赤条条躺在摇篮里。

一双调皮的眼睛从天上偷偷地望着他。那眼神和雨中的丽人很像,带着神秘的微笑。

哦,他晕乎乎地想起,那是缪斯,他的艺术女神!

他伸出双手向摇篮外舞动着。朦朦胧胧间,他看见女神头上戴着狗尾巴花,像一个酋长的女儿。

在她的背后,漫山遍野开满着蓝色的勿忘我。

"哦,你是……小雯!……"

他惊奇地叫着,但是喉咙发不出声来。他挣扎着,突然发现自己已经长大,长成一个伟丈夫,从摇篮里站起来。

小雯远远地朝他奔来,长发在风中飘舞,姿态轻盈优雅。

她的身影离他愈来愈近、愈近,他看清了她的眼里闪着泪光。

在一刹那,她疯狂地投进他的怀抱……

第一章　主编之死

1

殡仪馆。死者最后的小憩之地，也是生者向死者告别的地方。这是人生的终点站，无论是名流显贵，还是平凡的守门人，有一天都会来这里报到。

一位受人尊敬也有人忌恨的女性，匆匆走完了五十四年的人生之旅，今天被死神送到这个花圈簇拥的去处。她是岚山市文联副主席、蜚声全国的《金蔷薇》文学杂志主编韩波，三天前因心脏病猝发去世。正值岚山市文联调整班子的微妙时刻，她的突然死亡引起了许多猜测。

时正初秋，天上飘着细雨。

坐落在西郊的殡仪馆里一派肃杀的秋色。大门内立着黑色的桉树和冬青，素洁的花圈从灵堂一直排到大路的两旁。头天刚下过一场大雨。潮湿的路面，潮湿的空气，潮湿的树叶。仿佛整座殡仪馆刚在水里浸过一般。

吊唁者云集在院内，人的面孔也是潮湿的。

一排小平房前，泊满各色小轿车。岚山市文艺界和宣传部门的头面人物都聚集在这里了。

遗体停放在一间十五平方米大小的房间里。房间的两壁摆满花圈和挽联，正面悬着死者遗像，气氛肃穆。

心脏已停止跳动的韩波平躺在浅绿色的网罩下，四周围着常青盆，脚前端放着一个用雏菊扎成的花圈，白色的缎带上写着"《金蔷薇》编辑部敬挽"。

死者面容恬静，像在沉睡一样。

吊唁的人约有三百多。在低沉的哀乐声中，向遗体告别的人排着长队，缓缓地绕过绿色网罩，向死者表达最后的敬意。

吊唁的行列中，有宣传口的领导、文学艺术界的代表、死者的亲朋好友，也有不少素昧平生的业余作者。人们的手臂上系着纸花，脸上显出真诚的或是礼仪性的哀悼之情。一群摄影记者挤在门口，闪光灯频频闪亮。

在一个不大引人注目的花圈旁边，站着一位身材修长的女记者，穿着白色的风衣，气质高雅，落落大方。她的胸前缀着一束淡蓝色的小花，那蓝色的花瓣更增添了她超凡脱俗的风姿。

第一个向死者默哀的，是岚山市文联主席、东方大学教授唐谷城。这位岚山市文坛的泰斗身着藏青色中山服，一脸长髯，从容的学者风度中透着宽厚和长者之风。他在遗体前深深地鞠了一躬，为韩波的去世深感惋惜。

紧跟在后面的，是身材高大的孟达，他是岚山市市委组织部资历最深的副部长，颇孚众望。注视着遗体，他颔首默哀，沉默中显出一种威仪。他的脸色有几分沉重。就在十天前，孟达还向韩波征询过文联新班子人选的意见。韩波的死，让他十分意外。

再往后，是戴着眼镜、富有书卷气的宣传部副部长沈君宜，神情凝重、肃穆。沉默的吊唁者一个接着一个走进灵堂。

穿白风衣的女记者，一直怀着兴趣冷静地注视着这个场面。

她不时抬起俊美的眸子，向长龙的后面回视。

各部委的头头之后，是报社及传媒单位领导。其中有位体态敦笃、宽额秃顶的胖子，是从省城赶来吊唁的《西部阳光》杂志总编辑吴洪量。他是韩波多年的战友，对于韩波的猝死很心痛，又有几分震惊。吴的年轻助手、《西部阳光》杂志的首席记者聂风，跟在吴身后。聂风写过许多轰动一时的独家报道，是省文化新闻界一颗耀眼的新星。但他今天很内敛，穿一条发白的牛仔裤，举止从容，目光中透着一种灵气。

随后是文联诸位副主席。韩波身后留下的空白，在这种时候更显得异常引人瞩目。《金蔷薇》杂志有三位副主编，谁最有希望接替韩波的位置呢？这是眼下人们最关心的问题。

两位副主编在长龙中出现了。

白演达走在前面，中等个子，神态自若。他是东方大学中文系七十年代毕业生，四十七岁，正值年富力强、如日中天之时，无论学历和经验都占着优势。钱诚落后两步，他比白演达大两岁，是岚山市颇有声望的小说家，瘦得像一只仙鹤，让人感到他的身上有一种坚强而孤高的学者风度。

他们的脚步在主编的遗体前停留了片刻。

白演达淡淡地朝绿纱网瞥了一眼，望着网罩下那张再也不会动容的脸和那双永远合上的眼睛，在一刹那，他的心头掠过一丝不易觉察的快意。但他不露声色，低下头，恭敬地向遗体鞠了一躬。钱诚也是默默一鞠躬，然后两人转身而去。

哀乐的旋律在潮湿的空气中向四处远播。

吊唁的长列缓缓地移动着。

花圈旁，女记者的目光向队伍后面搜索，神态有几分焦急，又有几分落寞。

忽然,她的眸子亮了一下。

一个穿皮夹克的青年男子的身影出现在大门口,紧接着大步朝队列前赶来。此人皮肤黧黑,面孔轮廓粗犷,给人温和憨厚的印象。他是《金蔷薇》杂志新提不久也是最年轻的副主编雷鸣,三十六岁。他好像是匆匆赶来的,在朝这边奔跑,一头寸发湿漉漉的,分不清是雨水,还是汗水。只见他喘着粗气,越过吊唁的人流,径直朝灵堂奔来,像一头冲进玻璃店的牛犊,慌乱间差点把一个花圈撞翻。

他在灵前站定,深深地埋下头,眼里噙着泪水,久久地默哀。

半个小时之前,雷鸣刚下火车。他在外县纸厂正为刊物搞新闻纸,突然接到韩波去世的电话,他几乎不敢相信是事实。然而此刻,他亲眼看见老主编静静地躺在绿色的网罩下。

没想到,她竟然真的撒手离去了!

雷鸣最后一次见韩波,是七天前在医院里。当时他刚从京城某出版社改完自己的一部长篇新作回来。韩波在病床上刚服过药,看见他来,显得很高兴。显然她一直在等他。

"你回来就好了!有些话我要告诉你。"

她倚着床头,微胖的圆脸有些苍白,但情绪不错。

"你要注意养病。"他笨嘴拙舌地说。

"小说改得顺利吗?"

"还好,最后定名为'青春祭'。"为了这部作品,雷鸣付出了几乎一年的全部业余时间。

"'青春祭',这名字挺好。"韩波若有所思地说。

后来,韩波问起雷鸣对刊物有什么看法。韩波生病住院半年,《金蔷薇》由三位副主编轮流值班。雷鸣刚接手不久,他坦率地说:

"存在着危机。"

"为什么？"韩波饶有兴趣地打量着他。

"现在正处于我国期刊的更迭期，将有相当一批刊物会在竞争中被淘汰。"雷鸣认真地说，"读者的兴趣不断在变，纸张提价，订数起伏不定，包括《金蔷薇》这样有名气的刊物也必然会受到冲击。"

韩波微微颔首，鼓励他说下去。

"我觉得《金蔷薇》现在最大的问题，就是没有这种危机感，是'守成'。"

"如果让你主持刊物，你会怎么搞喃？"

韩波嘴角露出微笑。

雷鸣并未意会这话的含义，以为只是韩波的一句戏言，他略微想了想，随意而自信地答道：

"树立刊物的新形象，从文人圈里走出来，面向社会，面向最广大的青年读者。"

"你有这想法很好。"韩波的头向前移了移，显得很兴奋。她把头靠在软枕上，停了一下，郑重地说：

"文联的新班子人选已经定了，孟部长曾两次征求我的意见。经过市上慎重研究，最后确定，由你接替我的工作。"

"哦……"雷鸣没有思想准备，有点愣住了。

"本来这不该由我说的，组织部门会通知你。但我想你有个思想准备好些。"韩波继续往下说着，她的语气带着感情。"我嘛，也该退居二线了！我身体一直不好，有些力不从心了。你原来是学工的，思路比较开阔，自己又有作品，相信你能率领大家把刊物办好。"

"编辑部里还有比我经验丰富的人喃。"雷鸣不解地问。

"最早部里曾打算提拔白演达任《金蔷薇》主编的,但调查结果有些问题,所以讨论时分歧较大。"韩波只解释了一句,没有多讲。

雷鸣还来不及细想韩波的话。但他的表情有些复杂。

"我来文联的时间不长,资历也浅。这个重担恐怕担当不起……"雷鸣推辞道。其实他有一个夙愿,就是集中精力把下一部长篇小说写完。一旦进入文联领导班子,就不可能有自己的时间了。

韩波似乎看出了他的心思。她语重心长地望着雷鸣说:

"市里很器重你,不要辜负了大家的期望。"

雷鸣默然。他有点感动。

这时,韩波道出了一个秘密。

"还有一件事,我想拜托你。"她的语气郑重其事。

雷鸣很注意地倾听。韩波说起二十年前一桩离奇的绑架案。被绑架人是她的丈夫、著名作家骆汉生。那天傍晚,骆汉生从文联下班,在步行回家途中被人拉上一辆白色面包车,就此从人们视野里消失。第二天接到绑匪电话,要家属送两万元赎金到一家茶馆。可是赎金按时送到后,骆汉生却并没有被放回来。第三天,在一处工地发现了他的尸体……韩波说,骆汉生随身带着一个公文皮包,里面装着他的一部长篇手稿,也不翼而飞。

"那部稿子是老骆毕生的心血,他看得比自己生命还宝贵。"韩波叹息了一声。在一刹那间,雷鸣看到韩波的眸子里流露出悲哀。

"警方破案了吗?"他问。

"警方一直怀疑,作案人很可能与文化圈的人有关联。"韩波说,"但因为线索太少,案子一直没能破。"

雷鸣似乎意识到什么，他的表情骤然严肃。

"所以我想拜托你，尽最大可能帮助找回老骆的遗稿……你是文坛新人，与岚山文化圈没有什么宿怨，去调查这件事情可能会方便些。"韩波说。

"我明白了。"雷鸣点头。

雷鸣只觉得一股热气在胸中滚动。一种被信赖的感动和庄重的使命感在他心里隐隐升起。他意识到韩波托付给自己的，不仅是《金蔷薇》的担子，还有一个作家的生命和毕生的心血……这是一副重担，自己担得起吗？富有男子气概和自信心的他心里想道：会的。

"不过你要充分估计到困难，可能会有阻力的。"韩波关照他道，"编辑部主任车夫这个人很正派，又有经验，有事可找他商量。还有钟翼德，文联的老同志了，也能给你出点主意……"

这时，一位胖脸小护士走进来，将血压计的深灰色气囊袋缠在韩波的胳膊上，给她量过血压。韩波脸上微微泛红，露出疲惫之色。雷鸣劝她停停再讲，但她仍然靠在床头上，把话说完。

她轻轻喘了一口气，吞下两粒小药丸，嘴际浮现出安详的笑容，说了一句：

"这下我就放心了！"

仿佛一切都做了交代，可以休息了。

想不到，这一席话竟成了她的遗言。也许她对自己的病早做了最坏的思想准备？但雷鸣觉得，当时的情景，无论从身体状况还是精神状况看，都找不到一丝死神的影子。

她死得太突然了。

哀乐声把雷鸣从沉痛的回忆中唤醒。他抬起头，向韩波的遗体投去最后一瞥，目光里流露出深深的悲悼。雷鸣第一次觉得，人的生命太脆弱了!

后面的人群有些浮动。

雷鸣并不知道他的鲁莽举动打乱了吊唁长龙的秩序。许多诧异的目光从背后向他投来。雷鸣转过身,忽然看见一直站在花圈旁凝视他的女记者,那双熟悉的明眸闪动着秋水。

他怔住了,呆立在原处。

在哀乐声中,两人相对无言。女记者脸上略现红晕,她的嘴唇嚅动了一下,欲言又止。她胸襟上那串淡蓝色的小花令雷鸣一阵激动。那是他最喜欢的花,勿忘我!她仍然记得。短暂的沉默,雷鸣迟疑了一下,终于转过身,大步走出了灵堂。

雨丝已经住了。

殡仪馆院子里,向遗体告别过的人有的正陆续离去。

几步之外的小平房前。组织部孟部长刚刚钻进一辆黑色"皇冠",司马宏满面春风地凑过来。他是宣传部原副部长,一直兼文联党组书记,与韩波长期不和,现年五十五岁,身穿一件高档深蓝色风衣,显得潇洒精明。无论表情,轻快的举止,都与殡仪馆内的气氛有些不协调。

"孟部长,文联新班子定了吧?"司马宏问。

"基本定了。"孟达转过脸来,无意多谈。

司马宏并不介意,若无其事地又问:

"报市委了吗?"

"快了,准备同蔡部长再最后研究一下。"

"我已给老蔡谈过,白演达这个同志是很不错的。"司马宏轻描淡写地说,但听得出话中有话。

孟达在轿车里坐定,没有表态,但心中有几分不快。组织部主持工作的蔡部长同司马宏是儿女亲家,这在市委大院尽人皆知。他关上车门,微靠在真皮座上,挥挥手。"皇冠"刷地开出殡仪馆。

司马宏望着车后扬起的青烟,嘴角泛起意味深长的微笑。

2

文庙街22号。《金蔷薇》编辑部和市文联所在地。

这是一个古色古香、一门两进的小院。编辑部和文联机关只有一墙之隔。院落和街道都有些年月了,街道不宽,路面铺着细密的青石板。据说前清时,这里是举子们经常聚会的地方。现被市政府列为古建筑保留地。两边的街墙一律刷成青灰色。文庙街的背后,是环绕旧城的一条波光粼粼的白衣江。

几天以后。

雷鸣隐约感到编辑部的气氛有些异常。但究竟异常在什么地方,又说不上。他也来不及去细想,他的情绪还没有从殡仪馆的氛围里完全恢复过来。

此刻,他坐在写字台前,两臂抱胸,凝视着窗外。浑厚黧黑的脸上露出沉思。那件白色风衣的影子总在眼前摇曳,宛若一片遥远的云,又像一张飘然而至的白帆……

透过窗外的晨雾,可以望见江对面岚山黛青色的山脊。一阵阵汽轮的引擎声从雾底传来,使人感觉到江水在缓缓流动。

在遗体告别仪式上邂逅陆雯,雷鸣十分意外。她的面孔依然那么年轻,像从前一样,端庄中透着矜持,但比过去显得成熟了,眼睛里含着一种让人猜不透的目光。待遗体火化完毕出来,他在人群中已找不见她的身影。在她刚才伫立的地方,花圈上缀着一束勿忘我。那淡淡的、让人心醉的蓝色,勾起他许多甜蜜而又苦涩的回忆。

窗外雾气渐浓。

从对岸传来一阵隐约的叮当声,像是铁器敲击石头的声音,清脆有力,声声入耳。那声音仿佛来自遥远的天外,带着悠悠的回响。雷鸣的心弦为之一震!从回忆中惊醒。

的确,现实不允许雷鸣去追忆往事。他的目光回到写字台前。韩波已经离去了。他知道对死者最好的悼念,不是花圈,也不是颂词,而是完成她未竟的遗愿。老主编临终前的嘱托,她那苍白的圆脸和湿润的、充满信任的目光,雷鸣永远难忘。

他明白,要肩起这副重担,自己必须付出全部精力和时间,而且要做出牺牲……

经过数年的耕耘,雷鸣的创作正迎来收获期。在调入文联的两年里,他的作品发表颇丰。去年他出版了第一部长篇小说《远山》,还有一本中篇小说集子《寸草心》,今年刚完成第二部长篇《青春祭》。雷鸣本人是学工程的,调入文联前在一家科技报负责。他是从另一个天地飞来的候鸟,在文艺圈没有宿怨,也没有野心。他的创作正走向成熟,开始腾飞。

然而,在这新老班子交接的历史时刻,命运却把他推上了文坛的舞台。

自己能胜任吗?他相信能。雷鸣是那种具有勇往直前性格的人,并且多少带有些工科毕业生的憨直和单纯。

不过,他有一种预感:自己正站在一个风口上。编辑部内有各种目光向他投来:善意的关注,会心的微笑,也有冷冷的睨视。

主编是一个刊物的灵魂。失去主编的《金蔷薇》现在实际是靠惯性在运行。谁来填补这个空白是一个非常敏感的问题。大家虽然没有明说，但彼此都心照不宣。

这是一种不安定的等待。

也许还会遇到较量……

他的预感果然被证实了。

正在这时，诗歌组组长殷浩推门而入。

"大伙儿都很关心刊物咋办，自发地聚在一起，想议一议。"他笑嘻嘻地对雷鸣说，语气上特别强调"自发"二字。

"在哪里？"雷鸣问。

"就在小说组。"殷浩的一张皮球脸生动地动员着。

"好，车夫知道不？"雷鸣起身。

"他已经在那里了。"

车夫是《金蔷薇》编辑部主任、韩波生前的得力助手，也是一位小说家，专长儿童文学，为人处事稳重。

雷鸣跨进小说组的门槛时，即感觉到气氛异于往常。编辑部的人员来了一大半。约莫十五平方米的房间，挤得满满的，包括钱诚、白演达都在场。

他在一张靠窗的空椅子坐下，表情平静地扫视了一眼会场。

照理说，这种研究刊物如何办的讨论会，通常应由编辑部主任或是值班副主编召集。但显然车夫事先也不知道，他坐在雷鸣正对面，朝他投来颇有意味的一瞥，然后点燃一支烟，悠然地抽了一口，大有拭目以待的风度。

会议无人主持。众人七嘴八舌，充分体现自发性。起初像是议论刊物明年究竟如何办。有人提出改成通俗文艺，有人建议自办发行，还有人赞成搞承包，连说带笑的。接着，议论的中心仿佛被一股无形的风吹动，不知不觉地转向编辑部的班子。话题转得相当微妙，很难觉察出风源在哪里。

"韩波病休了半年，现在人去屋空，编辑部的班子再不解决，刊物谁来牵头嘛！我们应该向市委宣传部反映。"

"领导班子是上面考虑的事，我们穷咋呼做什么哟？"

"这不是穷咋呼，主编必须要大家信得过的人当才行！"殷浩慷慨陈词。

"老殷这个意见我赞成。主编是刊物的旗手、乐队的指挥、航船的船长，必须孚众望者才能担当也。"外号冷面小生的诗歌编辑冷若冰，拉长音调附和道。

众人笑声。

白演达靠在一扇窗前，手里端着茶杯，呷了一口茶，话有所指但又似漫不经心地说："听说上面可能要委派一个人来管，可以分管思想工作，不一定管具体业务嘛。"

"我提议，主编人选必须超过编辑部三分之二多数同意才行！"殷浩大声说。

"赞成！"有人拥护。

雷鸣听出话里的弦外之音，他的耳畔响起韩波在医院里说过的话："主编的位置很引人注目，可能会有人不服你……"

但他未动声色，神态像潭水一样宁静。他有一种直觉，这次的会不是自发的。从气氛和过程看，很可能有人在暗中导演，是事先策划好了的。但究竟谁在幕后操纵，又无迹可循。会议的意图是什么呢？也许不仅仅是造舆论，还包含着一种示威。

这时，一直沉默的车夫开腔了。

"编辑部的班子人选，相信宣传部会做全面考虑的。我倒认为主编最好让年轻人来担任，我们《金蔷薇》本来就是青年文学月刊嘛。"车夫性格沉稳，有涵养，即使表示反对意见也很有风度。

"车夫说得对！不管谁当主编，关键看他有没有魄力和才干,"小说组女编辑筱红激动地接过话说,她戴着细框眼镜,齐耳短发,面貌清朗,"谁能用改革的精神把刊物搞上去,我就拥护谁当主编。"

这时,雷鸣感到斗志在燃烧,他想站起来陈辞,但忍住了。

他对刊物有一系列改革的设想,但现在谈显然太早了点。雷鸣挠了挠平头,目光移向坐在藤椅上的钱诚,似有所期待。

钱诚头戴铁灰色鸭舌帽,穿一件浅色风衣,自始至终都是听众,态度洒脱,偶尔也插上一句让人哄堂的笑话。雷鸣曾听韩波说,钱诚原是韩波丈夫、著名作家骆汉生的得意门生,很得骆的赏识,创作很早,一部脍炙人口的长篇小说《大河奔腾》奠定了他的小说家地位。他的短篇小说文笔幽默、机智,很受一批读者欢迎,虽然近几年作品数量不多,但在岚山市算得上小说的一把手。他的表态在编辑部往往很有号召力。

待大家的意见发表得差不多了,钱诚慢悠悠地说了一番话。

"我认为可以这样子:主编嘛,应该年轻一点,副主编年龄稍大一点可以。副主编的任务,就是给主编当好助手。主编分配副主编干什么,副主编就干什么。"

他的语调平和,似娓娓道来,口气又很谦逊。这番话很容易赢得听者的好感,包括雷鸣在内。

会议进行了约一个小时,从小说组出来时,在回廊上车夫从后面追上两步,小声说:

"今天这个会气氛不大正常。"

"我也有同感。"雷鸣应道。

"这可能是一个信号……"车夫看问题很敏锐。

雷鸣若有所思地点点头。

下午,雷鸣与车夫正商量下期刊物的封面,殷浩又进来了。

一张皮球脸露着大智若愚般的笑容。

"大家把会上的意见归纳了一下,准备向宣传部反映。同意的请在这里签个名!"他递过一张写着"我们的意见"字样的稿笺,募捐式地指着下面的落款处。

雷鸣接过意见书,扫了一眼,上面写的全是向部里施加压力的意见,其中核心内容为主编必须获编辑部超过三分之二多数通过才行。最后的签名由冷若冰、殷浩领衔,总共签名的约有十二三人。他注意到名字里面没有白演达。

雷鸣顺手将意见书递给了车夫。

车夫接过稿笺纸,觑了一眼末尾的名单,一口回绝道:

"我看用不着搞这种签名运动,有意见可以直接向上面反映嘛。"

殷浩并不介意,狡黠地解释:

"反正也不针对具体人,我们是指'三分之二'的票数。"

"小雷,你喃?"他逼着雷鸣表态。

雷鸣脸上露出温和的微笑,坦率地说:

"我看这样做不大合适。"

殷浩收回意见书,嘿嘿一笑。

"这是群众多数人赞成的意见。"说着,他摇摇摆摆地出去了。

望着他的背影消失在门口,车夫愤然道:

"这明摆着是向上面施加压力。"

"是谁起草的呢……"雷鸣感觉纳闷。

窗外,起风了。一大片红枫的树叶像波涛般起伏着。

3

两周以后，人们翘首以待的岚山市文联新班子终于揭晓了。

文庙街22号。《金蔷薇》编辑部办公室。

雷鸣正伏案看稿，忽然接到市委宣传部办公室电话通知，请他马上到宣传部组织处去谈话。同时接到通知的，还有白演达。白演达当时因感冒正在家里休息，电话是由另外的人代转的。

雷鸣骑上自行车，匆匆赶到市委大院。

宣传部的红楼位于大院西侧，赭色窗台，飞檐斗拱，庄重的气派中透着古色古香的风格。雷鸣在车棚架好自行车，疾步走进红楼，在一楼西头拐角处的组织处办公室，见到正在等他的胡处长。

胡处长中等个子，脸微胖，模样谨慎而干练。他示意雷鸣在桌对面的一张椅子上坐下，用一种近于隆重的语调，代表组织通知雷鸣道：

"文联新班子已由市委批下来，新党组由四人组成：宣传部文艺处处长蒋学贵任党组书记、文联副主席，雷鸣任党组成员、文联副主席；党组另外两位成员，一是原旅游局局长庞文聪，也是文联副主席，另一个是《金蔷薇》副主编白演达。"说到此处，胡特意说明了一句，"白演达不兼文联副主席。庞文聪原来就是文联副主席，蒋学贵和你当选文联副主席，根据文联章程按有关程序给予确认。"

宣布完毕，胡处长友善地注视着雷鸣，眼神似乎在说："都清楚了吗？"

"分工怎么确定呢？"雷鸣觉得这是最关键的。

胡处长答得很原则：

"由你们新党组自己决定。"

新班子的消息,在文联引起一次不大不小的震动。

冲击波第二天就在全文联传开来。上午九点左右,办公室在一块小黑板上写出通知:"接宣传部通知,下午两点在会议室开会宣布新班子,请大家准时出席。"不到一小时,又突然接到上面电话说,宣布的时间改期了。据说是部领导的意思,要让新老班子先见见面。

三天后,别具一格的"见面会"在市文联会议室举行。

会议由市委常委、宣传部部长关勉亲自主持。文联党组老班子三个成员,除去副书记韩波已去世,只剩党组书记司马宏、文联秘书长郝伯臣。文联副秘书长涂图虽不是党组成员,但作为将要退到二线的老领导,也参加了见面会。

新老班子人员、宣传部正副部长、组织处长及有关工作人员,大约十三四人,围坐在会议室中央的长条桌四周。桌上铺着洁白的桌布。会议室四壁的墙上,挂着几幅岚山市知名画家的水墨条幅。

关部长坐在桌首,五十开外,穿一件随意的夹克衫,态度稳健,声音洪亮。

首先,他宣读了市委的任命书。新班子排列的顺序是:蒋、雷、庞、白。蒋学贵,四十九岁,东方大学政经系毕业生,理论教员出身,宣传部文艺处处长;雷鸣,三十六岁,华西大学硕士生,青年作家,《金蔷薇》杂志副主编;庞文聪,五十六岁,市文联副主席,原市旅游局局长;白演达,四十七岁,东方大学中文系毕业生,《金蔷薇》杂志副主编。

宣布完任命后,关部长环视长条桌两边端坐的诸人,笑容可掬地说:

"我们这个新班子符合要求,年龄结构也很好,三十多岁的、四十多岁的、五十多岁的都有。文化程度也不低,三个都是大学毕业,老庞嘛,在剧团工作时曾到上海戏剧学院进修过,也算大专。文联的班子,市上很重视,反复研究了几次,并且征求了各方面的意见,这次市里下了决心,不搞过渡班子,所以让年轻的同志担担子!"

接着,是分管文艺的宣传部副部长沈君宜讲话。沈副部长一身西服,秀琅眼镜,谦谦君子风度,富有书卷气。

他先谈到文联当前的工作,首先抓机构改革、成立各个协会,办好《金蔷薇》刊物等。在一番鼓励之后,对新班子他提出了中肯的希望:

"我们希望新班子一定搞好团结,领导班子讲团结,干部之间讲团结。要一加一等于三,不能一加一等于零……"

在场的人都能意会到这话是有所指的。文联老班子就是因为正副书记司马宏与韩波长期不和,党组半年多近于瘫痪。或许正是这个原因,这次市上才下决心班子全换。

处在今天的场合,司马宏的心境并不明朗。从关部长宣布任命那一刻起,他就不再是岚山市文联党组书记。但他不失体面地说了一番冠冕堂皇的话,为新班子祝贺。中国的官员历来是只能上不能下的,即便是下也要找点包装。也是给他下台,关部长方才说明:司马宏主要因为要腾出时间搞创作,就不兼文联党组书记了。

新班子成员逐一表态。

蒋学贵穿一件普通的蓝干部服,身高一米六八,体重四十五公斤,无论重量和高度都缺乏领导气派,但说话态度谦恭,给人印象平易近人而又有点谨小慎微。他声明自己担任这一工作力不胜任，希望大家通力合作。

"郭老有一首诗，记得其中有一句是'过河卒子勇向前'……"他环顾左右说，"我也是一颗过河卒子，被组织上摆在这个位置，只能硬着头皮向前。本人无论能力、资历都难以胜任文联的一把手，请同志们支持，监督，谅解。"

庞文聪体格微胖，酱紫色脸膛，气魄和风度都是足够的。他坐在蒋学贵右侧，像一尊色泽微旧、蒙着尘埃的金刚，沉默中含着一种威仪。两年前他从旅游局长的位置上不明不白被撤下来，究竟什么原因传言很多，但没有一种被证实。如今重新被启用，调到文联做第三把手。这个职位对他说来，显然有些屈就。所以蒋学贵表完态后，关部长转过脸，微笑着先叫他发言。庞文聪报以吟吟一笑，客气地摆摆手，婉谢了。

雷鸣身着黑皮夹克，领口随意地敞着。他没有什么客套，坦率直言了自己的决心，温和的脸上，带着孩子般虔诚的神色：

"我是班子里年纪最轻的，经验不足，感谢组织上对我的信任，让我担担子。我一定虚心向老同志学习，竭尽全力，为开拓岚山市文艺事业的新局面做出贡献……"

雷鸣说得厚道、实在，话中凝聚着三十六岁的男子汉的魄力。他也许没有多想，这样明白的表态是否会被人觉得锋芒太露。其实，率直有时很可贵，有时却是一种变相的愚笨。

同雷鸣相反，白演达在会上采取了一种低姿态。他朝桌对面的胡处长殷勤地一笑，转过脸不紧不慢地说：

"那天胡处长给我谈话，我对自己进班子感到意外。文联有人比我能干得多，没有进班子。我算老几！既然组织上这么定，我只好滥竽充数……"

通常党组成员都是三名或五名。为什么文联新党组会是四人，部长没有做任何说明。

但有一点可以肯定，显然成员是在最后一刻由奇数变成偶数的。政治和数学的微妙关系，对于对官场一无所知的人来说，永远是一个谜。

党组成员的分工问题，任命里也没有明确。

关部长关于《金蔷薇》刊物只说了两句似是而非的话。后来雷鸣才懂得了，"似是而非"有时是一种最高的领导艺术。

"《金蔷薇》嘛，既然是青年文学月刊，我看可以让年轻一点的人来抓。"部长笑道。

另一句话，是在他要求老秘书长郝伯臣协助一段时间工作后说的。

"文联当前的工作，主要有四项：机构改革，确定中层干部，成立各协会，办好刊物。老郝是文联老同志了，熟悉情况，可协助新班子一段时间，尤其是下一步的机构改革。"关部长说得很恳切，模样沉稳温厚的郝伯臣不便推辞，欣然接受下来。

说完，关部长对坐在郝伯臣左侧的白演达关照道：

"老白是老副主编了，刊物的事要多关心一些。"

接着的工作，将是新党组研究分工，同文联全体人员见面，确定机构及中层干部人选等，时间相当紧迫。蒋学贵下午还要赶去文化局处理文艺调演的善后事宜，他在会后同雷鸣约好，晚上登门拜访，交换班子分工的意见。

返回编辑部办公室，雷鸣偶尔听到隔壁传来骂骂咧咧的声音，嗓音有些嘶哑，很像是白演达。

"真他妈操蛋！没想到，大家等了半年多，竟等来这么个样子的班子！"

第二章　黑马

1

晚上，蒋学贵如约来访。

雷鸣刚吃罢晚饭，正靠在一个木扶手沙发上翻阅当天的晚报。四岁的女儿倩倩爬在他背上撒娇。她穿一身红色毛衣毛裤，头上扎着蝴蝶结，活泼可爱。雷妻祝若雅围着一条蓝底白花厨裙，在拾掇餐具，动作麻利，一看便知是位能干漂亮的主妇。

听见"嘭嘭"的敲门声，倩倩一跃而下，像蜻蜓一样飞到门口，把门拉开。祝若雅从厨房里探出脸来。

蒋学贵瘦小的身材出现在门口，脸上带着笑。雷鸣把蒋迎进小过厅，在木扶手沙发上落座。

雷鸣住在平安巷原科技报宿舍。一套二居室，建筑总面积不到四十平方米。过厅只有五六平方米，很窄，有客来时更显得拥挤。不过小厅布置得很有情调，迎面墙上挂着一幅现代摄影作品，矮平柜上摆着钟、杂志和一尊造型古朴的犀牛陶塑。

寒暄过后，蒋学贵和雷鸣开始交换意见。

祝若雅沏上茶给蒋学贵，然后连哄带呵地把倩倩牵进里屋。

这是文联新班子一、二把手第一次面谈，气氛是诚恳的。雷鸣耿直寡言，不大善于客套。好在蒋学贵没有什么架子，加上外貌的瘦小，不会给人以威压感，交谈还比较融洽。

蒋学贵先谈到这次新班子人选的确定，一拖再拖，反复了数次，背景很复杂，市委书记们都研究了好几次。最终他是在"难产"之际被推上马的，感到压力很大。希望得到雷鸣的支持。雷鸣自无二话可说。

"你看看咱们究竟怎么分工好？"蒋学贵呷了一口茉莉花茶，态度随和地问。

"我希望分管刊物。"雷鸣用一种不容回绝的语气说，"《金蔷薇》现在面临很大困难，实际上是靠惯性在维持，需要下大力气狠抓一下……"

他说得很认真，也很坦白。

"噢，你说说刊物的情况看。"蒋学贵在文艺处听到的，都是《金蔷薇》的辉煌。

说到刊物，雷鸣的话多起来。他从容不迫地分析了《金蔷薇》的现状，以及刊物面临竞争的危机。

"许多人都被《金蔷薇》十多万的发行量所迷惑了。"他比了一个手势说道，"实际上刊物已处在危机的边缘。衡量一个刊物是否有生命力，主要看是否不断有好作品问世，是否有新人推出来。今年《金蔷薇》所发的作品平平，没有一篇引人注目或是在读者中产生强烈反响的。翻开杂志，转来转去总是那么一些人名！封面设计也缺乏整体风格，因为追求色彩刺激，大红大绿的，读者反映是'县班子水平'。"

他那温和沉静的态度中，似乎有一种不可动摇的坚强信念。

蒋学贵仔细地听着，表情关注。

"今年下半年《金蔷薇》发行量已经落了两万，目前的趋势是继续下跌。"雷鸣继续说道,"明年新闻纸大幅度涨价,稿费也要提高,办刊物的难度会更大。我不久前跑岚县纸厂,就是为了求援新闻纸。"

"解决了吗?"

"只解决了两吨。"

蒋学贵点头。

接着,雷鸣把自己关于刊物革新的设想也和盘托出。蒋学贵越往下听,越觉得意外。他是第一次听到这样中肯而大胆的意见,不禁对雷鸣刮目相看。

"你的意见很好,有价值。人选你有什么考虑呢?"沉吟了片刻,蒋学贵试探道。

"设一个主编,两个副主编。主编由分管刊物的党组成员兼任;副主编人选,我想推荐钱诚和车夫。"雷鸣说得很有把握。他不善于掩饰或伪装自己的观点,也不懂得来点谦虚的客套。

"那白演达咋个安排呢?"蒋学贵问。

"做秘书长,或者其他职务,比如筹备、分管市作协等,都可以。"雷鸣说的是真话。

"他恐怕不会干……"蒋学贵脸上掠过一丝难色,"他本人倒是说不大愿意管刊物。据我知道他最近两年主要想写点东西,出本评论集子。"

蒋学贵的话听起来好像有些矛盾,但又不像是假的。

"这不正合适吗?既然他自己不愿意管刊物……"憨厚的雷鸣信以为真。

"估计没有这么简单。"蒋学贵一笑。

送走蒋学贵后。祝若雅嗔怪道:

"我看你们这个一把手好像没得魄力!"

"人不可貌相。"雷鸣嘴上虽是这么说,心头也产生一种不踏实感。从蒋的谈话和微妙的态度中,他感到一种并不乐观的信息。

第二天是星期日。淅淅沥沥下着雨。

雷鸣披着透明的塑料雨衣,骑着他那辆28型旧永久奔走了一天。

他首先拜访编辑部的两位资深老同志,一个是编辑部主任车夫,一个是小说组老编辑方梅,征求对刊物革新的意见,也是寻求支持。

车夫的家距编辑部很近,房间里摆满了书籍。他的夫人是英语教师,正在家中辅导两个十来岁的小学生。车夫把雷鸣让进卧室,两人坐在一张长藤椅上促膝相谈。

"我想请你做副主编,帮我一把。"雷鸣期待地望着车夫。他同车夫说话不用客气,两人一向默契。

"党组分工定了吗?"车夫递给雷鸣一支烟,雷鸣摆摆手,车夫自己点燃,吸了一口。

"昨天我已同蒋学贵谈了,要求分管刊物。"

"他怎么说?"车夫考虑问题很审慎。

"没有表态。但对我提出的办刊方针看来是赞成的。"雷鸣的脸上露着率真的微笑。

车夫思忖了一下,点头道:"如果你任主编,我可以考虑留在编辑部。白演达是一个很难合作的人!"

"那咱们一言为定呐!"雷鸣喜形于色,起身告辞。他笑起来的表情,带着几分孩子气。

"不过白演达这个人非等闲之辈,你不要小看了他。"车夫提醒雷鸣。

方梅为编辑部的元老，五十九岁，大家都叫她方老太，禀性天真，好激动，扶持过不少业余作者。方家住在报社的旧宿舍，只有两间平房，家中还有一个年逾八十的老父亲。

对于雷鸣的冒雨来访，她有些意外，似乎有几分感动，显得格外热情。

"这几天编辑部的人都在说，新班子已批下来了：蒋学贵是书记，白演达管刊物，老庞当秘书长先带一带，雷鸣做副秘书长。"方老太无意间告诉了雷鸣一个传言。

雷鸣听后大为诧异。党组分工还没有明确，已经有人把风放出来了！这一点他万万没有想到。

"白演达当主编我不服，我就看不惯他阴阳怪气的，还是二把手？"方老太撇撇嘴，嘟囔道。

"分工还没有定。"雷鸣平静地解释。他意识到有人在故意混淆视听。编辑部里风传的话，实际是有意把他和白演达的位置偷换了。这里面必有文章。

"我是听诗歌组的人说的，"方老太困惑地摇头，"反正钱诚当主编我服，其他人……"

"我希望分管刊物。"雷鸣坦诚地望着她说。

方老太打住话头，鱼纹围住的眼睛显出一点意外。

"你是编辑部的元老，希望得到你的支持。"雷鸣说得很恳切。

雷鸣接着概略地介绍了一下对刊物革新的设想。

方老太眼角的鱼纹舒展开来。

"你有这个勇气，这很难得！只是你来编辑部的时间不长，大家对你还不太了解。"

"再加上我是学工的,半途飞来的一只笨鸟,恐怕难以得到文坛圈子的承认。"雷鸣笑道。

"那倒不一定。鲁迅、郭沫若也都不是学文的嘛!"方老太也乐了,笑着说:"关键是你要让大家了解你。比如你办刊物的设想,可以让更多的人知道。"

"谢谢!"雷鸣颔首,眼里透出诚意。

末了,这位童心未泯的老编辑提了一个要求:

"不管你们哪个当主编,我有一个要求,就是不要让我退休哈!"她很恋栈,编辑岗位就是她的全部寄托。谁要让她离退下来,她会跳起来同谁拼命的。

雷鸣从方家出来,又绕道去文联老副秘书长涂图家拜晤。霏霏雨丝洒在脸上,有几分凉意。自行车的车轮上沾满了泥。

涂图住在枫园市府宿舍楼,建筑很雅致,围墙里映着摇曳的枫叶。涂宅的室内布置也相当气派。涂图已经六十一岁,但肤色丰润,保养得很好,一张带笑的婆婆脸,殷勤之中藏着圆滑。据说他的内弟是省文化厅一位副厅长,很有些背景。

雷鸣对涂图了解不深,只曾风闻涂与韩波以前的成见很深。他未摸清庙门就来朝拜,是想以自己的坦诚打动对方。涂图对他的来访没有表露一点惊奇。

雷鸣坦率地谈了自己对文联下一步工作的一些想法。

涂图听罢他关于分工和刊物的设想后,淡淡地笑了一下,用一种开导小学生的口吻说:

"你有如此大的干劲,确实可贵。不过不让白演达当主编恐怕搁不平……你也许不知道,他们经常到司马部长家里小聚,刊物也是他们一手搞起来的!"

雷鸣从涂的谈话中,隐隐感觉到一种幕后的势力。他显然是在暗示什么。

涂图面带意味深长的微笑,继续往下说:

"不过你的雄心难得,可以再商量看。这次任命有点奇怪,为什么不明确主编,又不任命秘书长?那天关部长宣布任命后,我们几个议论了一下。比如老庞如何安排?如果你提出让他当秘书长,那也许你分管刊物的可能会大些……"

雷鸣并未听出这话中的叵测。线性代数、系统工程那套思维,到了官场上并不适用。权谋、平衡、幕后策划、上下其手,这些政治艺术对他说来还很陌生。

走出涂图家的楼门,已是华灯初上。

雨已经停了。湿漉漉的街上倒映着黄色斑斓的灯影。雷鸣骑上他的28型旧永久车,沿着临江路朝城中区驰去。

空气中散发着潮湿的气息。耳边传来流水的喧哗。暮色中的白衣江,像一条银练绕过市区西边向南直泻而去。雷鸣在桥头停留了片刻。他手推着自行车,望着江心的激流,心里有一种难以言状的感觉。

"实际上,我是在作'竞选'主编的游说!"他自嘲地想。

在刊物处在危难之际,怀着一颗振兴的雄心,甚至敢于立下军令状……可是现在看来分工的分歧甚大。结果如何,还很难预料。

雷鸣第一次感到,韩波的逝世,使他失去了有力的依托。而且文联这潭水远比他想象的深。他开始体会到了,一位哲人说过的"大潮之下,必有漩涡"这句话的含义。

雷鸣隐隐觉得胸中一阵滚烫。他敞开领口,透了透气。在他温和憨厚的外表下面,涌动着一股血性方刚的气概。

"我要一搏到底,决不退缩。"

他决定次日去找宣传部领导请缨。

2

岚山市市委大院。枫叶正红。

这里是岚山市最高权力机关所在地,大门外肃立着身穿橄榄绿的警卫。雷鸣进得大院,骑着自行车绕过一个圆形的大花圃和喷泉,径直朝宣传部红楼奔去。他在车棚架好自行车,匆匆踏上石阶,走进红楼。

宣传部的职能部门大多分布在一楼,几位部长在楼上办公。雷鸣沿着一条红漆木楼梯,登上二楼,在过道左侧,寻到沈君宜的办公室。他在门口停了片刻,轻轻叩响了房门。

镶着饰条的门打开来,露出沈君宜文质彬彬的面孔。

"沈部长,我有点事想占用你一点时间。"

"你先在文艺处等等,"沈君宜抬起手腕看了看表,"四点钟左右吧!"

雷鸣意外地发现,在沈君宜身后,写字台的另一面正坐着蒋学贵。让他捷足先登了!

蒋学贵也看见了雷鸣,起身走过来,很民主地说:"对,你的意见等会儿也可以直接找部领导谈谈。"

雷鸣没有去文艺处傻等。

看看离四点还有一个多小时,他走出红楼,顺着一条冬青夹道的水泥路,信步朝后面的组织部灰楼走去。他想起了韩波生前的一句话:"组织部孟部长对你印象不错。"其实他和孟达并不熟,也没有什么交情。但直觉告诉雷鸣可以找找他求得支持。

不巧,灰楼值班室一个眼镜干事告诉他,孟部长住院了。

好在市机关医院就在市委大院背后,雷鸣蹬上自行车就去了。据说孟达心脏不大好,但已无大恙。

在医院住院部三楼的一间单人病房里,雷鸣见到了孟部长。

孟达披着一件蓝条睡衣,半躺在床上,正在看文件。他比在韩波追悼会上见到时稍微瘦了点,但气色不错。部长拉开床头柜的抽屉,叫雷鸣剥橘子吃,态度亲切随和。

雷鸣汇报了关于文联分工的想法,孟达听得很仔细,但没有明确表态。他询问了一些文联最近的情况。

"我的意见是,干部情况弄清楚了后再说分工。"他说。

雷鸣听出,关于文联班子的组成,上面似乎存在分歧。

"听说编辑部还搞了一个什么'群众签名',现在是什么时候了,还搞这一套!"孟达话中带着不满。

想不到孟部长知道殷浩他们搞签名的事。雷鸣感觉到文联的情况上面很关注,但他不便多问。

从医院赶回市委大院时,时间刚到四点。沈君宜正夹着文件包从红楼出来,行色匆忙。

雷鸣迎了上去。

"我马上要去参加一个闭幕式,来不及了。"沈部长一边说,一边朝一辆枣红色车走去。除了文化艺术,沈部长还分管出版和旅游,应酬很多。

雷鸣紧追不舍。在车门旁,他抢着时间同沈部长交谈了一分钟。

末了,雷鸣恳切地说:"沈部长看能不能另约一个时间?"

"情况我都知道了,以后再说吧。"

沈说罢,即登车而去。

望着驶出市委大院的枣红色车背影,雷鸣心里若有所失。他隐隐觉得沈部长有回避的意思,但又找不出具体理由。

该说的话似乎都说了。

能发挥的能量似乎也都发挥了。

前景却扑朔迷离。

雷鸣怏怏地推车绕过喷泉，向大院外面走去。

一辆黑色桑塔纳轿车从后面驶来，车开过他的前面，蓦然停住了。

车门打开，从里面跳下一个西服革履的男士。一张生动的富态脸，大声朝他喝道：

"嗨！小雷，不认识我啦？"

"哦，是你呀，陆海空！"雷鸣也认出了对方。

陆海空本名叫陆石，是雷鸣中学时的同窗好友，全校的数学冠军兼耍公子，因喜欢喂鸽子，养热带鱼，抓蛐蛐，大家给他取了个"陆海空"的外号。此外，这个名字还包含了天上地下无所不能的褒义。

"听说老兄到文联当副主席了！"陆石笑吟吟地说。

"听谁说的！"雷鸣傻笑，露出一颗背背牙。

"小雯呀，她总爱提到你。"

雷鸣脸上的笑容默然凝固了。

勿忘我淡蓝色的花影，仿佛穿过喷泉晶莹四射的水幕，隐隐浮现在眼前。

"她夏天刚从西北调回来，在晚报做记者。还是那样任性，谁也管不了她……"

雷鸣的目光离开喷泉，低下头望了望双脚，又抬起来注视着同窗好友。

"她现在过得怎么样？"停了一刻，他问道。声音听起来有点瓮声瓮气的。

"一直没有结婚……"陆石一脸的无奈,"我这个当大哥的也拿她没有办法!"

雷鸣默然不语。

"有机会还是你劝劝她吧!"陆石捅了雷鸣一拳,带着浓重的感情说:"她从小最听你的话。"

雷鸣的脸红了。

"别杵在这里像根电杆似的啦,有空上我家来聊聊。"

陆石从上衣口袋掏出一张名片,递过来。

雷鸣接过名片,上面用楷体醒目地印着:

　　市人民政府办公厅副秘书长
　　　　陆　石

右下角是地址、办公室及住宅电话。

"老兄是官运亨通呀!"雷鸣和他开玩笑道。

"这有什么稀奇,"陆石摇晃着胖脸,半真半谑地说,"当官有个秘诀,就是要有后台。朝中有人好做官嘛,哈哈!"

雷鸣想不起陆海空朝中有什么人,但陆石的老成、练达却是不假。

陆石拍拍他的肩头,钻进桑塔纳,一扬手,轿车刷地开走了。在雷鸣耳际丢下一句话:

"别忘了打电话给我!"

雷鸣推着自行车走出市委大院时,他并未想到,蒋学贵正在宣传部红楼里,同另一位重要人物谈分工问题。

司马宏坐在皮沙发上,静静地听着蒋学贵介绍情况,偶尔端起紫色碎纹保温杯，呷上一口香茶。雷鸣要求分管刊物的强硬态度，他听得格外仔细。

这位已退二线的宣传部副部长，在红楼里仍然保留着自己的办公房间。他现在的正式头衔是宣传部"部务委员"，这是二十世纪九十年代中国政坛发明的新名词。类似国务院设的国务委员，级别相当于副总理，但又不是副总理；部务委员级别相当于副部长，但又不是副部长。

司马宏本人对"部务委员"这个头衔并不甘愿，他觉得自己无论年龄、资格、雄心，都不到退出政治舞台的时候。文联的宿怨，使他和韩波两败俱伤。但他并没有认输。白演达进班子，是他在最后一刻力争成功的。蒋学贵到文联做党组书记，也是他的推荐。这意味着在市文联新的领导班子里，他仍然掌握着两票。选择蒋学贵也是有原因的。司马宏在宣传部原来分管文艺，文艺处长是其直接下属，信得过。而且个子瘦小的蒋学贵没有野心，容易驾驭。

听完蒋学贵的介绍，司马宏沉思了片刻。

他意识到自己犯了一个错误：低估了雷鸣的能量。

司马宏原先只认为雷鸣年轻，有才干，但根底较浅，不会造成多大威胁。因此明知雷鸣进班子是韩波和唐谷城推荐的，也没有反对。

没想到雷鸣刚进班子就坚决要分管刊物，出任主编。简直是突然冒出来的一匹黑马！而且他有年纪轻和二把手的优势，不可掉以轻心。

蒋学贵见司马宏作沉思状，心里觉得没有底。

"不知部里对分工有没有倾向？"他探询地问。

这个问题他曾经问过关部长，关的答复比较原则："部里是有个倾向,但最终还是尊重党组的意见。"

司马宏的回答却不一样。他向蒋学贵交了底:

"这很清楚嘛!让白演达进班子的目的就是让他管刊物。"

"现在分歧很大。"蒋学贵哭丧着脸说。

"编辑部不是一致要求三分之二以上同意才行吗?这个意见很好嘛。"司马宏提示道。

蒋学贵顿悟。

3

《金蔷薇》编辑部主编的角逐到了最后阶段。

雷鸣以锲而不舍的精神,把老秘书长郝伯臣也说动了。

"希望你能支持我分管刊物……"他专程拜访老郝,恳请道。

"从新班子的排列看,你是准备接班的,照理应对文联的全面工作多负些责。"老郝六十岁光景,花白的头发梳理得很整齐,说话的口气语重心长,"但看来你对办刊物的决心这么大,又有这么一套可行的办法,我可以投你一票。"

第二天,郝伯臣把这个意见转达给蒋学贵。

"我觉得从工作出发,雷鸣担任《金蔷薇》主编比较合适。这同文联工作也不矛盾,韩波原来是二把手,也分管刊物嘛。"

老秘书长是真诚地支持雷鸣。

蒋学贵脸上露出为难之色说:

"部里好像不是这个意思……"

"部里究竟有没有明确的意见嘛?"郝伯臣问他。

蒋学贵欲言又止。

司马宏交的底自然不便对郝说。蒋学贵只含糊其词道:

"我请示过沈部长，沈说文联班子酝酿时他没有参加，主要是关部长和组织部孟副部长最后定的。找到关部长，关说，部里有点倾向，但最后由我们党组定。"

"这就要你拿主意了。据我这几年的体会，岚山市文联的工作要开创新局面，必须大胆启用有开拓精神的新人。"

蒋学贵踌躇不决："我同老庞再商量一下。"

接连两天，蒋学贵拉着庞文聪一道，在编辑部里开展了一场车轮式的"民意测验"。他俩轮流找人谈话。谈话内容都是一个："你赞成《金蔷薇》由谁当主编——是白演达，还是雷鸣？"

这样一来，从班子分工尚未确定的一开始，就形成了蒋倚重庞而撇开雷的格局。庞文聪深有城府，起初推辞道："雷鸣任命的是二把手，我怎么好决定他的工作？"

"没办法，只好让他回避。"蒋学贵说。

似乎这也情有可原，庞文聪就当仁不让了。

谈话结果下来，编辑部分成两种截然不同的意见。

中年编辑不少主张白演达接任主编，年轻的一群编辑则更希望由雷鸣组阁。而且据说两边的意见都不乏尖锐之词。诸如"如果白演达当主编，我坚决要求调走"；"本人反对雷鸣当主编，宁愿不要党票，也只同白演达合作"等。究竟这些话出自谁人之口，只有蒋学贵和庞文聪两人知道。

"民意测验"结果，赞成白演达任主编的人略居多数，这也是蒋学贵意料中的。尽管没有超过三分之二，也足以作为依据了。因为"三分之二"这条线，本来就是他们为别人设的。

最后摊牌，是在第三天上午。

这是一个雾气浓重的秋日。透过办公室的百叶窗，只能望见一片朦胧的乳白色。从雾底的江心传来低沉的涛声。

上班后几分钟，蒋学贵约雷鸣单独谈话。

两人在小会议室的沙发上坐定，蒋学贵说：

"我向部领导做了汇报，又同老庞一道广泛地征求了编辑部群众的意见，这你都看见了。因为涉及你，所以没有请你参加，这要请你谅解。"

蒋学贵态度很客气，话极力说得婉转。他打量了一下雷鸣脸上的表情，接着亮出了底牌。

"根据各方面的意见考虑，我还是觉得由白演达担任主编合适。老庞也是这个意见。"

白演达自然不会赞成他当主编。雷鸣突然发觉自己处在一比三的不利地位。

"你看呢？"蒋学贵探出身子，征询地望着他。

"部里是不是这个意思？"雷鸣反问道。

"好像也有这个意思。"

"我问过组织部孟部长，他说定班子时并没有分工。"雷鸣心中有数。

"但是关部长说，有这个倾向。"蒋学贵有意把关部长的后半句话给贪污了。

雷鸣不吭气。

看看雷鸣没有表态，蒋学贵接着说：

"新班子任命已经十天了，分工一直定不下来，再拖下去，恐怕会影响全文联的情绪……"

这话表面上似乎在道出蒋学贵的苦衷，其实真正的潜台词是：雷鸣再不接受这种安排，就要承担责任了。

窗外传来江水的轻声喧哗。

雷鸣瞥了一眼窗外漫天的大雾，在一刹那，眼前叠现出殡仪馆洁白的花圈、韩波苍白的面容，一个细弱、熟悉的声音从记忆的深处袅然升起：

"这下我就放心了！"

他兀然不语。心里不禁涌上一股隐隐的愧疚，一种失去支撑的悬空感。

"这下我就放心了……"

那熟悉的声音转瞬即逝。

蓦然间，从江对岸隐约传来铁器敲石的叮当声，一下、两下、三下……低沉，悦耳，那声音透过大雾，带着几分悠远，几分庄严，雷鸣觉得心头一震。

他转过脸，气度不凡地对蒋学贵说：

"我建议，由白演达和我分别把自己的办刊方针在编辑部全体会上宣布，再请大家做出选择。"

"这个……"蒋学贵没料到雷鸣会提出这个建议，一时语塞。这不等于搞竞选演说吗！

他迟疑了一下说：

"这得征得老白的同意才行。"

"那你去对白演达说吧。"

事实上不需要征得白演达同意，也可以作为方案提出来。雷鸣毕竟不如蒋学贵老辣，没有意识到这一点。

"我试试看。"蒋学贵愿意尽可能做得公平。

说完，他到隔壁小院去了一趟。

《金蔷薇》编辑部与文联只有一壁之隔，两个小院一门进，编辑部在外，文联机关在里面，说话大声了都可以串音。小院回廊幽径，廊前的天井里长满了胭脂花。这种花很贱，不需修剪浇灌，常年花枝纷繁茂盛，花呈小喇叭状。所奇的是，文联里院的胭脂，一律开紫红色花；编辑部外院的胭脂花，全是杏黄色小喇叭。有人试过，把里院胭脂花结的黑籽埋在前院土里，长出来的枝藤上，开的花也会变成杏黄色！

雷鸣在小会议室里等着蒋学贵。

他从口袋里掏出一个蓝皮记事本，翻到昨晚在灯下准备的内容，又看了看。上面记着提纲挈领的几条，包括对《金蔷薇》的革新设想和实施计划，从刊物的编辑方针、读者定位、编审发行，甚至封面装帧，都做了周密的考虑，有不少新的举措。要和白演达面对面进行"施政演说"，他是有足够信心的。

不一会儿，蒋学贵从前院返回来。

他脸上挂着无奈的神情，抱歉似的说：

"老白不同意。"

雷鸣粗黑的双眉蹙了蹙。是哦，白演达已胜券在握，何必再冒这个风险呢？这一点事先应该料到的。

就这样妥协，或者说就这样屈从于某种势力吗？

雷鸣不甘心就此放弃振兴刊物的热愿。他还有最后一张牌，那是车夫事前建议的。

"既然老白不愿开大会，也可以这样，"他坦诚地对蒋学贵说，"设双主编，白演达和我一起管刊物。"

雷鸣从内心真诚地准备同白演达携手合作。如果能扣手，会干得更好。如果是分力，也不妨试试。这样当然会有些掣肘，但至少自己的改革设想能够部分实施。

蒋学贵瞪大眼睛瞅着雷鸣。

"这有先例吗？"他问。

"有，《人民文学》是双主编，《文艺报》也是。"雷鸣从容说道。

"但是……不知老白同不同意？"

"我去请他来当面商量。"雷鸣这次学聪明了。

雷鸣踏着花径来到前院。在白演达的办公室，看见白正同钱诚在谈话。钱诚掉过清瘦的脸来，朝他吟吟一笑。

雷鸣开门见山地对白演达说：

"老蒋有事想征求你的意见。"

"唔，我就来。"白演达应道。

待三人在小会议室坐定后，白演达似乎预感到即将最后摊牌，表情有些不自然，手里端着青花瓷茶杯，避开雷鸣的目光，望着蒋学贵。

"小雷提出来，由你们两人共同分管刊物，你看怎么样？"蒋学贵解释说。

白演达脸色微变，表情有些尴尬，但只在一两秒之间。当着雷鸣的面，尽管很不情愿，仍然表示：

"这个，我本人没有意见。"稍作停顿，他接着说，"不过，要问问编辑部的意见……"

"关键在你同不同意。"雷鸣开诚布公地说。

"我没有关系，最好征求一下老钱的意见。"白演达神态恢复了自然。

雷鸣眼前掠过钱诚吟吟的微笑，一口答应：

"这可以。"

他还记得上次钱诚在小说组办公室的表白，对这位小说高手，他一直怀着某种敬重和好感。

五分钟以后,雷鸣同钱诚的一席对话,决定了大局。

据说长着大胡子的马克思一次答女儿问时,曾说:最容易宽容的错误是轻信。雷鸣犯的就是这个错误。他从来没有觉察到,钱诚的笑容背后藏着寒凛凛的闪电。

钱诚客气地听完雷鸣的建议后,以一种居高临下而略带揶揄的口气说:

"小雷同志,恕我直言,你现在首先应该考虑的是如何把你的下一部长篇写出来,谦让一些嘛,不要去争那个主编!"

"我不是想争主编,而是想振兴一下《金蔷薇》刊物。"

雷鸣觉得自己被误解了。当然,他不可能说自己还想以《金蔷薇》作为平台,查寻骆汉生遗稿的线索……

"你自己能振兴,也应该相信别人也能振兴。老白都四十六七了,你就让他当一任主编又何尝不可呢?"钱诚冷冷地说。

雷鸣语塞。他一向对钱诚怀着友好和尊敬,听到这话不啻是当头一棒。

钱诚瞧着他微红的腮帮,继续说了一通诸如"你平时很难和大家交往,大家不了解你,我们都不知道你的心……"的话。

雷鸣这才听懂了钱诚话中的意思:他不是他们圈子里的人。

"所以我认为:《金蔷薇》编辑部只能一个主编,一个副主编!"钱诚态度傲慢,口气斩钉截铁。话说到这一步,已没有任何商量的余地。

直到这时,雷鸣才明白自己太天真了。钱诚的态度与上次完全判若两人。他把戏言当真了!

雷鸣是一个七尺男儿,O型血、狮子星座,他的性格基调是憨厚倔强。他可以是一块煤、一锭钢、一把剑,有时却又淳朴得像一个大儿童。面对着白、钱二人的神圣同盟,他才如梦初醒自己过于诚恳,过于轻信,被人捉弄了。可惜为时已晚。

此刻,雷鸣看上去活像个输了球的童星,涨红着脸,紧抿双唇,转身走出小说组房间。

没想到那一腔热忱,到头来成了一团傻气。

他觉得一阵隐隐的懊丧。

4

《金蔷薇》编辑部和文联机关三十多号人,全部到齐了,在会议室坐成两圈。中间落座的是围着长条会议桌,高背椅。四周倚壁的,是一圈白色皮沙发。大家悄然入座,肃静的气氛中透着一种期待和对峙。

这是两天以后,在市文联召开的全体职工大会。

蒋学贵在会上宣布了新班子分工的决定。

"经过十来天的酝酿和广泛征求意见,新党组做如下分工——"蒋学贵环视会议室,略作停顿,用一种尽可能平和的声调宣布:

"我主持文联的全面工作,暂时兼管办公室,因为文联秘书长待定;雷鸣同志协助我负责全文联工作,具体负责筹建作协和创作评论部的工作;老庞同志,分管联络部和筹建作协以外的其他各协会;演达同志,分管《金蔷薇》编辑部。"

会议室里寂然无声。

几十张面孔,不同的表情。

"希望全文联的同志支持我们的工作。刊物一定要有信心,我们现在发行量十五万,在全国都是有名气的!下一步将尽快调整编辑部班子,确定主编、副主编,协同抓好……"

蒋学贵脸上带着诚恳的微笑,语调亲切,话中有一种走出维谷的如释重负感。的确,党组分工是他走马上任遇到的第一个难题,终于解决了。

风掀动着镂花的白色窗帘。

老庞正襟危坐,一张酱紫色的脸凝结着深谋远虑的神情。

白演达轻轻旋转着手里的青花瓷茶杯,不动声色。那把令多少人垂涎的主编的交椅,终于非他莫属了!这是他几年来一直梦寐以求的。十五万户的发行量,十五万元的余款,这笔财产足够他挥霍的了。

坐在白演达旁边的钱诚,脸上带着胜者的浅笑,一副孤傲得意的表情。

车夫泰然地抽着香烟,神态自若。他是经过风雨的,爱憎分明,洁身自好。他能理解雷鸣的处境,并为他的败北惋惜。至于白演达,他是不可能与其合作的。

雷鸣脸上的表情平静而暗淡。他的视线透过掀起一角的白色窗帘,停在几片殷红欲落的枫叶上。

他很清楚,这个分工是一种妥协。分管创评部和尚不存在的"作协",是他提出的条件;他对蒋学贵说,如果白演达愿意对调也可以。白演达自然不会那么傻。刊物是一个有声势的实体,而那两者都是"虚"的。雷鸣晓得,作协、创评部,那是一块尚未开发的处女地。需要他用一种拓荒的精神去耕耘,筚路蓝缕,以启山林。如果这对岚山市的文学繁荣有益,他愿意去做点铺路的工作。可惜手里没有刊物,团结和培养作者缺少园地。那一番雄心,真成了一团"傻气"!失去了《金蔷薇》,他的抱负成了无本之木。

而且雷鸣此时有一种感觉，仿佛自己变成了一只气球，看上去斑斓夺目，实则是身不由己，被悬吊在空中。

老主编临终前的托付，像刀子般刺得他隐隐作痛。他想介入岚山文化圈的意图，实现得非常艰难，障碍重重……要是韩波不突然去世，会出现这种局面吗？她把他扶上了马（也许是战车——几年后他才意识到这点），可是还未来得及送上一程，就撒手而去了。

会议室里萦绕着蒋学贵表态的声音：

"我希望新党组一定是一个团结的班子。大家以大局为重，互相支持。我向同志们保证，我一定按组织原则办事，重大问题由党组集体讨论。我对每一个同志都以诚相待。谢谢大家！"

在《金蔷薇》编辑部变成水泼不进的王国之前，还必须完成最后一道程序：组阁。

在编辑部举行的就职演说上，白演达充分施展了他的才干。口才，文才，辩才，外加政治家的韬略、演说家的鼓动和理论家的旁征博引，使他赢得了一片掌声。

"我拥护党组关于分工的决定。不多说了。编辑部下面还有很多不尽人意之处，还要下力气，这是肯定的。但是先说一句，因为主客观原因，工作不一定做得好。当然我会尽全力去做的。我决不会利用这个刊物来做违背四项基本原则的事，谋取个人的私利，请诸位放心。"

他的声音有些沙哑，一张冷漠的刀条脸上露着踌躇的笑意。

"刊物当然要改革。但怎么个改法呢？我想第一条是要增加编辑部的福利，提高编辑人员的待遇和地位，要有这种气魄，不怕别人说什么。"他知道，首要的是笼络住编辑部的人心，因此要许愿,并且要说得冠冕堂皇,"我准备实行刊物每增加一万份,编辑费相应递增百分之十。现在大家都在搞以商养文,我们也可以办个服务公司嘛!广开财路。必要时可以搞增刊,出专集,卖刊号!"

掌声。笑脸。

"刊物的编辑方针,是经过几年的市场历练形成的,不能轻易改变。我们一向以野性和泼辣而著称,这个特色要继续发扬。要搞好刊物,全靠在座的诸君。下面紧接着我要调整编辑部的班子。明朝剧作家汤显祖的《牡丹亭》里有一句话,叫作'万里江山万里尘,一朝天子一朝臣'。这是诗,也是真理。我们不怕别人说我们搞'一朝天子一朝臣'……"

这个任职演说白演达是经过深思熟虑的。

没有任期内的具体目标,这就留下了很大的回旋余地。一年以后即使刊物办得不景气,主编也有后路可退。把大家关心的福利问题首先提出来,名义上是打破大锅饭,实际上让大家都尝点甜头,可以收买人心。他只宣布编辑费随发行量增加而递增,刊物下跌呢?编辑费照拿不误,人人有糖吃,皆大欢喜。至于编辑部领导班子,他早已策划好了,只不过要先造造舆论,所以引经据典,发出"一朝天子一朝臣"的宏论。

这一施政纲领,要用一句话来概括,那就是"坐守其成"。无论从编辑方针,还是从经营管理看,都缺乏开拓精神。在文学期刊林立,竞争激烈的大背景下,《金蔷薇》发行量注定将直线下跌。在编辑部里,看清这一点的只有车夫。

5

岚山温泉山庄。漫山的红叶。

三天后,由蒋学贵主持,在这里研究文联中层班子的组成。这是继党组分工后的第二个重大决策。

会议选在远离市区的岚山,是为了避免干扰。

庞文聪在旅游局任上时,常在温泉山庄聚会,与这里的经理很熟。岚山位于岚山市的西郊,白衣江上游。温泉山庄是这里的一个旅游景点,素以温泉和枫叶著名。大家驱车不到一个小时就到了。

四个党组成员、两位卸任的正副老秘书长,六个人在一间名为"丹榭"的贵宾室落座,品着香茗,决定文联下一步运转的轨迹和命运。

会议由党组书记蒋学贵主持。

第一个议题,是研究《金蔷薇》编辑部的领导班子。

"可不可以成立一个实质性的编委会,来领导刊物?"庞文聪提议道,他的嗓音带点山西腔,醇和浑厚,"编委会嘛,由老白负责,再考虑几个得力的委员……"

"要成立编委会的话,我倒有个建议,"老秘书长郝伯臣字斟句酌,很恳切地说,"可以考虑雷鸣也参加,这样有利于编辑部与创评部的协调。"

两位卸任的老秘书长虽然是列席党组会,却有相当的发言权。尤其是老郝,作为文联的老领导和与韩波多年合作的同仁,总希望文联的班交接得更周全,对事业的发展更有利些。

"老郝的这个意见倒不是不可以考虑。"庞文聪用烟头指指老秘书长,表示赞成。

"要我说呀,"在一旁的涂图表示异议道,"雷鸣同志不参加编委会为好,这样老白便于开展工作。"

雷鸣没有吱声。

蒋学贵瞅着白演达:

"老白意见怎样?"

"都可以,你们定就是了。"白演达不置可否。

蒋学贵笑了笑说:

"编辑部由你组阁,你说说你的设想嘛。"

"那好吧,不过我想的也不成熟。"白演达拖着慢腔,摆出一种遵命的姿态,端出了他的组阁方案:

"主编由钱诚担任,副主编由我和殷浩担任。我协助老钱工作,殷浩负责编务。"

对于白演达提出让钱诚做主编,在场的几乎每一个人都感到意外。谁也不知这是故作姿态,还是真心让贤。然而不管出于什么动机,白演达这一手是很漂亮的。既表示了对钱诚的回报和推崇,又显示出自己的谦虚,而且还可以反衬雷鸣"争主编"的狂妄,可谓一石三鸟。雷鸣不由从内心感到白演达的老练和韬略绝非平常之辈。

问题的答案是显而易见的。

"既然由老白分管刊物,自然应该由老白做主编嘛!"涂图满脸堆笑道。

"这是不言而喻的事。"庞文聪弹了弹香烟的烟灰说。

白演达再三谦让,也明知改变不了这一事实。于是白任主编、钱任副主编的事顺利地定了下来。雷鸣对钱诚也投了赞成票,虽然他对钱有了新的认识。

关于第二副主编的人选，却发生了明显的分歧。

"殷浩四十六岁了，论条件……不是太合适。"郝伯臣用双手抚了抚两鬓，权衡道，"能不能就设钱诚一个副主编，让车夫留任编辑部主任，负责编务？"

殷浩原是北郊某厂的工人业余作者，是司马宏调来编辑部的，高中学历，尚未转干。无论从年龄、学历、政策各方面看，都不大符合提干的条件。

"老车是个实干家，又熟悉业务，我觉得他留任编辑部主任是可以的。"雷鸣支持老秘书长的意见。

"对，究竟老车合适，还是殷浩合适？我也拿不稳，大家议议看。"蒋学贵说。

庞文聪又点燃一支云烟，没有表态。

蒋学贵朝白演达点头示意：

"老白，你说说看。"

其实他也知道，殷浩是白的铁哥们儿。

"车夫当然也可以，但听说他要求调离编辑部，人各有志，我也不便挽留……"白演达拒绝得很巧妙。

"既然由老白组阁，人选就应以老白的意见为主嘛。"涂图替他帮腔道。

"几个党组成员看还有什么意见吗？"蒋学贵问。

"这恐怕不大符合干部的组织路线吧？"雷鸣觉得有必要把问题挑明。

"请雷鸣同志谈谈，怎么个不符合法？"白演达反唇相讥。

"我觉得用人应该五湖四海。"雷鸣说得很平和，但却一针见血。

"你是说我是任人唯亲啦？"白演达把茶杯往桌上一搁，有点气急败坏地说。

"这你应该最清楚。殷浩年龄已超过四十五岁,本人连干都未转,这不符合提干的基本条件。"雷鸣依然平静地说,"我还听人说,他十年前曾以'借'的名义抄走东大唐谷城教授一套《鲁迅全集》,至今赖着不还,影响很不好。蒋书记也知道这事。事情还没有搞清楚,这样仓促提副主编是不是妥当?"

贵宾室里哑然无声。空气有些僵持。

蒋学贵打破沉默,解释道:

"文联机关是有人反映过这件事。我旁敲侧击地问过殷浩:我们文联是不是有人抄过唐谷城的一套《鲁迅全集》?他说:'没听说过,恐怕那老头儿记错啰!'"

"这个问题和提干是两码事,有疑点是允许的,但不能做依据嘛。"庞文聪说了一句。

这句关键的话等于是投了殷浩一票。

蒋学贵拍板道:

"行,那就尊重老白的意见,殷浩提为副主编,负责编务。怎么样?"

"我保留意见。"雷鸣坦然说道。

他那沉静的态度中,有一种不可动摇的正气。

是是,非非,不说违心之言。这是雷鸣做人的原则。科研的熏陶和学工的素养,使他奉行"只问真理,不计利害"的科学工作者的准则,在泥淖式的文坛碰壁也就在所难免了。

这是党组会第一次表决:一比三。这意味着雷鸣不仅因分工失去了事业的立足点,而且一开始就在班子里处于孤立地位。老秘书长郝伯臣明知他坚持得对,但也无能为力。

蒋学贵一锤定音:

"就这么定了，先报上去再说。"

这句话后来成了蒋的口头禅。每每讨论文联的重大问题，凡事遇有分歧意见，就往宣传部报。

会议形成决议：《金蔷薇》编辑部主编白演达，副主编钱诚、殷浩；创作评论部雷鸣兼主任，车夫副主任；根据郝伯臣的建议，启用年轻人，从编辑部抽调女编辑筱红做文联办公室副主任。

由于涂图的坚持，会上还明确雷鸣不过问《金蔷薇》的事。换句话说，不让雷鸣插手刊物。

至此，岚山市文联编辑部和创评部一分为二，两个阵营泾渭分明。接着将演出一幕幕内战的活剧。眼下还不清楚的是，在这场角逐中，蒋学贵起了什么样的作用？真正左右全局的也许另有其人。受制于人的无奈也好，谦谦君子的善良愿望也好，他也许没有想到从此在文联埋下了分裂的祸根。

从岚山温泉山庄乘车返回时，雷鸣的心情很恶劣。

车窗外掠过稀稀拉拉的枫林，树枝上残存的枫叶红得像血。从盘山公路向下望去，白衣江的江水，像一条蜿蜒的青蛇，掩没在迷蒙的烟霭中。

不知为什么，在一刹那，雷鸣有些后悔不该进文联新班子。他突然发觉，自己身不由己陷进了一个浑浊的白色旋涡，里面充满着权谋、厮杀和谎言……面对着强大的对手，他有点势单力薄之感。

汽车一路颠簸。

凝视着车窗外雾霭朦胧的岚山，雷鸣暗自思忖着什么。他一时真不知自己的这种"孤立"是光荣，还是愚蠢？

车行至山腰,长得圆头活脑的司机小刘在一岔路口刹车下来方便。

雷鸣跳下车来,伸伸胳膊,深深地吸了一口山林的清新空气。刚才的不快,像车厢里带着汗渍和烟味的浊气一样,被风吹散。回头眺望,山下阡陌,沉在薄霭之中。山坡的斜面上,点缀着斑斓的红色,煞是好看。他信步朝岔路口走去。

一条弯曲的石铺路沿着陡峭的山脊延伸而去,显得崎岖险峻。隐约间,从山梁的背后方向,飘来几声清晰的叮当声。一下、两下、三下,带着颤动的回音,在山谷里萦绕。那声音雷鸣好像在什么地方听见过,非常熟悉,一种莫名的兴奋攫住了他。

雷鸣循声向前寻去。走了几步,那声音由远及近,带着几分苍凉,几分神秘,每一声都像在叩击他的心扉。

雷鸣有一种奇特的感觉,仿佛有一种神秘的力量在召唤自己。他停下步来,再一聆听,敲石声蓦然消失。在丛林深处,只有啄木鸟敲击树洞发出的清脆声响,如同嘭嘭鼓点,在林中回荡。雷鸣呆然伫立。

这时,从背后传来呼喊:

"雷鸣,要开车啦!"

他转过身来,看见司机在朝这边招手,车门旁闪着蒋学贵的笑脸。雷鸣往回走了几步,又分明听见那叮当回响的敲石声从山后传来,不禁心中大奇。登车就座,他忍不住回眸。

"那山是摩天崖!"司机小刘告诉他。

关上车门,清洌的敲石声戛然而止,像是被刀子割断了一样。雷鸣惊奇地感到面前一片空虚和寂静。

第三章　天敌

1

陆石家的客厅。

雷鸣仰坐在彩纹绒面沙发上。

陆石满面殷勤地问：

"喝点什么？雀巢咖啡，还是铁观音？"

"随便，还是茶吧！"

他打量着客厅。大约十五六平方米的面积，落地窗帘，SONY组合音箱，茶色玻橱，显出几分时髦，但并不俗气。正对沙发的墙上，悬着一幅郑板桥"难得糊涂"的匾额字帖，黑底白字，乍一看那上面的繁体"难"字写得像"鸡"，笔趣盎然。

一只黑黄白三色小猫，"喵喵"地在客厅的地板上转来转去，见了客人也不怯生，很逗人喜爱。

茶端上来，杯底沉着几段粗硕的茶条。

陆石笑道：

"上月跟市长去福州开会时主人送的，据说是十大名茶之一，号称'七泡有余香'，味道特别浓。"

雷鸣捧着茶杯，吹了吹热气，咕咕地吞下一口，除了淡淡的苦涩，也没品出什么味。

他向陆石讲起文联组阁的事，闷闷说道：

"我真有些不明白，为什么钱诚、白演达会对我这样敌视？原来在编辑部时我们之间并没有什么矛盾，大家相处也很自然。"

"你是他们的天敌。"陆石以一种圈内人的睿智，一语点破道，"因为你挡了他们的道！任何人处在他们的位置，都会把你当作敌人的。你想想，论资格和威望，钱诚当文联副主席是没有问题的，白演达的根底也不简单。结果由你取代他们的位置，他们能服吗？"

"文联新班子是上面定的呀，事先我并不知道。"雷鸣还未全醒。

"正是这样，他们把你当作韩波的人了。"陆石目不转睛地瞅着雷鸣，一字一顿地说，"要么你向他们屈服，靠拢，日子会好过些；要么你坚持原则，不作退让，就要准备受夹磨，走一条坎坷之路。"

雷鸣掰了掰手指，似乎有点悟觉。他想起了钱诚那句带着冷战味的话："我们都不知道你的心。"

他把手攥成了拳头。

"我不怕夹磨，不怕受挫，我一定要实现自己的打算和诺言。"他一脸倔强，瓮声瓮气地说。

"同志，那你就准备着内战吧。中国的'窝里斗'是源远流长的！所谓每个中国人都是一条龙，三个中国人加起来变成一条虫，我看说得一点不过分耶。尤其文人圈的'窝里斗'，有盐有味，相信会更富有艺术感……"陆石戏谑道。

"我不想和谁斗，我只想借刊物的阵地，把韩波老师托付的事查个水落石出。"雷鸣沉静地说。

"韩波托付的什么事?"陆石问。

"骆汉生被绑架的真相,还有他的一部遗稿的下落。"

"骆汉生被绑架的事?"陆石有点诧异,"警方当年都没有破的案子,你去充什么英雄好汉?"

"我答应了韩波,我必须做到。"雷鸣瓮声瓮气地说,"而且,凭我的直觉,《金蔷薇》那几个重量级人物与韩波有很深的宿怨……说不定幕后的疑犯就在他们当中。"他突然冒出一句。

陆石从沙发上站起来,双手插在裤兜里,兴奋地一面在地板上来回踱步,一面望着天花板说:

"是呀,愿望很善良!可惜'树欲静而风不止'。你对他们有怀疑,他们会给你下烂药的!"

说到兴头上,陆石突然在雷鸣面前站住,俯身问道:

"老弟,你做好了斗争的准备吗?嗯?"

那只三色猫乖乖地蹲在沙发脚旁,毛茸茸的黄色耳郭微微扇动,仿佛也在聆听主人的宏论。

雷鸣冷不丁答了一句:

"我们的伟大领袖不是有句名言,就叫作:'与人斗,其乐无穷'嘛!"

陆石在他的脑后拍了拍,忍俊不禁道:

"妙哉,简直是点睛之语。"

雷鸣却一点也没笑。他初衷未改道:

"说真的,我只希望下一步抓点创作,成立作协,把局面打开。然后相机调查骆汉生的事情。"

"你有把握吗?"陆石提起茶几旁的花壳温水瓶,朝他杯里掺了点开水。

"没有刊物,困难会很大。但是我们可以从零开始。"

"我说你呀,还是老毛病:太认真了!这样会碰壁的。"

陆石放下温水瓶,在对面的一张藤椅上坐下,递过一支烟,雷鸣摆手未接。

陆石掏出打火机,自己点燃,吸了一口,吐出一个漂亮的烟圈。那淡青色的烟环,在空中飘悠悠地,慢慢升起,扩大,如丝如缕。陆石得意地望着自己的杰作在空中飞舞,然后目视着雷鸣,用一种近于诚恳的口气关照道:

"我一向主张,处事做人,既不能不认真,也不能太认真。"

"你还是这样玩世不恭!"雷鸣咧嘴一笑。

"老弟,不是玩世不恭。"陆石一本正经地说,"这里面有辩证法,将来你会懂的。"

雷鸣看了一眼在头顶散去的烟环,品味着老同学的高论。也许我过于认真了?他心中嘀咕了一句,然后转向陆石讨教道:

"你说我该怎么做?"

"能化解的尽量化解,能妥协的做点妥协,以免腹背受敌。不过秘书长是实权,你要抓住。不然你这个二把手就悬空了。"

"我不想争权。"雷鸣很坦荡。

"你太书生气了!要知道,有时候没有权,也就干不成事。"

陆石和雷鸣是老同学,又是多年的朋友,说话用不着掩饰。不过他觉得,雷鸣的书生气中包含着一种傻劲。那是一种对理想真诚的追求,赤子之心般的可贵。正因为这样,他要给朋友出点主意,提醒他不要太单纯了。

雷鸣苦笑了一下,欲言又止。

这时,陆妻端上一盘切开的广柑,笑盈盈地搁在玻璃茶几上。

"你们一见面就抬杠,也不累吗?小雷,别听他的高谈阔论,吃广柑。"

"谁说我们在抬杠？是智慧地聊天。"陆石笑辩道，他拿起一瓣黄澄澄的广柑，递给雷鸣：

"这是小雯单位分的，有名的鹅蛋柑。"

雷鸣接过鹅蛋柑，似有所动，眼里露出温和的光芒。他低头咬了一口，满嘴流汁，甜津津的。自从殡仪馆同陆雯擦肩而过，他没有再见到过她。

"你们有几年没见面了吧？"陆石问。

"七年。"雷鸣说，话中带着浓重的思绪。

"当初你们是怎么分手的？"陆石一直不明白。

雷鸣默然。那段往事是那样平淡，又那样令他铭心刻骨。这个谜在他心底埋了整整七年。也许该向朋友吐露一下。

蹲在沙发脚的三色猫懒懒地站起来，拉长身子伸了个懒腰。突然，它像听到什么声响，"喵喵"地欢叫着向客厅门奔去。

几乎同时，门铃响了。

陆石起身过去，打开门。只见是陆雯飘然而至。她穿一身入时的深秋装，脸上带着调皮的微笑，大声说：

"妈叫我告诉你和嫂子，明天中午回家吃饺子！"

"你瞧谁来啦？"陆石接过包，指指客厅里面。

陆雯发现雷鸣在座，略感意外，她嘴角的笑容荡开来，清澈的眸子里明显地透着惊喜。

雷鸣朝她点点头，无言之中含着深情的问候。

陆雯在沙发上落座，小花猫围着她的裙边蹭来蹭去。陆雯一把把它推开：

"去去去，三花脸！"

久别重逢，没有千言万语的诉说，也用不着寒暄，雷鸣感觉到两人之间，就像昨天还在一起似的亲近。

"听说文联这一阵子很热闹呀！"她掠掠乌黑的云鬓说。

"你也听说了？"雷鸣有些诧异，傻愣愣地问了一句。

"文学界都传遍了，说你争主编，野心勃勃……"

"是吗？这简直是……"雷鸣的腮帮子因为激动变红了。但他强捺下性子，忍住了怒火。

"可我就喜欢有野心的人！"陆雯瞅着他，莞尔一笑。她的眼神热辣辣的，十分诱人，"不过有的人很善于在外面造舆论，你可要提防着点。"

"这一帮人的能量很大！"陆石说。

"白演达那人一看就是搞政治的，像个阴谋家。"陆雯不屑道。

雷鸣没有吭声。这沉默里蕴含着滚动的岩浆。

"我还听到一个传言，"陆雯认真地说，"韩波的死可能有问题。"她的表情很冷静，但话却极有分量。

"这是真的？"雷鸣瞪大了眼睛。

陆雯带来的这一惊人信息，使客厅的气氛骤然变得严肃起来。陆石也感到很意外。

"传闻医院的一位护士讲，韩波去世那天上午，她的病房里传出过激烈的争吵声，吵得很厉害。中午韩波就突然去世了。"

"知不知道在病房里争吵的人是谁？"

"不知道，好像有两三个人，其中有一个声音很特别，带沙哑音。"

"带沙哑音？"雷鸣挠挠头，满腹狐疑。

"你这个消息确实不？小雯，这可是事关重大的哟。"陆石审慎地问。

陆雯点头。

雷鸣感到一股彻骨的寒意。

如果是真的,这就意味着韩波的死不是正常死亡!莫非……他的眉头上现出一道很深的皱纹。

2

从陆石家出来,已是华灯初上。

雷鸣的心情有几分沉重。他说不出是愤懑,还是疑惑。

晚风带着一丝凉意。他今天没有骑车,信步沿着皇岗路走去。夜幕下的都市人流如织,灯火辉煌。街两边建筑上的大小广告牌,闪烁着红红绿绿的霓虹灯。

雷鸣的眼前,若隐若现地浮现出韩波那张殷切期望和略带倦意的面影。他又想起她最后说的那句话:

"这下我就放心了!"

这究竟有什么含义呢?

这位敬业的老主编,为什么要告诉自己那么多话?她当时似乎有什么预感,可那是什么预感呢?

穿过十字路口,雷鸣登上一座天桥。这座桥是全市的少先队员募捐造的,洁白的桥身,银灰色栏杆,桥的底座上镌刻着"希望号"几个字。

雷鸣在桥上停留了一刻,凭栏眺望。黑黢黢的夜空,什么也看不见。山下面,万家灯火通明,恰似一片灯的海洋。那黄的灯,白的灯,绿的灯,间或有红的灯,星星点点,互相辉映,一直延伸到天幕的尽头,灿烂夺目。景色壮观极了!

白衣江就像一条黑色的缎带,闪着粼粼波光。浓黑的江心,有条船影在缓缓移动。

多么迷人的夜色啊！谁能想象在这诗情画意的背后，会藏着虚伪、仇怨和阴谋呢？

凉风拂面，雷鸣感觉到寒意，紧了紧领口。

一声低沉的汽笛，像粗犷的牛嗥一般，蓦地从江心传来。雷鸣想到陆雯，心头涌起一股温暖的感激之情。

翌日。文联里院创评部办公室。

雷鸣将陆雯透露的信息，告诉了车夫和钟翼德两人。

钟翼德是文联的创联部主任，刚从西北探亲回来。一张脸被紫外线晒得黑黑的，穿一件棕色皮外套，矮壮敦笃。他是羌族出身的作曲家，而且写得一手好书法，秉性粗犷豪放。早年在部队搞过宣传，一曲《酥油茶》至今还广为人们传唱。

听完雷鸣的话，他沉吟道："你们注意到没有？编辑部里有一个人好像就那种嗓音！"

"是谁？"雷鸣心中一动。

钟翼德压低了嗓门，一字字地说：

"白——演——达。"

车夫击掌。

"对的，老钟不说还不觉得。他说话嗓音抬高时，就是嘶哑的，像公鸭嗓。"

"韩波病故那天是几号？"雷鸣两眼炯炯。

车夫回忆道：

"好像是星期五，几号记不清了……那个礼拜我正好当班，下午两点左右接到医院病危的电话。"

"当时编辑部还有谁？"

"那时刚上班，只有筱红在。"

"问问筱红或许记得,她脑子特别好使。"钟翼德建议。

"我去。"说着,车夫转身去到隔壁办公室。

"筱红在编辑部也是受排挤的,"钟翼德了解很多内情,"听说蒋学贵征求意见时,她曾表示支持你做主编,坚决不同白演达合作。"

难怪郝伯臣建议调她到文联办公室。

不一会儿,车夫回来。

"是星期五!9月21日。筱红还记得整个上午白演达和钱诚都不在编辑部。"

雷鸣和钟翼德相互对视了一下。

钟翼德断然说道:

"这件事背后一定有文章,我的意见,非查清楚不可。"

车夫很沉得住气,他不动声色地说:

"不过这事暂时不能声张,一是干系重大,二是也不完全排除其他人的可能。"

雷鸣想了想说:

"好吧,我和老车去一趟红十字医院。"

市中区。红十字医院。

这是全市绿化得最好的一所医院,虽然坐落在岚山市中心区,却是绿荫环绕。这里的医疗条件也属上乘,医院的主楼是一幢十层浅赭色大厦。临街的白色铁栏杆内,栽着一围四季常青的夹竹桃。据说这种植物有净化空气的特效。赭楼迎面的高壁上,嵌着一个巨大的红十字,百米以外都能看见。

雷鸣和车夫在路边停好自行车,大步走进医院。

赭楼前的环形喷泉,水花叮咚。

喷泉中央，立着一尊不锈钢制的雕塑。这雕塑名为"生命"，造型独特，颇富现代感，给人一种宁静与和平的联想。

雷鸣每次经过喷泉，都要向它投去欣赏的一瞥。他很喜欢雕塑。有位艺术家说过，雕塑是凝固的音乐。一点不错。但今天他经过这里，心中却别有一番感受。同样的一尊塑像，往日那种飘逸、轻松的韵律不见了。映着天光的不锈钢躯体，在灰色的天幕下显得凝重而冰凉。

雷鸣和车夫走进赭楼大门。

内科病区在八楼。雷鸣和车夫搭乘蓝色电梯上行。

在电梯徐徐升起的几秒钟里，两人都默然不语。但雷鸣感觉到自己的心跳。

八楼病区。走廊上散发着医院特有的药水气味。洁白的墙壁下端一律漆成灰蓝色，增添了一种肃静的感觉。他们正遇上查房的时间，雷鸣很容易就问到了值班护士长。

"找我有什么事吗？"护士长是位中年女性，穿着白大褂，人很干练，白色护士帽下露出一双明眸。

"我们是市文联的，"车夫先说明身份，然后谨慎地说，"主要想了解一下，9月21日韩波发病那天上午谁来探视过？"

"哦。"护士长打量着他俩说，"又是这事，已经有人来问过了。"

"有人来打听过了？"雷鸣和车夫面面相觑，有些诧异。

"是一个女记者。"

唔，一定是她。雷鸣心中一震。

"事情隔了快两个月了，来医院探视病人的很多，又不登记，不好查。"护士长的脸上有些难色。

她留意到两人的反应，认真问道：

"不过这件事很重要吗？"

"我们只是了解一下。"

"这样吧，你们请等一下。"护士长很合作，随即叫来几个年轻的护士，把情况大概说了说。

"就是32床那个脸圆圆的文联副主席呀？"一个戴耳环的小护士抢着说。

"来医院看病人的人那么多，又不登记，哪个记得哟！"她旁边的另一个小胖子说。雷鸣记起来，这个小胖子就是那天他来医院探视时，给韩波量血压的护士。"请问你贵姓？"雷鸣问她。

"我姓陶。"

"请你们再回忆一下，平常的探视时间都是下午，上午来探视的人不会很多的。"雷鸣启发她道。

姓陶的小胖子和"耳环"相视了一下，没有吱声。

另一个挺文静的护士说道：

"那个星期是小柳值班，不知道她还有印象没有？"

"能请她来一下吗？"雷鸣急切地问。

"她请病假了。"护士长答道。

雷鸣和车夫脸上露出失望。

"另外还有人记得吗？"车夫又追问了一句。

"没有了。"护士长脸上带着浅笑，摇了摇头。

每一位护士小姐的脸都像是真诚的。

雷鸣和车夫只好道谢告辞。

他们一无所获地从医院出来，推着自行车，心中有些怏怏。

但雷鸣凭一种直觉感到，韩波的猝死确有疑团。他回头望了一眼赭楼顶那个巨大的红十字，心头掠过一丝莫名的怅惘。

3

《西部阳光》编辑部。

"听说韩波死得有些蹊跷。"聂风说。

"你也听说啦?"吴总编瞅着他问。

"喔,无风不起浪。"聂风点头。

吴总编坐在大班椅上,聂风坐在他的对面。老报头的体态矮胖,额头宽阔发亮,是位一丝不苟的资深编辑家。案头上摆着一个精致的胡桃木盒子。吴总编打开盒盖,取出一支深褐色笔形雪茄,点燃。

聂风穿件棕色套头毛衣,戴顶棒球帽,有几分帅气。

"司马宏这个人,我认识。"吴总说,"《金蔷薇》杂志三年前创刊时,他带着一帮人来省城找《西部阳光》取过经。人很能干,雄心勃勃地,说是要创办一份在全国叫得响的文学刊物。韩波就是我向他推荐的。当时她是岚山市文化局的副局长,分管群众文艺创作。司马宏当时问我,省城有没有合适的主编人选?我说,你们岚山就有人嘛。"

吴总说,他后来才明白,司马宏要找的其实是一个名义上的主编。这位文艺官僚要一手控制刊物,但作为宣传部长又不便亲自兼刊物主编,所以要找一个有身份而又听话的替身。

"我当时看他办刊物的热情很高,被他打动了。"吴总吐出一口青烟说,"但我总觉得,他这个人身上有种杀伐之气。也就是顺我者昌,逆我者亡……"

吴总说起当时的一个细节。司马宏登门造访,穿件咖啡色西式皮外套,满面红光的。他和吴总握手寒暄后,随即示意背后的人从一个皮包里取出他的名片。在宾主见面之初，郑重地递上自己的名片，这是社交的普通礼仪。但司马宏自己并不拿名片，而是颐指气使，叫随员把取出的名片递给吴总。他不是不懂礼仪，显然是在摆官架子。

"也许我不该推荐韩波去《金蔷薇》的。"吴总叹息道，"听说在刊物创办之初两人处得还可以，后来刊物有名气了，司马宏和她的矛盾闹得越来越大。"

"有没有个人恩怨在里面喃？"

"应该说不全是个人恩怨。"吴总沉吟道，"你抽空可跟踪一下岚山市文坛事态的发展，背后可能有些名堂。"

"阴谋与爱情？"聂风说了句俏皮话。

"是阴谋与权欲。"老报头说。

他并叮嘱聂风同雷鸣保持联系，把岚山市作为一个典型案例，做点解剖。争取发一篇精彩的头条。

"正所谓'大潮之下，必有漩涡'呀！"吴总弹了弹烟灰，斟酌道，"篇名嘛，可叫……"

聂风脱口而出："白色漩涡之谜。"

"这个题目不错。"老报头点头。

"那就这样定了。"聂风起身，准备告退。

正在此时，有个编辑推门，探进头说："吴总，有客人。"

"哦，请他进来。"

是雷鸣，穿件黑皮夹克。走进来，像带进一股旋风。

"您好，吴总。我是岚山市文联的雷鸣。"

"哦，韩波的接班人，欢迎！欢迎！"吴总热情迎客，并给他做介绍："这是我的助手聂风。"

聂风向雷鸣点头致意，态度友好。

"聂风记者，久仰大名哦！"雷鸣眼睛一亮，在沙发坐下。

聂风用纸杯给他沏了一杯茶。

"哦，谢谢！"他接过纸杯，放在玻璃茶几上。

"我是专程来拜访的。"雷鸣说明来意，"韩波老师生前曾叮嘱我，遇到难题时，可找吴洪量总编辑。"

吴总颔首，期待地注视着他。

"韩波老师生前很佩服吴总的办刊理念，还有引导潮流的雄心……可惜我没有接好韩波老师班……"雷鸣的语气有点无奈。

"韩波是个好人。"吴总说，"还有她的丈夫骆汉生我也很熟，一个耿直的北方汉子，我们有几十年的交情了。他们俩是一对真正有才情又有骨气的文化人。可惜都走得太早……"

"吴总知道当年骆汉生绑架案一事吗？"雷鸣问。

"知道。骆汉生是全国知名作家，当时这个案子很轰动。省公安厅都介入了，可是骆汉生最后被绑匪撕票了，案情很蹊跷。"

"听说骆汉生有部小说手稿，也一并失落了。"雷鸣说。

"我听韩波说起过，这可是她的一块心病啊！"吴总叹道。

"很有可能，玄机就藏在岚山的文坛……"雷鸣说。他的脸上略显疲惫之色。他说到对未能完成韩波遗愿的懊悔。

"刚才我还同小聂在谈，你们岚山市挺复杂的。"

吴总示意聂风留在办公室作陪。

聂风和雷鸣相对而坐。雷鸣的个头比聂风略高一点，显得更粗犷些。两人一见如故。雷鸣说起对韩波之死的疑惑，引起聂风高度的关注。

雷鸣的口气很谨慎，但说出的情节具有很大的震撼力：

"据红十字医院的一个护士讲，韩波去世那天上午，她曾听到病房里传出激烈的争吵声，声音很高，吵得很厉害。午后韩波就突然发病猝死了……当时病房里有两三个来探视的人，其中有一个声音很特别，带沙哑音，像是《金蔷薇》编辑部的白演达……这说明韩波的死，有可能是非正常死亡，不排除有人故意要置她于死地……"

"你说是……有谋杀的可能？"聂风问他。

"是的。"雷鸣点头。

"能不能请警方介入？"吴总问。

"没有任何证据。警方不会立案。"聂风说。

"找到目击证人了吗？"聂风问雷鸣。

"正在找。"雷鸣答道。

"目击证人非常重要。"聂风提醒道。

"我们一定会找到的！"雷鸣口气坚定。

"如果在病房现场吵闹的人，确实是《金蔷薇》编辑部的，那也存在两种可能。"聂风分析说，"一种可能是他们的目的只是逼宫，要求韩波辞职，遭到韩波的严词拒绝，由于其情绪过于激动导致猝发心肌梗死。也就是说是一件意外事故。只能算过失，不存在刑事责任……"

聂风看了雷鸣一眼，意味深长地说：

"另一种可能，就是他们的目的一开始就是为了逼命，而逼宫只是手段而已。他们故意挑起韩波的情绪失控，从而导致她猝发心肌梗死死亡。但这种情况有时候很难定罪，因为这种谋杀的企图往往藏得很深，很隐蔽，也最可怕。"

"会不会这两种情况兼而有之呢？"吴总插了一句。

"也有可能。"聂风推测道，"比如这帮人一开始只是逼宫，想逼韩波主动下台，如果韩波接受辞职，就平安无事了。但韩波的态度很强硬，于是他们在失望和愤怒中情绪失控，带着某种恶意,大吵大闹,将韩波置于死地……"

"带着某种恶意……"雷鸣重复道。

"对,就是不怀好意。"聂风点头。

"啊,明白了!"雷鸣很佩服聂风的分析。

"但问题是,要查明这一点很困难。"聂风说,"恶人的心机是把杀人不见血的刀!"

"听说你协助警方破过好几个大案哟。"雷鸣由衷地说,都知道聂风在警界的名气比他在新闻界的名气还大。

"都是缺牙巴咬虱子。"聂风傻笑。

"那帮我们也咬咬虱子吧。"雷鸣态度真诚。

聂风望了一眼吴总,老报头点头微笑。

"那我试试吧。也许我不能全程跟进,但关键的时候我会出手的。"

"太感谢了!"雷鸣兴奋地同他握手。

雷鸣起身告辞,来去像一阵风,身后留下一串脚步声。

4

司马宏家客厅。

每逢节假日,或是有要事商议时,白演达、钱诚和殷浩常来这里小坐。这里俨然一座艺术殿堂。岚山市文坛的风云,作品的贬褒,人员的升迁,往往事先都在这里定调。韩波主持《金蔷薇》工作时,司马宏常常也是在这里通过白、钱等人遥控刊物。连发稿、定编辑费、赠送刊物等,他都可以在背后操纵。韩波同他的矛盾起因也就在此。所以,它又是一个小小的独立王国。一般的人很难进入这个核心圈子。

这个王国的主宰,就是客厅的主人司马宏。他今天穿一件浅色休闲服,领口露出海蓝色澳毛毛衣,显出几分潇洒,气色相当好。

客厅的布置半官气半儒雅。地面铺着细条榉木地板,墙上点缀着几幅名人字画。一帧司马宏率杂技团访问香港的大幅彩照悬挂在醒目的中堂处。大家随意地坐在一圈暗红皮沙发上,中间围着一方玻面藤茶几,上面摆着酒杯和一些花生、糖果。

客厅的一角立着镀铬脚落地灯和一台42英寸大屏幕彩电,有些气派。

"来,大家小酌一杯!"

司马宏举起盛着红葡萄酒的玻璃杯,容光焕发。

白演达、殷浩、钱诚款款举起酒杯,显得春风得意。

"为岚山市文联的未来……"

"为《金蔷薇》大放异彩……"

"为我们初战告捷……"

"……干杯!"

窗台的大玻璃缸里,几尾泡眼金鱼悠闲地在水中游着。

"这次编辑部组阁,你们干得不错嘛。"司马宏啜了一口红酒,微笑道,"刊物是个实体,抓到手里,可以团结更多的作者。"

"这次搞得还算利索,雷鸣和车夫完全被排除在外了。"白演达将酒杯轻轻碰了碰嘴唇。

"要不是韩波拦路,《金蔷薇》早就摆平了!"殷浩将满满一杯酒灌进喉咙。

"话也不能完全这么讲,"司马宏觉得殷浩说得太露骨,纠正道,"人已经死了,就不计较啦。她的心胸太窄,女同志嘛,总有些弱点。"

钱诚奚落道：

"那女人生前很赏识雷鸣的。这小子尽管年轻，有才气，可惜还是嫩了点。"

司马宏目光扫过众人：

"不过，对雷鸣你们不可小看了。此人憨厚之中潜藏着一股英气，而且部里面有人支持他。"

"谁喃？"殷浩酒色已经上脸。

"谁最支持韩波嘛？"司马宏以问作答。

"听说这次文联调整班子，本来还是你做党组书记的，因为韩波坚决反对，市上最终才改变决定的？"白演达问。

司马宏一笑。

"我个人做不做党组书记没有什么，我的季节已经过了嘛！"说这话时他并不情愿，而且带着半自嘲半感慨的语调。"遗憾的是，韩波是我自己当初建议从文化局调来的。完全是《西部阳光》那个老报头的误导。"

他点燃一支红塔山，吸了一口，苦笑着摇摇头，口气似宽容大度地说：

"那个老报头把韩波说得完美无缺，想不到她来了会同我唱对台戏！"

司马宏的最后一句话里，带有一种淡淡的苦涩。

《金蔷薇》杂志创办于三年前，从抽调人员，确定编辑方针到申请刊号，都是他一手张罗的。那时，作为分管文化艺术和出版旅游的宣传部副部长，他充分运用了领导机关的权威和行政的效力。要风有风，要雨得雨，很快就建立起一支队伍。他本人既是一位文艺官员，又是一个能写小说、发表过剧本的作家。这双重的身份，无疑使他如乘青云，在岚山市文艺界确立了文坛"霸主"的地位。

对《金蔷薇》这个刊物，他有一种特殊的感情。连刊物的名称，也是他当初亲自圈定的。当时大家提了好多名字，诸如《新潮》《当代作家》《白衣江》等，他都觉得小气了。唯有这个名字不俗，独具一格。苏联有位著名的文艺评论家写过一本小册子，书名就叫"金蔷薇"，很受欢迎。他读过那本书，印象颇深。

也正因为和刊物的这种特殊关系，他不能容忍编辑部存在反对他的声音。司马宏没有想到，像韩波那样一个文静的女同志，会蔑视他的权威，在他的领地里自行其是地搞另一套。她还不是仗着她丈夫生前的名气！司马宏也没有想到自己在五十五岁的年龄上就"下野"了，心里难免有种沉重的失落感。人总是不愿意失去已经得到的东西：荣誉、地位、权势，抑或是工作的乐趣。更何况他曾经拥有那样的辉煌！

五十五岁，正是一个人事业的顶峰和金秋时节。他不甘心就此退出舞台，成为被人淡忘的历史。他司马宏有资格，有经验，也有足够的能量做文坛的领袖。他清楚自己多年经营的阵地根基是厚实的。唯一出乎司马宏意料之外的，是他怎么也没想到继韩波之后，会杀出雷鸣这样一匹黑马来，差一点把他的阵脚冲乱。

"凡是同我们唱对台戏的，都不会有好下场。"白演达阴阳怪气地说。

"好在那女人见马克思去了。"钱诚笑一笑。

"关于韩波的死，最近外面有些风言风语的，你们要留意。"司马宏想起什么来，表情突然严肃起来。

殷浩不以为然。

"有人胡乱猜测的，没有证据！"

白演达不语，神情似有些警觉。

钱诚打诨道：

"捕风捉影的事，神龙见尾不见首咧……"

"空穴来风总有原因。"司马宏扫了众人一眼，正色道，"我听说，文联最近有人到红十字医院去查问过韩波死那天的事……"

"肯定是雷鸣和车夫。"白演达猜测。

"幸好他们是一无所获。"司马宏捋了一下头发，警告说，"大家要记住，在韩波死这件事上，绝对不能出任何纰漏！我想，这件事情的严重性……你们应该懂得的。"

大家的表情严肃起来。

"我看必要时，可以给'红十字'一点颜色看看！"殷浩的话里藏着杀气。

司马宏没有吭气。

白演达和钱诚注视着他的脸，似乎读出了默许的意思。

"不能留任何痕迹。"司马宏交代了一句。

"部长放心。"殷浩说。

"还有。"他用中指弹弹茶几玻面说，"钟翼德休假回来了，这位韩波的高参大家要提防点。"

"还有一个郝伯臣，那老头也是多事，处处在卫护雷鸣。"殷浩嘟囔道。

"他不打紧，马上就下了。"

司马宏语气缓和了些，问道：

"另外，听说方梅对老白有点成见？她是个有影响的老编辑，要注意做工作。"

"没问题，老白已经摆平了。"殷浩笑道。

"怎么做的？"司马宏询问白演达。

"不外乎答应她永不下岗。"白演达一笑，他很会收买人心。

司马宏满意地颔首，停了停，关切地问：

"下一步你们准备怎么办？"

钱诚推测说：

"雷鸣没有管成编辑部，肯定会抓作协的。"

"嘿嘿，作协和创评部现在都是空中楼阁，他有什么好抓的？"殷浩讪笑道。

白演达没有吭声。

司马宏胸有城府地：

"最重要的有一步棋。"

"部长有什么高招？"殷浩恭敬地问。

"不能让他当秘书长，这是实权。"司马宏一字一句地说。

"老白一肩挑算啦！"殷浩说。

"你开玩笑嗦。"白演达白了他一眼。

"那谁当最好嘀？"

司马宏微笑道：

"你们可以争取庞文聪嘛……"

"雷鸣会拱手让出秘书长吗？"殷浩有些顾虑。

"我看未必。"白演达说。

"也可能。"钱诚品了一口司马宏为他特备的盖碗茶，分析说，"雷鸣这个人有点个性，也有斗志，但缺少心计，有时单纯得可爱。"

"你们不要低估了他的能量。"司马宏提醒他的干将们。

5

庞文聪住在老旅游局宿舍里。

这是一幢西式小楼。两单元,住着六户,大都是文化系统的头面人物。解放前这楼是一位姓林的富商的公馆,人称林公馆。建筑有些年月了,但里面装修得很不错。房间的开间大,一律拼木地板,阳台的采光也好。

林公馆虽然地处繁华的老街,但因周围绿荫掩映,并不嘈杂,是一处闹中取静的佳境。从前庞文聪做旅游局一把手时,这里倒是常常门庭若市。来做客造访的、求职送礼的,络绎不绝。自打他不做局长以后,来这里的人影渐渐稀疏,多少显得有些冷落。庞文聪也乐得清闲。也就是从那时开始,一向无暇舞文弄墨的他,练起书法来。是陶冶性情,也是排遣寂寞。每个星期日都要铺开宣纸,正经八百地练上一小时。不想今天,刚刚写满半张纸,殷浩一大早就来访。

殷浩穿一件中长花呢大衣,笑容可掬地叩开了门。一进屋,还未落座,就殷勤地:

"哟,庞主席正在练书法呀!"

"我是星期天无事,胡乱描几笔。"庞文聪搁下手中的大字软毫,让座。他临的是颜真卿的《多宝塔碑》帖。书如其人,他喜欢颜体的威严庄重,大气磅礴。

殷浩瞄了一眼案上的宣纸,几个拳头大小的字,浑圆之中略嫌肥臃,若按书法水准衡量,还未入门。但他笑着恭维道:

"庞公的字很有气魄啊!"

"我是刚起步,见笑了。"庞虽然这么说,但看得出他有点悦意。大凡练字的人，都喜欢有人捧场。殷浩是把握住了这个心态的，不过庞文聪心中究竟在想什么，他却很难猜透。

庞文聪酱紫色脸膛，方正微胖，穿一件开襟羊毛衫，虽已发福，但体格魁梧，气度不凡。平日里话不多讲，待人和蔼之中含着一种威严，显得颇有城府。向他反映意见或是请示事情，他从不立即表态，总爱微微肯首，口中极诚恳地道着"对，对"。那姿态究竟是表示同意，或是表示听明白了，让人很难度测。也许这种模棱两可是当官的极高道行。

殷浩在一张长藤椅上落座，环视了一下客厅。屋子的空间大小适中，墙上挂着几幅川剧脸谱。南面的落地窗前，摆着一架黑色钢琴。庞文聪的女儿是音乐学院学生，庞妻是著名的川剧青衣、剧团团长，现已病退。阳台外有几盆令箭荷花，不过开花的季节已过。听说养花是庞文聪的第二嗜好。

庞文聪在藤沙发落座，很客气地递了一支云烟给殷浩，自己也叼上一支。

殷浩掏出镀铬打火机，给庞文聪点燃，再移近自己唇前，火苗映得满脸泛红。轻轻吐出一口青烟，然后很自然地引出谈话主题。

"我们都觉得你做文联秘书长最合适。"

"哦，是吗？"庞文聪一笑。

"庞公当过多年一把手，行政经验丰富，而且又有魄力……"殷浩竭力把话说得动听。

"这是需要党组研究的事……"庞文聪说。

"老白肯定会赞成你的！至于雷鸣嘛，也有能力，但光作协就够他忙的了……"殷浩有意透露白演达的态度。庞文聪当然懂得这个信息的含义，但他并未露声色，只是心领神会而已。

殷浩看看庞文聪如来佛似的脸，接着说道：

"我们很感谢你来文联后对《金蔷薇》人选的支持……"话里巧妙地暗示，他们对庞文聪出任秘书长是有交换条件的。

"刊物分工那也是老蒋的意见嘛……"庞文聪客气了一句，并没有承诺什么。

作为正局级干部，在文联新班子中只排列第三，庞文聪从心理上更靠近后面的白演达，而同雷鸣存在一定的距离。但庞文聪与司马宏素有芥蒂。他看不惯司马宏的专横跋扈，自恃有能力，以往不大把这位顶头上司放在眼里，因而得罪了司马宏。他的旅游局长乌纱帽，就是司马宏在位时抓住把柄，暗中施法给他摘下来的。

两年前，庞文聪带一个旅游团出访欧洲，有一个女团员在他的套房里玩时被人撞见。本来这是一件平常的事，但撞见的人恰好是那个女团员的死对头。于是此事回国后被搞得满城风雨，而且后来告发人一口咬定，曾看见他们有越轨行为，说得有眉有眼的。由于查无实证，这件事最终不了了之。但在旅游局班子调整时，庞文聪因此被晾在了一边。事后庞文聪才听说，此事司马宏起了关键作用。

因而对于司马宏的人，庞文聪是存着戒心的。殷浩告辞离去后，他还在品味殷传递信息中的全部含义。

"这匹下野的老狼，他终于向我伸出橄榄枝了！"

庞文聪恍然大悟。

文庙街22号。

文联里院。紫红色的胭脂花怒放。

小会议室垂下所有的窗帘，关得密不透风。浅蓝色的顶棚上开了一个小小的天窗。一缕光线从天窗投下来,给屋里增添了几分朦胧的气氛。

这是几天以后,文联党组开会,研究确定秘书长分工。

出席人员:蒋学贵、雷鸣、庞文聪、白演达。列席:两位老秘书长郝伯臣、涂图。

对于今天的党组会,雷鸣是有思想准备的。就在头天的中午,钟翼德还专门同他恳谈过一次。

"秘书长职务很重要,你必须把握住。"钟翼德表情严肃,语气十分恳切。

雷鸣点点头,表示领会了话中的意思。

他俩就站在庭院的一株苦楝树下。回廊下的胭脂丛中,朝天望着一盏盏紫红的小喇叭。

雷鸣知道秘书长是文联的实权,但这个职务同时又意味着行政重荷和繁杂的事务,而这些并不是自己的所长。况且,他隐隐感觉到有一只眼睛正注视着这个职位。

"庞文聪是老同志,有行政领导的经验,如果由他做秘书长也许……"他迟疑道。

"你应该当仁不让,都这么认为。"钟翼德朗声地说。

"那庞文聪如何安排呢?"雷鸣想得多一些。

"那是蒋学贵考虑的事。明摆着的,你是二把手,你要不当秘书长就等于架空了!"钟翼德力陈利害。他厚胸脯,包公似的黑脸膛,嗓音洪亮,说话常常一语中的。

这句话雷鸣记得陆石也说过。他思忖了一下,面部神情凝重了些。

"我再斟酌一下……"他说。

钟翼德的黑脸上露出一片曙光。但他还不完全放心,又叮嘱了一句：

"庞文聪绝非等闲人物。"

雷鸣颔首。

不过，老钟这句话的含意，直到此刻——四个党组成员坐在椭圆桌前，正式讨论谁出任秘书长时，他才完全领悟。

蒋学贵先把会议议程做了简单介绍，然后切入正题说：

"秘书长是文联的行政领导，迎来送往，内外事情，都需负责。这个工作很重要，也很辛苦，究竟谁担任合适，大家一直很关注，请各位谈谈意见，我们今天把这事定下来。"

光洁的桌面上，六只蓝花瓷茶杯冒着袅袅热气。

蒋学贵说完，端起面前的杯子靠近嘴唇，吹吹热气，呷了一口，尔后抬起细眉眼环顾左右。

"秘书长这个工作确实很重要，而且主要管文联行政方面的事。我想，由行政领导经验比较丰富一些的同志来担任更合适。"涂图先发制人。

他今天穿着中式对襟袄，脖子上围一条驼毛围巾。那张婆婆脸上不带表情。

众人未语。只有茶杯盖的磕碰声。

庞文聪点燃一支云烟，咝咝地抽了一口。

"秘书长嘛也不一定非得年龄大一些，我倒主张由年轻一点的同志担任，这样有活力些。"郝伯臣带着笑容表示异议，他的话很诚恳，而且考虑得也周全，"副秘书长可以虚一点。有些事办公室主任就可以办了。"

蒋学贵环视众人，说出自己的设想：

"我建议设正副秘书长，分别由雷鸣和庞文聪担任。看大家同意不？"

作为新班子的班长,蒋学贵的这一考虑应该是合乎常理的。

不料他的话音刚落,庞文聪把烟头往烟缸里一揿,勃然表态说:

"我不做副秘书长!"

众人有些愕然。

庞文聪的目光并不看蒋学贵,继续说道:

"我就是做办公室主任,或是办事员都可以,但我不做副秘书长……"

庞的这个态度,在场的人除了白演达和涂图,似乎都没有料到。办公室主任是中层干部,显然是不可能的。庞文聪的话弦外之音是:"我只做秘书长"。这个意思很明白,不过表达得却很含蓄而又艺术。

庞文聪拒绝当副秘书长,自然也有他的理由。从新班子的格局看,雷鸣是作为接班人安排的。人年轻,有干劲,理应当扶他一把。但庞的情况同郝伯臣、涂图不同。他还不到退居二线的年龄,在被闲置两年之后,他希望能体面地复出干些事。要给一个比自己小二十岁的新秀做副手,这是他难以接受的。

一时间,椭圆桌四周的气氛有点尴尬,甚至有些剑拔弩张。

蒋学贵犹豫了一下,转过脸问侧面的白演达的意见。

"老白觉得如何?"

白演达正在打坐,一对柳叶眼似闭非闭,听见蒋学贵的问话,抬起下颌指向对面的庞文聪和雷鸣,淡淡一笑说:

"看他们俩的意见。"

白演达的这一招很绝。球踢给了雷鸣。此刻此景,雷鸣当然不可能表态说同意自己做秘书长。那么回答只有两种:要么稳起不开腔;要么表态谦让。这都会对雷鸣不利。

如果老练些，面对这种情况，雷鸣本来还可以选择第三种回答的，即：坚持请宣传部决定。那样他进退都可自如。可是，果真被钱诚算准了。在这关键时刻，雷鸣做出了一个高姿态。

"既然这样，我建议副秘书长不设了，就由老庞做秘书长吧。"他说得很真诚，脸上平静如水。

大约雷鸣是不希望因为秘书长的分工问题与庞文聪对立，那样有人会说他争主编，又争秘书长。促使雷鸣做出这一选择，也许还有一个更根本的原因，就是他实在地没把秘书长这个"实权"看得多重。再说庞文聪经验丰富，确实能胜任这一职务。有何不可呢？

蒋学贵听了雷鸣的表态，如释重负。他左右环顾，态度殷勤地说：

"大家看小雷的建议怎么样？"

众人不语。只听见茶杯的磕碰声。那种感觉很复杂。但多数人都没料到如此棘手而重要的人选问题，竟会这样轻而易举地就解决了。

庞文聪稳若泰山，没做任何客气的表示。

还是列席的老秘书长郝伯臣最后打破了沉默。他对雷鸣的立场和选择表示理解。

"既然小雷本人是这个意见，也是一个办法，副秘书长就不用设了。"

"那好，"蒋学贵拍板说，"秘书长就这样定了：由庞文聪担任。不设副秘书长。另外，文联支部书记我建议由雷鸣担任，大家有没有意见？"

这后面的动议实际是一种安慰性质的。蒋学贵也觉得，不然就太亏待雷鸣了。大家对此都没表示异议。

秘书长的分工就算确定了。机关支部书记还有一个选举的程序。

"是全额选举呢，还是差额选举？"散会前，白演达冷不丁冒出一句。

"全额差额都可以，酝酿时可把党组的意见给大家讲讲。"蒋学贵收起笔记本说。

谁也没有留意到白演达问话的意思。

12月14日，星期五。

文联进行了支部选举。地点在文联的大会议室。

机关支部书记只负责日常思想工作，是个虚职，通常由党组书记或副书记兼任。而且选举也很容易，一般情况在支部大会上表决一下就行了。

偏偏这最简单的程序最后出现很不简单的结果。

全文联党员23名，《金蔷薇》编辑部15名，占总数三分之二弱。无独有偶的是，支部大会召开时，会上提出了两个候选人。一个是雷鸣，另一个是庞文聪。后者的提名是方老太提的。背后是否有人导演了这次选举不得而知。但从选举结果看，不会是偶然的。这个结果连蒋学贵也觉意外。

23名党员，1名生病，1名事假，有21人无记名投票。

唱票结果：庞文聪11票，雷鸣10票。庞文聪当选为机关支部书记。

虽然只有一票之差，但对文联，对庞文聪和雷鸣来说，这却是具有象征和历史意义的。当年，克伦威尔就是以一票的多数当选为英国执政的。查理一世被送上断头台，也是以国会一票之差决定命运的……12月14日这一天，成了雷鸣的"黑色星期五"。

这是一个无情的事实。它意味着雷鸣在党组分工中一无所有，全军覆没，而且他的威信也因此受到一次重创。

据说后来从一个熟悉庞文聪笔迹的唱票人口中传出，庞的选票上写的是他自己的名字。但终未得到证实，况且投任何人的票是每一个党员的权利，这也说不到哪里去。

唱票结果如一桶盖头的冰水，使雷鸣顿时清醒了。当时，他就像一个不慎丢失了城池的将军，面色黯然，在钟翼德、车夫、筱红等人惋惜的目光注视下，默默走出大会议室。

第四章　永远的谜

1

石磨山公墓。烟雨蒙蒙。

潮湿的石铺小径，潮湿的墓碑，在雨丝中隐隐透出一幅冷峻的色调。

雷鸣将一束白色碎菊默默放在韩波的碑前。

碑是大理石的，醒目的黑色。碑面上用隶书镌刻的"韩波同志之墓"几个字，红漆如新。

几行雨痕沿着碑面缓缓地向下流动。

这里是一片典型的中国式公墓。在青山环抱中，一个挨着一个的墓碑鳞次栉比，盖满了整整一匹山峦。

也许中国人实在太多了，连墓地都这么拥挤！各式墓碑高矮参差，大小不一，有带拱形的，屋顶式的，还有纪念碑状的，但排列得很整齐。碑的颜色大多是凝重的深灰色，间有白色、黑色和涂成朱红的。这是生者为死者营造的永远的归宿。每年清明，来此地扫墓吊祭和郊游的人将路挤得水泄不通，格外热闹。但现在是初冬时节，墓地出奇的寂静。

雷鸣穿一件藏青色风衣，呆立在墓前。他没带雨伞，任凭冰冷的雨丝飘落在脸上。一头桀骜不驯的短发被雨丝浸湿,挂着细珠。他的脸上神情暗淡,看上去有几分沉郁和悲凉。雨珠顺着他的脸颊往下滚动,他用手掌把脸抹了一下。

面对死者,雷鸣心头很沉重。他觉得自己辜负了韩波临死前的嘱托,心中涌塞着一种失落感和说不出的懊丧。

文联的工作从一开始就遇到障碍。革新刊物的宏图成了泡影,调查骆汉生的事无从做起。他成了流言中伤的目标。

当初自己把一切想得太简单,太单纯了!他没有料到文联的人际关系会这么复杂,而在对立派的人中,蕴藏着对自己如此之深的敌意。为什么自己会遭到嫉恨呢?也许陆石说得对,他们把他当作了韩波的人,当作他们在文联搞一统天下的障碍。也许这背后还有更深的含义,那就是:有人担心他会借文联之势揭开什么秘密?那个人又会是谁呢……如果当初自己不进党组,就做一个普通编辑,一个洒脱的作者,那一切困扰和矛盾都会烟消云散。

两行雨珠滑过他的耳际,坠落在地。雷鸣仍然一动不动。

也许任何人处在他的位置,都会成为旋涡的中心。他已经尝到了骑在虎背上的滋味。这种身不由己既痛苦,又悲壮。

不过,以他的个性,他不愿向强势力低头,就此退缩。他做任何事情,一旦做出了选择,就会干到底的。

可憾的是韩波撒手得太突然,他失去了依托!

雷鸣很感激一些老同志的鼓励和扶植。郝伯臣的宽厚,钟翼德的耿直和智谋,车夫的细密和沉稳,都是宝贵的。但是他渐渐感觉到对立面的势力太强大了。老郝作为上一届的秘书长,说话对新班子已经没有约束力。车夫、钟翼德都不是领导班子成员。自己的处境很难,党组表决往往是三比一的重压,他常有孤掌难鸣的尴尬感。

丝丝细雨,无声地飘落。

雷鸣脸上湿漉漉的,眼睛有些迷蒙。

他用手掌又在脸上抹了一把,就势向下将雨渍甩了甩。在他的眼前,浮现出韩波苍白的圆脸。那是一张老战士的面孔,嘴角带着圣洁、沉静的微笑,眼里含着信赖的目光。

"这下我就放心了!"

可我并没有做好!雷鸣觉得有一种切肤之痛。

他躬身自问:我究竟错在什么地方喃……率直、轻信、过于坦诚和锋芒毕露?有一腔热情,却又缺少心智;只有鲁勇而无谋略?诚实确实是中国人的美德,可是在某种特定场合,诚实却是愚笨的同义词。在割据文坛、老谋深算的对手面前,自己只能算儿童团。一句话,十足的书生气!

"我应该再成熟些……"

雷鸣终于明白这一点,心中充满了斗志。

他扬起头,把目光投向苍茫的远方,心中喃喃地说:

"我绝不妥协!"

在他的背后,是一片碑的海洋。

数不清的墓碑沿着缓缓倾斜的山峦,一直延伸到白雾朦胧的天际,景象颇为壮观。看过去宛若成千上万只泊在港湾的船帆。那些凝固的方舟,载着生者的祈祝和死者的理想,但是永远到不了彼岸。从高处俯视,它又像是古罗马荒野断石横陈的古战场,仿佛依稀间还可听见武士格杀的呐喊和战马的嘶鸣……

雷鸣在韩波墓前垂首默哀了片刻,然后折转身朝山下走去。

路比来时潮湿,有些滑。两旁杂生着刺藜,苍翠的枝芽上缀满点点雨珠。

雷鸣在墓地管理处取出自行车,推着向山下的大路走去。刚走出不到五十米，意外碰见陆雯正推着自行车上来。

"你怎么来了？"他站着了，眼里露出一抹温情。

"总算把你给找到了！"陆雯甩甩头发，嗔怪地说，两腮汗津津的。她穿一件橘黄色雨衣，扶着崭新的凤凰26车，昔日的青春气息依存。

"心里不痛快，来这里走走。"雷鸣说。

"我听说秘书长分工的事你很沮丧，是吗？"

陆雯把车调过头来，他俩推着车并排朝山下走去。

"有那么一点。"雷鸣承认道，他的声音瓮声瓮气的，"我太不成熟了。"

"你还像当年那样，有时对人过于友善，傻里傻气的……"陆雯恨铁不成钢似的取笑道。

雷鸣自嘲地摇摇头：

"你怎么知道我在这里的？"

"女人的第六感，怎么样？"陆雯得意地瞅了他一眼。

雷鸣记得，当年，大约是秋季，他骑车搭着陆雯到这里郊游过。那时他俩都是华西大学的学生，经常在校园刊物《芳草地》上发表作品。雷鸣读工程系大二，陆雯读新闻系大一。在回来的路上，满山遍野开着狗尾巴花。陆雯采下插得一头都是，活像个印第安酋长的女儿。

"你将来毕业后愿做什么？"陆雯问他。

"我想当军人，做巴顿将军。"雷鸣戏言道，"你呢？"

"我呀，要当个名记者，伟大的无冕之王！"她格格地笑道，头上的一圈狗尾巴花，像顶高高耸立的银冠。

雷鸣脉脉地凝视着她。

陆雯嫣然一笑：

"你盯着我看什么？"

"看酋长的女儿。"

"不，只是个村姑娘。"

"你真美……"雷鸣挤挤眼说，"闭上眼睛，我瞧瞧什么样？"

陆雯调皮地垂下眼帘。雷鸣凑过去，想在她的脸颊上偷偷地吻一下。但被陆雯闪开了。雷鸣捉住她的双臂，陆雯的头左右摆动躲闪着，他的嘴唇终于在她的耳郭下方亲了一下。

当时陆雯满脸绯红，眸子里含着少女的惊喜和羞涩。

"你会忘记我吗？"她垂下头，轻声问道。

"不会……"雷鸣说。

雨丝静静地飘着。

雷鸣从回忆中返回现实。他侧过脸，望着脸上挂着雨水的陆雯。

"还记得那一年我们来这里郊游吗？"

"记得……"陆雯埋下头。

雷鸣沉默，心中有点惆怅。

是时间最终把他们拆开了。但雷鸣心中一直不明白，究竟是什么原因使得七年光阴，改变了一切。

他走上了坎坷的文学小路，成了家，有了女儿。她凭着自己的天赋和执着，真的当上了无冕之王，却依然孑然一身。

"我有一个重要信息要告诉你。"陆雯表情郑重起来，她冒雨来找雷鸣正是为了这事。

"什么事？"

"我找到那个姓柳的小护士了。"陆雯说。

"噢！真是你……她怎么说的？"雷鸣扬起浓眉。

"情况搞清楚了,是有那么回事！"陆雯不愧是记者。

雷鸣眼里射出闪电,说了声：

"回城！"

他俩跃上自行车,沿着黑漆漆的柏油路疾驰而去。

2

红十字医院。绿荫如洗。

雨住了。赭楼高壁上巨大的红十字远远映入眼帘。

雷鸣和陆雯在大门外架好自行车,疾步进去。

他俩绕过喷泉。喷泉中央,那尊《生命》雕塑经过雨水的沐浴,不锈钢体熠熠闪亮,光彩照人。

雷鸣偶然瞥见,雕塑的黑色大理石基座上,镌刻着一句哲人的箴言："生命乃永恒之谜"。他有些奇怪,自己来过这里几次,为什么以往都没有发现基座上刻着字。

雷鸣和陆雯走进赭楼大门。

在八楼内科病区,陆雯陪着雷鸣找到了那个姓柳的小护士。穿着白大褂的小柳刚刚端着药盘从一个病房出来。看见陆雯,颔首一笑。看上去她还不到二十岁,见人有点羞怯,像个小姑娘。

三人就在过道上谈起来。

"韩波住院那个星期是你值班吧？"雷鸣温和地问。

小柳点点头。

"还记得她去世那天上午,有谁来探视过吗？"雷鸣期待地望着她。

"记得,来过好些人。"

雷鸣掏出一张编辑部的合影,递过去。

"有没有这里面的同志?"

小护士端详了一下照片,认出了白演达和钱诚。

"有这两个人。"

"还记得他们都说过些什么吗?"

"记不大清了。"小柳回忆道,"我送药进去时看见32床病人情绪很激动,他们好像是来找她说什么事的……"

"为什么你会有这个感觉嘞?"

小护士回忆说:

"我离开病房出来,在走廊里突然听见32床叫喊起来:'你们不用逼我!……组织上会决定的。'声音很大。中午过后,32床就发病了。"

雷鸣闭上了双眼,点了点头。

那表情意味着一切都明白了!

陆雯向小护士握手道谢。

"谢谢你了,小柳同志。"

"没什么。"

"我们来过的事最好不要外传。"雷鸣叮嘱了一句。

小护士点头。

雷鸣和陆雯步履沉重地走出住院大楼。雷鸣脸上的表情异常冷峻。

陆雯侧脸探询道:

"他们逼迫韩波什么呢?"

"是想逼她辞职。"

"乘人之危,这不是逼宫吗?"陆雯愤然道。

"不是逼宫,是在逼命!"

087

雷鸣感觉到血管里的热血在滚动,他的声音都变了。

3

文庙街22号小院。《金蔷薇》编辑部。

白演达正伏案起草给市上的报告。案头堆放着一些杂志和文稿。他左手悠然地夹着香烟,右手执笔,气色颇佳。他现在是《金蔷薇》的主编了,集人事、财务、发稿权于一身。呼风唤雨,好不自在。小说稿他委托钱诚终审,由他签发。一来可省心,二来也是对钱诚支持他组阁的一个回报。殷浩负责全部编务。三驾马车,他为首领衔。

办公室新粉刷过的墙壁白得有些耀眼。自他登上主编宝座后,原先挂在墙上的编辑部合影照片取了下来,换成一张新近拍的。不仅老主编韩波的形象,连同雷鸣、车夫和筱红的影子,都从墙上抹掉了。

韩波在任上时拟定的办刊宗旨,面向青年作者、面向生活的方针,自白演达主持刊物后,也一风吹了。他认为女人当主编太小家子气,早就不适应如今的商品大潮了。现在是明星崇拜时代,应多拉些名家来做招牌,充分利用名人效应。

但有一点白演达很谨慎,迄今不在刊物上打主编的名字。一方面这给上面可以造成一个谦虚的印象,另一方面他是一个很有心计的人,一向不在乎虚名,而看重实权。在他看来,牢牢握住每篇来稿的生杀大权和每一个编辑的忠诚,才是最重要的。再说把白演达三个字印在版权页上,万一刊物哪一期出了纰漏,不等于自己站出来示众吗?

此刻,他正在写的,是要求市上给刊物升格的报告。这是他上任以来，继组阁后做的第二件事。

《金蔷薇》作为一个发行十五万份的青年文学刊物，名声远播，在全国都有影响。创刊三年还只是一个副县级机构，实在不如人意。他这个主编的规格也显得偏低了。四个党组成员，只有他不是文联副主席，而只算部门负责人。韩波在位时，她本人是文联驻会副主席、副局级干部，主编的级别对她没什么影响。而对白演达则不同了。刊物升格，他的级别也会随之水涨船高。至少可以捞个正县级。不然，这个主编就当得太亏了！他很清楚刊物升格，真正得益的是他和几个铁杆。其余一般编辑嘛，可提高编辑费给点甜头。

当然，给市上打报告，措辞很重要。理由要冠冕堂皇，要强调是与市一级刊物地位相称，为了进一步调动全编辑部的积极性，等等。写这些东西，对白演达说来，是驾轻就熟的。他在东大中文系里就是一把刀笔。后来分到报社作副刊部主任，被同仁誉为报社的三大笔杆之一。据说当年晚报的多篇社论都是出自他的手笔。

一支香烟抽完，报告也草拟好了。白演达的吸烟习惯也很特别，平素一支不抽，伏案写稿时烟瘾却特别大。

他搁下笔，正想再斟酌一两个字眼，殷浩脚步匆忙地闯了进来，手里拿着张纸单，一脸的晦气。

"老白，邮局明年初的征订单下来了。"

"我们《金蔷薇》多少？"

殷浩把订数通知摆在白演达案前，悄声地说：

"跌了六万！"

白演达听见这个数字，却如闻一声惊雷。

他下意识地用手把订数单铺平，上面一行打印的楷体字跳入眼帘：

《金蔷薇》　一季度邮局订数　90113份

从今年四季度的十五万下降到九万，跌得够惨的。

白演达感到自己犯了一个判断上的错误。

他原以为每年秋季邮局征订第二年的订数，都有些小的浮动。按照惯例，到年底邮局的要数才出得来。如今刊物竞争厉害，纸张又涨价，他曾有刊物明年会受到一点冲击的思想准备，但却没料到一下子会垮六万！他忽略了最重要的一环：读者。面临众多刊物的竞争，用什么吸引读者，引导读者？只能是刊物的内容和格调，是刊物的特色。这时，他才意识到雷鸣愿立军令状的含义。那小子在争主编时已经预感到了刊物的危机！

白演达端起茶杯，呷了一口冷茶。他是善于掩饰内心活动的高手，在一瞬间就恢复了镇静。他指着征订单下面的几行数字，嗓音喑哑地说：

"没什么大不了的，我们的发行量仍然居于全省第一。"

征订单上面印着：

《西部文学》　一季度邮局订数　76050份
《未来作家》　一季度邮局订数　32300份
《诗友》　　　一季度邮局订数　50168份

"不过，他们都没有咋个垮，"殷浩忧心地提醒道，"《诗友》还增加了一万多。"

"还有这里，"殷浩用手戳了一下订单的最下面，"狗日的《西部阳光》，一季度订数是二十五万份！"他的口气既羡慕，又有些妒忌。

白演达朝下面瞄了一眼，订单上印着：

《西部阳光》 一季度邮局订数 251508份

他有点惊讶，感到一股猛烈的冲击力。

"《西部阳光》是新锐刊物，瞄准的是大众关注的社会热点。我们《金蔷薇》是纯文学杂志，两者没有可比性嘛。"

白演达沉吟了一下，压低声音接着说：

"唔，注意订数不要外传！请老钱来商量一下。"

殷浩出去后，白演达提起钢笔，略一思忖，在要求升格的报告上添了两处。一处是："明年《金蔷薇》发行量仍居于全省文学期刊之首"；另一处："鉴于纸张将大幅度调价，为了确保刊物的正常发行，拟请市上每年给予财政补贴六万元。"

殷浩同钱诚进屋后，三人立即坐下来商讨对策。

钱诚手里擎着两篇小说稿，用手指弹了弹说：

"我们光约名家来稿是个问题。寄来的都是二手货，用很勉强，不用又得罪作者。"

作为一个有水准的小说家，钱诚一向主张以质取文。

"要想办法抓几篇拳头产品。"白演达说。

"搞点婚外恋作品、隐私文学，保险可以使订数回升。"殷浩提议。

"我不赞成降低刊物的格调！我们既然标榜是纯文学刊物，就不能媚俗嘛。"钱诚反对。

"老钱有什么高见？"白演达问他。

钱诚用手扶了扶眼镜，半真半谑地说：

"我没什么高见。不过可以多发点袖珍小说，再搞点幽默小品什么的,增加些情趣,黑色幽默也可以嘛。"

白演达点点头,说:

"可以,水太清就养不活鱼了。我们既要保持形象,又要带点野性,在刊物如林的形势下只能出奇制胜……"

他的视线无意间瞟着庭院里的一簇胭脂花,那些杏黄色的小花,就像一枚枚散乱的军号朝向天空。

白演达的目光忽然定住了。最朝上的几朵胭脂花开始颤抖起来,仿佛是空气在悸动。

这时,走廊过道响起咚咚的脚步声。白演达和殷浩不约而同地把脸转向门外。这短促有力的脚步,是雷鸣特有的。接着,一个穿藏青色风衣的年轻身影从廊外走来。

三个人立即噤口不言了。雷鸣走得像一阵疾风,走近编辑部房间时向这边投来一瞥,那目光冷冷的,像两支利箭。

雷鸣也感觉到了三巨头警惕的目光藏着敌意。他穿过圆拱门,走进里院,立即找来老钟、车夫和筱红,在创评部房间里,小声商议起来。

两个小院只有一墙之隔。编辑部与创评部就像隔着一张纸,说话声音稍大一点都能透过。里外又像是隔着一座山,两个世界。

"我听收发文大爷说,刊物明年的订数下来了,《金蔷薇》降了六万。"筱红小声报告。

"像白演达那样整,肯定还要垮的!"钟翼德隔岸观火地说。

"他不是给党组立了军令状的吗?"车夫问。

"屁的军令状!老蒋同意的嘛,没得一个具体指标。就是垮到一半他照样当主编。"钟翼德愤道。

雷鸣双手抱臂沉默着,没有什么表示。他并无丝毫幸灾乐祸的感觉。刊物的危机他早有预见,不改革不行。可惜他的一切设想、宏图都毫无用途。刊物究竟应如何办,在党组里他没有一点发言权。如今就连作为党组书记的蒋学贵也感到插不了手。

"我有一个重要的信息要告诉大家。"停了片刻,雷鸣表情有点异样地说,"韩波的死因弄清楚了。"

"那两个人的确是白演达和钱诚?"车夫低声问。

雷鸣颔首。

"他们故意逼迫韩波辞职,挑起韩波情绪过于激动,结果引发心肌梗死,抢救无效去世。"

"这完全是一个阴谋!"筱红因气愤提高了声调。

车夫摆摆手,示意她小声点。

"他们也可以否认是有意的。"

雷鸣说。他一直在思索这点。

"这还不明显吗?难怪当时有很多人觉得韩波死得过于突然,这等于是谋杀!"钟翼德黑着脸,话的分量很重。

"你准备怎么办?"车夫沉着地问雷鸣。

"我还要想想。"

"这件事关系重大,必须向关键人物汇报。"

足智多谋的钟翼德出主意。

雷鸣若有所思地点点头。

4

白果林网球场。冬日的阳光沐浴。

这里是市老年网球俱乐部。每到周末,孟达总爱到这里来打打球,放松一下。换上白色网球服的孟达,显出几分潇洒,年轻了许多。他头戴一顶白色长舌网球帽,双脚滑动,那挥拍击球的风度,俨然一位网坛宿将。

雷鸣走进赛场,在休息处的一条白色条椅上随便坐下。

他打量了一下,这座网球场修得很好。地上铺着细匀的红沙,并排两个赛场,白网白条框,很醒目。网球场四面围着三米高的灰色拦网。拦网背后,环抱着一排参天的银杏树。满地撒着金褐色的落叶,峥嵘的树枝衬着冬日的碧空,有一种苍凉的美。

孟达正和一个头顶微秃的胖子对垒,那胖子也是一身运动员装束,击球的姿势很漂亮。孟达发现了雷鸣,朝这边举了举球拍,投来亲切的微笑。

打完球下来,孟达把球拍装进布套里,笑着问雷鸣:

"有事找我吧!"

他的情绪很好,脸上焕发着光彩。刚才一局,他和那位富态的对手杀得难分难解,最终以一球险胜。

"唔,有件重要的事想向您汇报一下。"

"走吧,咱们边走边说。"

他们沿着白果林漫步走去。

冬日的夕照,在地上投下长长的影子。

雷鸣讲出了对韩波死因的怀疑。在医院里了解的情况,他谈得比较客观,也有分寸。孟达听后,没有表态。

"文联的班子理顺没有?"孟达问。

"不是很顺。"雷鸣答道。

"双方多一些理解,互相多支持,沟通一点,就会顺起来的。"孟达温厚地说道。

"我觉得自己没干好,压力挺大的。"雷鸣苦笑了一下,"有时候是'树欲静而风不止'!"

"逆境往往更磨炼人,烈火真金嘛。"孟达鼓励他。

满地焦黄的银杏落叶,在脚下发出吱吱的响声。

孟达似有些感慨,说了一句:

"韩波是个好同志,工作兢兢业业,从来不搞阴谋诡计。"

"大家都很怀念她……"雷鸣言犹未尽。

此时,他们走到了白果林尽头。

孟达停步,对雷鸣说:

"新干部走上岗位,大都会遇到阻力。这没有什么!注意锻炼自己,要学会团结大多数人。"

他说得很轻松,脸上带笑,语气里充满着对雷鸣的关爱和鼓励。但是关于韩波死因的事,却一点也看不出孟达的倾向。

这么重要的问题,孟达听后没有形之于色,就像一潭湖水那样深沉。雷鸣只是感觉到他似乎听得很注意。也许那是一种政治涵养,一个领导者成熟和老练的标志;但也可能这件事根本就未引起他的重视。

不知不觉,暮色已经降临。

一群归巢的鸦雀在白果林的树枝上鼓着翅。想到文联班子的矛盾,还有那些错综复杂的人际关系,雷鸣更觉得困惑了。

5

市委大院。宣传部红楼。

司马宏走进宣传部会议室时,就有一种预感。今天的部务会有些异于平常。究竟与往常有什么不同他也说不上,那是一种直觉,或者说是多年在官场养成的政治敏感告诉他的。

会议室整洁、简朴。红漆木地板,水纹壁纸,墙上没有任何多余的装饰。铺着白桌布的长条桌上,摆着两盆常青藤。

先到的与会者相对而坐。关勉部长坐在长桌的中间,正低头翻阅着什么,面部带着一种超凡脱俗的表情。

司马宏向在座的人略一点头,在长桌左边的空位坐下。

坐在对面的是他的继任者、分管文艺的沈君宜副部长。沈见他落座,投来礼节性的一笑。司马宏掏出一个笔记本搁在桌上,然后往面前的茶杯里掺上开水。

宣传部的部务会,通常每月召开一次。会议内容多为研究部里的工作及决定文教系统的一些重大事宜。会议由部长亲自主持,各位主管副部长参加,有关处室头头列席。因而它也是宣传部重要的决策会议。

司马宏是以部务委员的身份出席会的。他自己也明白,这实际上是一个虚设的职位,或者说只是一个名义。不过官本位的中国是很讲究级别的,他虽然已经不是副部长,但部务委员在级别上相当于副部长。他至今仍保留自己的办公室,享受同样的政治待遇和尊敬;并且对宣传部的工作仍然拥有发言权,这一点是最重要的。俗话说,瘦死的骆驼比马大,他还远没到退出舞台的时候。

"现在我们开会吧!"关部长宣布道。

会议的第一项议程,由关部长传达市上布置的抓精神文明建设的要求。

"各地各部门要把加强思想道德教育的要求,贯穿于精神文明建设各项工作,在统一思想、凝聚力量上下功夫。按照中央关于深入开展以'讲学习、讲政治、讲正气'为主要内容的党性党风教育的部署,坚持以县处级以上领导干部为重点,认真抓好广大党员干部的理论学习和党性修养,要正大光明,不搞阴谋诡计……"

关部长一面看着笔记本,一面从容地说。他的表情稳重严肃，不苟言笑。

司马宏从关勉的语调和口气中，感觉到某种不可知的力量。但他的心态并没有紧张。"整风"他是经历过的，多半是雷声大雨点小，抑或是走走过场而已。他关心的是这场党风教育，可能会深入到什么程度。可这现在还是个未知数。

接下来，部务会讨论《金蔷薇》关于编辑部升格的报告。

沈君宜简略地介绍了一下情况，他说：

"这个报告是编辑部起草的，白演达已交上来几天了。"

"文联党组研究过没有？"

关部长从笔记本上抬起目光。

"党组没来得及研究。"文艺处副处长贾彬解释说。

贾也是司马宏在位时提拔的干部。蒋学贵调文联后，他成了部里同文联联系的主要渠道。

"他们应该把编辑部同党组的关系摆正嘛！"关勉不客气地批评道，"编辑部的事情党组不研究，部里怎么表态？"

"老蒋知道这事，他说他是同意了的。"

司马宏不紧不慢地补充道。

"老蒋那样也不行嘛！编辑部一叫唤，他就没办法了。"关部长洞悉内情。

沈君宜过接话说：

"他是想尽量减少矛盾。"

另一位分管理论战线的副部长秦毅笑道：

"老蒋想摆平这个班子也不容易。"

秦是个大高个，说话诙谐爽朗。

"听说文联新班子最近不大协调，究竟原因在哪里呀？"

关勉侧过头探询地问。

透过绛红色窗幔一角，可望见大院里树影摇曳，喷泉的水花晶莹四溅。

司马宏不语，静观着现场的变化。他隐隐觉得，在关勉的询问后面似乎还潜藏着什么东西。

"据群众反映，班子有些不团结，主要是雷鸣同白演达的矛盾。"贾副处长回答。

司马宏微微一笑，接过他的话头说：

"我觉得文联的问题是有代表性的。年轻干部走上领导岗位本来是好事，但是如果不能正确对待名、位、权，而是热衷于搞权术，争名夺利，那就必然会摔跤的。"

没有点名，但在座者都听出他影射的是谁。

"有人讲，雷鸣争了半天，最后连支部书记都没选上！"

贾彬的补充是极好的注脚。

"话也不能那么说。"沈君宜纠正他的话道，"雷鸣主动让出秘书长，这本身姿态是高的，也说明他不是为了争权。对年轻干部我们应该严格要求，同时要支持和爱护。"

他的语气温和，但很恳切，有一种绵中有钢的力量。

司马宏顺风使舵地说：

"我的意思和老沈是一样的，对年轻干部的严格要求，就是最好的爱护……"

关部长正正衣襟，小结道：

"好，编辑部的报告下次再议吧。文联班子的团结问题要做工作。"

他扫视了一下在座者，语气慎重地说：

"还有一件与文联有关的事。有人反映，韩波的死因可能有问题，需要调查一下。"

"我也听到过有议论。"秦毅说。

会议的气氛顿时有些异样。

司马宏的神经系统立即进入一级战备。他预感到的事终于出现了！但是他没露声色。

"听谁说的？"沈君宜问。

"这是组织部门通报的情况。"关部长郑重其事地说，"据说韩波突然去世的当天上午，《金蔷薇》编辑部曾有人去过他的病房，并且发生过严重争吵……韩波是因为情绪过于激动，导致心肌梗死的。"

会议室里哗然。

"如果真是这样，那就不是简单的病逝了！"秦副部长说了一句。

"编辑部里是谁去的？"有人提问。

司马宏稳住情绪，没有吱声，他在选择时机。

"有目击者说，是白演达和钱诚。"关部长回答说。

这两个名字使部务会的空气骤然紧张。

小声地议论。

接着是一片沉寂。

仿佛空气中布满了天然气，一个火星就能引起爆炸。

"还有我也去了。"司马宏突然出其不意地说。

大家都感意外，不约而同地把脸转向他。

关部长深邃的目光里含着一丝诧异。

司马宏态度沉着，面不改色，解释道：

"那天上午，是我和老白、钱诚一起去探望韩波的。当时她的情绪一直很好，只是说对刊物有些力不从心了，想退下来。情绪并没有任何异常嘛。这一点我可以做证。"

他说得很肯定，一脸的虔诚。以他的身份和资格做这样的担保，是具有足够效力的。

"至于有人捕风捉影，想利用韩波的死做文章，这也不奇怪。谣言止于智者嘛！嘿嘿！"

司马宏做出一种宽宏大度的姿态，洒脱地一笑。会场气氛随之松弛下来。

众人没再作声。

关部长用铅笔敲敲桌子，说道：

"噢，既然是司马说的这种情况，也许是场误会。至于有群众反映，也是正常情况嘛。这件事今天就到此为止。散会！"

一场危机，就这样被化解了。而且化解得非常巧妙。不过关部长"今天就到此为止"的话里，好像又留下了伏笔……

司马宏敏锐地意识到，必须采取紧急补救措施。部务会结束后，他立即给一个人打了个电话，口授机宜。

几天之后，当雷鸣和车夫再次到红十字医院核对情况时，姓柳的小护士突然改口说，记不清当时的情景了。

"你不是听见32号大喊'你们不用逼我'吗？"

雷鸣觉得很奇怪。

"当时走廊上有好些人，记不清是谁说的了。真对不起！"

小护士表情局促，致歉道。

雷鸣和车夫不禁面面相觑。而且事后据护士长证实，当天司马宏确是同白演达、钱诚一道探视韩波的。

就这样，韩波的死永远成了谜。

第五章 "鸿门宴"

1

晚报报社。

一株参天的古银杏树挺立。树根的草坪上,坠满星星点点的落叶,叶片很小,宛若铺着一层碎金。

编辑部大楼与银杏树相邻。这是一栋新建八层白楼,红屋顶。楼内装修大方凝重,厅廊,扶梯,均采用丹赭色水磨石,色调明快,富有现代感。

陆雯推开总编辑办公室,笑吟吟地走进去。

她穿着牛仔裤,戴一顶黑色棒球帽,脖子上挂着一支胖头圆珠笔,显得很随意。

"庄总编,是您找我?"

"坐吧。"庄总编中等个子,戴副玳瑁框眼镜,示意她坐下。

总编办公室在白楼的最高一层,房间宽大明亮。大写字台上摞着稿件、信函和报纸。背后是书橱。周围一圈硬木扶手沙发。屋角立着一盆绿意盎然的巴西铁。

陆雯在写字台前的椅子上坐下。

"最近工作怎么样?"庄总编和蔼地问,一副长者风度。

"挺好的,我采写的几篇专访都见报了!"

"唔,那些文章我见了,还像回事。"庄总编说。

庄对手下要求很严,平常不轻易赞赏人的。他也从来不亲自写稿,但却是一位修改文章的高手。凡经他手斧正的稿子,不是锦上添花,便是点石成金。

"谢谢老总的夸奖。"陆雯俏皮地说。

事实上,庄总编叫她来并不是为了夸奖,而是给她打招呼的。他眯缝着眼,瞅着她一笑。

背后的窗户,映着银杏树的枝丫,线条曲折遒劲。

"老总还有话要说?"陆雯蓦然反应过来。

"小雯呀,最好在外面不要介入文联的事情。你是一个很能干的记者,可以多写点其他战线的报道嘛,至于文联的是非你不要卷进去……"

陆雯没有吭声,脸上的笑容凝固了。

庄总编继续告诫她说:

"文艺圈子复杂得很,你去掺和没有什么好处的。"他是以领导和长辈双重身份说这话的,说很诚恳,带着一种威严。

"这是您的意思,还是我爸的意思?"

陆雯抬起眸子问,眼底透出倔强。陆雯的父亲在市政协任副主席,同庄总编是老战友。

"是我的意思。当然你父亲也很关心这个事情。"

"那我谢谢老总的提醒了!"

陆雯说完,起身走出了总编办公室。

枫园市府宿舍楼。陆宅。

陆雯下班后,专程回到家里。

"小雯今天回来啦，怎么气色不太好？"陆母觉察到女儿情绪有点不对。

陆雯没好气地把提包往沙发上一扔。

"老爸在不在？"她问母亲。

"在书房里看报嘞。"

陆父的书房不大不小，三壁皆书。临窗是写字台，外加落地台灯、藤沙和一个转椅。墙上挂着一帧褪色的照片，是他和陆母年轻时在延水河边的留影。

陆雯推开书房的门。陆父从报纸上探出脸来。

"老爸，我的事情，你都干涉到我的单位去了！"

陆雯向父亲提出抗议。

陆父穿着皮马甲坐在转椅上，一头漂亮的银发，颇有学者风范。见到女儿的失态，只一笑。

"你的什么事情哟，这么大的火？"

"你给庄总编讲了些什么嘛！"陆雯往藤沙上一坐。

"哦，我只随便问过老庄几句，没说什么呀？"

"随便问过？"陆雯学着父亲的腔调，"老总今天正式向我提出警告了。"

"他也是为你好嘛，一个晚报记者，文联内部的矛盾同你有什么关系？"父亲批评她。

"怎么没有关系？任何事情都有个是非吧！文联内部也应该有个是非吧！"陆雯反驳道。

陆母闻声进来，腰间围着下厨的围裙。

"小雯，别同你爸争啦，今天是星期六，大家高高兴兴吃顿晚饭。"

陆父放下手中的报纸，呵呵笑道：

"没关系,我是不怕造反的,让小雯把话说完。"

陆雯把脸一扬,说:

"搞新闻要讲职业道德吧!要讲真话吧!要懂得惩恶扬善吧!"

"我在延安时就当记者,这点还不懂?"陆父开导女儿说,"但是小道理要归大道理管。新闻工作者首先要服从新闻纪律,要讲组织原则嘛。宣传部都没表态的事,你去推波助澜干什么?"

陆雯并不服气。

"什么都要等上面点头才能报道,那舆论的监督作用还有用吗?现在连点名批评一个渎职的区属医院的小院长,都要经有关方面同意,中国还有新闻吗?"

陆父表情严肃起来,正色道:

"小雯,看来我得给你补上一课有关新闻的党性原则……"

陆雯无心恋战,揶揄道:

"谢谢关照。我知道老爸是老党员、老新闻,和范长江还是同窗,值得敬仰,对了吧!"

"看你们父女俩,没大没小的!"陆母笑起来。

晚饭很丰盛。陆母特地烧了几个风味菜,有粉条烧肉、干煸鳝鱼、麻婆豆腐,还有一碟辣椒,圆桌上摆得满满的。

每个周末,陆石都要带着儿子石头回来团聚。今天他穿一件双排扣呢大衣,提了一瓶郎酒。小石头五岁,一身卡通片服装,胖嘟嘟的。

"姑姑,你的帽子好漂亮哦!"石头盯着陆雯头上的棒球帽。

"喜欢,下次姑姑叫厂家赞助一顶送你。"

"我要大红色的。"石头鼓掌。

"没问题。妈妈怎么没来?"

"去姥姥家啦!"

陆雯睨了陆石一眼:"咱嫂子真是个孝女呀!"

"你同你哥咋的?一见面就没好话。"陆母说。

陆石大度地笑了笑。

"我一向宽宏大量,好男不同女斗嘛。"

"去你的!"陆雯笑。

全家围着餐桌坐下,边吃边聊,气氛热闹。每个礼拜的这时,是陆母最高兴的时候。陆父酌着郎酒,两杯下肚,脸已酡颜。陆石陪着老人家豪饮,不一会儿也上了脸。

"这几天小雯在瞎忙什么?"陆石小酌一口,问道。

"没忙什么。"陆雯只顾吃自己的。

"没忙什么?韩波的死因弄得满城风雨,结果最后屁事都没得。你们究竟搞的啥名堂,太蠢了!"当哥哥的说得很直。

陆雯诧异地抬眼看着他。

"你怎么知道的?"

陆石夹着一块鱼尾塞进嘴里,说:

"没有不透风的墙。市委大院都传遍了。你知不知道有人怎样议论雷鸣?说他争名争位,有野心,刚上台两天就要夺编辑部的权。"

陆雯涨红了脸。

"雷鸣是你的同班同学,你还不了解他吗?这分明是诽谤!"

陆石不以为然道:

"中国的事就是这样,人言可畏嘛!他太急功近利了。地皮子还没有踩热,就要闹改革……"

陆父瞅着陆雯,圆场说:

"话虽不能完全这么讲,但你哥的话也不是没有道理。"

"是呀,谁像我哥,左右逢源,八面玲珑,一心想往上爬。"

雷鸣可不是这种人。"陆雯讥讽道。

陆石并不介意。他注视着妹妹,坦诚地说:

"我一直不明白,你既然这么喜欢雷鸣,当初为什么不嫁给他呢?"

"你……"陆雯语塞,气愤而委屈地从嘴里迸出一个字。

眼泪在她的眼眶里转了转,没落下来。陆石的话无意中深深刺痛了她。

石头轻轻拽她的衣袖:

"姑姑不要气。"

陆雯用手帕擦了擦眼角。

陆母放下手中的筷子,瞪了陆石一眼。

"我就喜欢雷鸣那孩子,憨厚实在。"

陆石嘟囔了一句:

"妈,那是两码事。"

陆父望着女儿,语重心长地说:

"雷鸣是一块好材料,你们从小青梅竹马,难免会有感情。但他现在已经是有家有业、有孩子的人了,你同他交往要注意分寸。"

陆雯不语。

陆石动感情地说:

"小雯,我知道你喜欢雷鸣,但那已是过去的事了……"

陆雯起身,推开椅子,离席。

"这是我自己的事,谁也管不着!"

2

白果林。夕照。满地红尘。

落日的方向，低低横着一抹血红的晚霞，像一道裂开的伤口悬挂在天际。

雷鸣踩着落叶走来。

他家住在白果林旁的平安巷，宿舍楼与一座天主教堂相邻。雷鸣的步子显得有点沉重，他穿着黑皮夹克、粗毛线衣，眉宇间露着疲惫之色。

一群在空中盘旋的鸽子，徐徐落在对面一幢高楼的屋顶上。

雷鸣朝教堂的尖屋顶瞥了一眼，不知为什么心头有一种背负十字架的感觉。同是住在这小巷，过去伏案写作的时光好自在，好愉快啊！

走进院子，上楼。

推开家门，祝若雅迎出来，脸上挂着欣喜之色。

"今天有好消息告诉你！"她腰际围着蓝地白花厨裙，挽着两袖。

"有什么好消息？"

"你猜猜看。"祝若雅故作神秘。

雷鸣耸耸鼻子，闻到一股炖肉的香气从厨房里飘出来。

"晚上吃红烧肉！"

"馋鬼！不对。"妻笑起来。

"爸爸回来啦！"这时倩倩活蹦乱跳地扑过来，一下抱住雷鸣的腿。

"爸爸，你给我买的小狗狗呢？"

"倩倩乖，"雷鸣抱起女儿，亲了亲她的脸蛋，"这两天爸爸实在没得时间……"

"又是没得时间！"倩倩不满地噘起小嘴。

"对啦，准是咱们倩倩在幼儿园戴小红花啦！"雷鸣逗她。

"不对。"祝若雅忍俊不禁。

"那……究竟有什么好消息呀？"

雷鸣纳闷起来。他刚把女儿放下，祝若雅已从里屋捧出一件牛皮纸邮包来。

"你的长篇小说出版啦！这是下午刚寄到的样书……"

祝若雅掩饰不住内心的喜悦。

这邮包意味着，丈夫整整一年深夜伏案的辛苦没有白费；也意味着老公的事业成功，还有一笔丰厚的稿酬收入。

"啊！真没想到这么快……"

雷鸣接过邮包，又惊又喜，像捧着一个用襁褓裹着的初生婴儿。他把邮包外层的牛皮纸拆开，里面一共六本样书。他小心翼翼地抽出一本，脸上露出大孩子般天真的笑容。

终于见到自己的心血和追求变成了公开发行的图书，有什么语言能表达此刻一个作者的欣喜、快慰和激动呢！

书的装帧很漂亮。

洁白的布纹纸封面，印着一片紫蓝色的勿忘我，花繁似锦，蓝若宝石。一只变形的鸽子在天际振翅欲飞。书名"青春祭"三个深红色手书体字跃入眼帘，像雪地上三簇熊熊燃烧的火焰。

整本书显得庄重大气，有一种浓郁的青春气息和文学品味。雷鸣抚摸着封面，爱不释手。

这是他的第二部长篇，写得很艰苦。十月怀胎，三易其稿。个中的甘苦曲折，只有妻子若雅最清楚。在那张临窗的写字台前，他度过了多少个不眠之夜啊……

他在木扶手沙发坐下，掀开书页。

读着手中散发着石墨香气的铅字，失去的韶华，那场影响了整整一代人的风暴，当年的梦想和追求，都在眼前复活了……

雷鸣抑制着内心的激动，一页页翻下去，那非常年代的气息和音响，躁动的青春热血，燃烧的生命，又重新回到眼前。透过字里行间，他还看见一个少女的倩影，她头上插满狗尾巴花，眸子里流动着惆怅的秋波……

《青春祭》只是雷鸣"青春三部曲"的第一部，小说画了个句号，故事却并没有结束。

"这次稿费该多少呀？"妻的喜悦声打断他的思绪。

雷鸣站起来，用手给祝若雅比了比。

"按标准，每千字二十元。三十万字连印数稿酬大约有六七千元吧！"

"嘿嘿，我只关心稿费！"

祝若雅半真半谑地说，口气有些得意。

作为一位能干的主妇，祝若雅承包了所有的内政。雷鸣的每一笔稿费，都是全额上交夫人的金库。这一点祝若雅最满意。在家里说话最管用的，第一是祝若雅，第二是女儿倩倩，雷鸣永远是第三把手。

晚饭时，祝若雅特地开了一瓶金奖干红葡萄酒。

雷鸣端起殷红的酒杯，同妻碰杯，一饮而尽。

倩倩也举起一只玻璃小酒杯，凑热闹道：

"为爸爸和小狗狗干杯！"

"傻丫头，应该为爸爸的新书干杯！"雷鸣纠正女儿。

"你明天得为我买小狗狗啰！"

"好，这次爸爸一定给你买。"

倩倩快活地笑起来，把小酒杯高举过头。

"为好爸爸的书干杯！"

"看你把孩子惯的，买来小狗，打理卫生还不是我的事！"

祝若雅不悦地嘟哝道。

　　雷鸣是很宠女儿的。第二天，不顾妻子的反对，他真的骑车到沙湾集市上，给倩倩买回来一条白色小叭狗。小黑鼻头，卷毛下露出两只黑眼睛，惹人怜爱。那狗也很有灵性，进屋第一天就会自己跑进卫生间拉屎。倩倩给它取了个名字，叫"雪儿"。这是后话。

　　祝若雅晚饭时兴致很高，一连喝了三杯干红葡萄酒，脸庞绯红。她望着雷鸣，情绪很兴奋。

　　"这下你可以站稳脚跟了。你有作品，他们谁也把你拱不倒！"

　　雷鸣放下酒杯，态度憨直，若有所思地说：

　　"其实我本应该接着写下一部长篇的，素材都已经收集好了，但是需要整块的时间……说到底，作家的生命还是作品，其余的东西最终都是过眼烟云。"

　　"你不要打退堂鼓。过了这一村，就没有那个店！"妻抬起漂亮的脸庞瞅着他，嗔怪道，"现在正是提拔年轻干部的时候，文联副主席你是当定了，谁也拱不脱。写作以后再接着搞也不迟……"

　　夫人从来就坚决反对他脱产去搞创作。她认为专业写作既辛苦又淡泊，远不如走仕途有出息。这个看法很现实，也许不无道理。但雷鸣把写作视为生命，因此多次徘徊在文学的山脊上，难以下决心。事实上没有夫人的支持和认可，他很难迈出这一步。这是横在雷鸣和祝若雅心灵深处的一道看不见的屏障。

　　雷鸣无奈地摇头笑了，笑得有些苦涩。只有他清楚，这个文联副主席当得好憋屈，好窝囊。他也知道，如今已是骑上虎背，身不由己了。

　　这时，有人敲门。

雷鸣打开门，见是晚报一位熟识的副刊记者造访。

"听说你的大作问世了。特来贺喜！"记者很年轻，戴副秀朗镜，坐下，即开门见山。

雷鸣与祝若雅相互望了一下。

"你的消息真快呀！"他有点诧异。

记者解释说：

"《青年文摘报》上有条书讯，评价蛮高的！我今天来，是想约雷鸣老师写篇创作谈。"

"没得什么好谈的。"雷鸣推辞说。

他不善于应酬，话听起来有点生硬。

"我们副刊最近准备辟个专栏，发表本市作家的创作体会。希望雷鸣老师带头赐稿。"青年记者并不介意，锲而不舍道。

"的确没得什么好谈的。"雷鸣答了一句，就沉默不语了。弄得小记者有点难堪。

祝若雅见状，打圆场道：

"你不能让别人空手而回嘛，考虑一下。"

她的话说得柔和动听，语气中流露出一种作家夫人的自豪和优越感。

"对，对，还是雷老师的贤内助想得周到。"眼镜如获救星。

雷鸣仍然犹豫着。

他从来不愿意写"创作谈"一类的东西，他觉得一个作者所要说的一切，都蕴含在作品中了。无须另外再多言。

"你就干脆一点吧！"妻在一旁敦促道。

雷鸣想了一下，勉强答应了。

"行吧。"

"那太好啦。我安排在专栏第一期见报，雷鸣老师能不能开个夜车,本周内交稿?"记者得寸进尺。

"也太急了,下个星期吧?"雷鸣挠挠头说。

"好,那就一言为定啰。"

眼镜连连点头起身告辞,临出门,又回过身来,问道:

"下星期岚县的文艺联谊会邀请了很多人,雷鸣老师去不去?"

"我接到请柬了。"雷鸣答道。

"听说是文学界的群英会,企业家做东。"记者开着玩笑说,"雷鸣老师身为文坛的少帅,不可不去哟。"

雷鸣一笑:"不会是'鸿门宴'吧?"

3

岚县。桃园度假村。

这里与岚山毗邻,距岚山市60公里,是著名的风景区。

桃园度假村依山傍水,建筑不算豪华,却造得精美别致。一律的金色琉璃瓦屋顶,回廊水榭。尤其三四月间这里桃花盛开时,满园春色,更是别有一番天地。据说著名男高音歌唱家蒋大为,曾在这里拍过《在那桃花盛开的地方》的外景,度假村因此名声远播。联谊会的地点选在这里,也许不是巧合。

陆雯是搭乘报社的车子来参加联谊会的,同车来的还有报社副刊部的几位同仁。

联谊会由岚县金利达兔业有限公司做东道主,董事长是该县有名的专业户养兔大王。他居然请来了县长和一位副书记捧场。岚山市文艺和新闻界的知名人士请了不少。

联谊会内容,据请柬介绍:一是座谈,二是聚餐,三是舞会。陆雯到会后才感觉到,这次活动名义上是文艺联谊会,实际上是带有广告性质的招待会。金利达兔业有限公司的宣传意识很强,希望通过舆论界扩大影响,提高知名度。场面辉煌而有些俗气,不过眼下这种活动很多。

养兔大王是个瘦长个子,穿一身有些走形的西服,花领带,口齿伶俐,殷勤备至。他站在麦克风前,首先一一介绍来宾。

"这位是我们岚县的父母官吴县长。"

厚道的吴县长起身致意。全场鼓掌。

"这位是我们岚县的县委李书记。"

李书记起身颔首。掌声。

"这位是全国闻名的杂志《金蔷薇》的主编白演达老师。"

白演达穿一身蓝华达呢中山服,从贵宾席上站起来,矜持地含笑点头。掌声。

"这位是著名小说家、《金蔷薇》杂志副主编钱诚老师。"养兔大王提高嗓门唱道。

坐在白演达身旁的钱诚欠身,向左右颔首示意。他身着中式对襟外套,头戴一顶呢帽,脸上带着微笑。

掌声热烈。

陆雯冷眼看着白、钱二人的亮相。她的目光下意识地在人群中寻觅。移过一张张陌生和熟悉的面孔,在麦克风后面的席上,发现了雷鸣的身影。

雷鸣正同一位县上的同志小声谈着什么。他今天穿一身铁灰色西服,系着领带,显得英俊而稳重。车夫坐在他旁边,穿着风衣,戴一顶鸭舌帽。

今天的场合,文联领导应是主宾之一。令陆雯奇怪的是,联谊会主人似乎有意忽略了这一点。

只见养兔大王手扶着话筒,继续大声武气地唱道:

"今天到会的来宾领导,还有《经济时报》副主编金季老师。"金季两字的发音,听起来和经济一样。场内爆发出笑声。

一位身着皮夹克的胖子站起来,向大家挥手致意。

"这位是晚报的主任编辑、著名评论家马峰老师。"养兔大王把所有的来宾都称为老师。

马峰是晚报的副刊编辑,五短身材,报社有名的秃顶快手。正同李书记耳语,听见叫他,笑容可掬地站起来。

陆雯目睹这个场面,有种参加蹩脚新闻发布会的错觉。而登场的角色,却又像是精心挑选或花重金聘请来的。她觉得又好笑又好气。

养兔大王夸张的介绍声,继续在耳边回响着。

在一阵接一阵富有喜剧性的掌声中,雷鸣觉察到从对面投来奚落的目光。那边坐着谈笑风生的白演达和钱诚。他第一次感到自己和车夫受到冷遇。

这挑衅的视线,闹哄哄的场面,以及主人无意中的冷淡,使雷鸣意识到今天的联谊会有点不同寻常。

也许他的一句戏言不幸言中了,他早该有这种思想准备的。《金蔷薇》在上期曾发过一篇养兔大王的报告文学,篇幅很显要。据说传主慷慨解囊,为刊物赞助了一笔费用,作为回报。

介绍来宾的程序接近尾声,县文化馆馆长趋前同养兔大王耳语了一句。养兔大王回过头,向雷鸣这边瞄了一眼。

他转过去,手扶话筒,殷勤地宣布:"各位,今天到会的客人,还有市文联领导、分管作协的副主席雷鸣老师和创评部主任车夫老师。"

这时会场的气氛已经松弛,人们的兴趣似乎转移到下一个节目。场内掌声寥寥。

　　白演达和钱诚以一种居高临下的胜者姿态，目睹着这一幕。那眼神分明在说：我们才是真神。

　　坐在贵宾席上的马峰晃了晃脑袋，友善地向雷鸣和车夫打招呼。雷鸣点头微笑。车夫神态自若，平静如常，偶尔与邻座的记者交谈几句。他有一种万军之中履险如夷的本领。

　　轮到吴县长致辞。这位父母官操一口浓重的乡土音，声音洪亮，气度豪爽。对到会的新闻记者和文化人表示热烈欢迎，并将岚县的旅游资源、农副业发展做了一番介绍。

　　"我们不要求到会的作家记者们每人都写文章，但自古道：'江山还需文人捧'，如果各位有兴趣宣传一下，那将是我们岚县的最大荣幸。"

　　一片掌声。

　　"今天我们县的业余作者也都到场了，希望我们在座的作家和编辑老师们，多多给予指导。"县长说完，又是一阵鼓掌。

　　雷鸣注意到，场内坐着许多岚县的青年业余作者，一张张朴实的面孔，带着对文学的憧憬。其中有些人在他做编辑时，曾给《金蔷薇》投过稿，这时都向他投来亲切的笑容。雷鸣心头一热，感觉到一种信任和一股暖流。这个会的真正价值是在他们身上。也许岚山市文学创作的生力军，会从这里闯出来。

　　来宾发言的第一位，是白演达。

　　他站在花篮侧，一张刀条脸含着笑，清了清嗓子，然后用沙哑的声音侃侃地谈起来：

　　"今天是一次难得的盛会，首先我代表《金蔷薇》编辑部的全体同仁，祝金利达兔业有限公司事业兴隆，多多发财！"

　　白演达很善于发挥自己的口才。一句戏谑的祝词，使会场的气氛顿时活跃起来。

"我们《金蔷薇》杂志自班子改组以后，励精图治，以崭新的面貌同读者见面，备受大家爱护和青睐，我借此机会向大家表示感谢！"

接着他的话锋一转，绵里藏针地说：

"尽管有人暗中放冷箭，说我们办刊方针不对，'处在危机的边缘'，挖苦我们是'县班子水平'，但《金蔷薇》却越办越好，越来越受欢迎！在全国文学刊物如林，竞相下滑的情况下，我们现在的发行量仍然雄居全省第一，并且被公认为西部文学四小龙之一。这是大家无私支持的结果。"

白演达的演说，再一次被掌声打断。

陆雯感觉到这位权谋家的话中冷战味很浓，她很关注地向雷鸣和车夫那边望了望。

事实上，白演达话中恶意的机锋和影射，只有雷鸣和车夫听得最明白。其余大部分听众都被蒙在鼓里。

两人交换了一下眼色，车夫在雷鸣的耳畔说了句什么。雷鸣双手抱臂，微微点头，继续听着，一副大树临风的威仪。

无意之间，雷鸣觉察到会场的一个方向，有一双殷切的目光在注视自己。他转过脸，看见是陆雯正投来意味深长的一瞥。那是一种心有灵犀的理解和支持。他会心地朝她点点头，一切尽在不言中。

白演达清了清喉咙，继续鼓吹道：

"《金蔷薇》的今天离不开广大作者的厚爱和支持。我们欢迎在座的诸君踊跃投稿。从下一期起，我们特为本地作者辟一个专栏，凡是岚县的作者来稿，我刊优先发表，稿费从优！"

钱诚不露声色地听着。

白演达的话听起来像是鼓励本地的创作，实际上却是在拉拢作者。这是他们事先研究的策略。

他们深知文联下一个回合是成立作协，争取基本作者队伍的工作至关重要。而这一点正是刊物的优势。白演达廉价的许诺，赢得一阵喝彩。尤其一些业余作者，个个面露兴奋之色。

白演达在掌声中落座。主持者欠身请钱诚讲话。

钱诚颇有风度地用手指了指雷鸣这边，示意让雷鸣先讲。

"那请市文联副主席雷鸣老师先讲吧？"

养兔大王把脸探过来，礼仪性地征询道。

雷鸣没料到钱诚的这一手。他稍有些窘，但也并不愚蠢，很客气地答道：

"请老钱先讲吧！"

钱诚又推辞了一下，才站起来，在众目倾注之下开口说道：

"市文联蒋书记今天没有来，如果来了我要当面给他提意见。文联新班子成立快半年了，有人说雷声大，雨点小，尽在唱空城计。文坛领袖是这么好当的嗦！我是没有这个资格。如果文联主席、副主席可以登报招聘的话，就是高薪重奖我都不会应聘。为什么？我不想当氢气球。我是写小说的，这几年写得少了，办刊物是勉为其难，为人作嫁衣裳，但我心甘情愿。我衷心斗胆地希望多发现几个作者，多推几篇佳作……"

话说得冠冕堂皇。幽默之中不失机智，语带热嘲冷讽。听似彬彬有礼的恭维，实则句句都含着对文联新班子的贬低，都在影射雷鸣。这是一种段位很高的说话艺术，微笑中含着杀机。

雷鸣脸上的表情淡如清水。

临来前他曾想得很好，在联谊会上谈谈如何发展全市的文学创作，以及作者队伍的建立。此刻，原先准备讲的东西已烟消云散。处在这种场合,他感觉到只要有白演达、钱诚的存在,就有一种深刻的敌意。文联党组分工时,原想做一种妥协,退出刊物,负责作协,双方互不干扰。现在他才意识到,失去刊物,没有园地,要抓创作,相当艰难。

面对今天的这个场面,面对这么多的作者,雷鸣觉得自己不应该再缄默。于是,在许多双期待的目光中,他站了起来。

"参加今天的联谊会,见到不少搞创作的新老朋友,很高兴。这位是文联创评部主任车夫同志。"雷鸣把自己的同伴介绍给大家,很诚恳地说,"老车和我都曾经是《金蔷薇》的编辑成员。刊物的每一个成绩,都浸透了大家的心血。我们衷心地祝福《金蔷薇》越办越好。"

这是一个友善的姿态。

"文联新班子并没有唱空城计。"雷鸣为文联正名道,语调平和而态度鲜明,"大家关心的成立作协的事,市上很重视,正在酝酿筹备中。作协成立起来后,主要将抓两件事:一是出作品,二是出人才。岚县的创作队伍潜力很大,相信会有更多的新人新作涌现出来。我们愿意为大家铺路搭桥!另外,我想借此机会告诉大家一个好消息:市上已同意成立文学院,为有创作计划的业余作者提供写作条件。这项工作具体由文联创评部来办……"

雷鸣的讲话被一片掌声打断。

没有哗众取宠的言辞,也没有过火的表态。雷鸣凭着自己的诚恳和稳重,赢得了许多与会作者的好感。

联谊会还没有结束,已有几个业余作者围过来,向他和车夫打听作协和文学院的具体细节。从他们的言谈中,雷鸣体会到一种渴望和信赖。能为这些年轻的朋友做些铺路的工作,雷鸣觉得欣慰,就算自己真是骑上虎背也值得。

午间的冷餐会,主人极尽盛情款待。来宾们品尝了以烧烤兔肉挂头牌的名味佳肴。

陆雯端着一杯橙汁,满面春风地过来,同雷鸣碰杯。她穿一件宽松的乳白色套头毛衣,黑发随意地绾在脑后,显得俊秀飘逸。

"你的话恰到好处。"她赞赏道。

"其实我是赶鸭子上架,"雷鸣憨厚地摇摇头,坦白道,"我最不适合这种场合。"

"我觉得这个场面有些可笑。"陆雯环视端着盘碟大嚼豪饮的人群说。

"为什么喃?"雷鸣不解。

"像不像一群被兔大王招来的食客?"陆雯戏谑道。

雷鸣大笑。

"你的嘴真刻薄!"

陆雯忍不住也笑起来。

这时,几个热情的青年作者过来向雷鸣敬酒。其中有个皮肤黝黑、两眼有神的后生,名叫秦晓志,是岚县的业余作者。雷鸣曾在《金蔷薇》上发过他的一个中篇,创作上很有前途。

"祝贺雷鸣老师的《青春祭》出版了!"他憨厚地咧嘴笑道。

"谢谢大家!"雷鸣点头致意。

"听说晚报还要发专访呢。"另一个小伙子说。

"老实告诉大家,我是一个慢手。"雷鸣像同朋友聊天似的说。

一位圆头活脑的文友也过来凑热闹。

"现在雷兄是我们的一面旗帜,中青年作者就是应该崛起……"

"不要这样说。大家信得过把我当朋友就是了!"

雷鸣掉过头去,看见白演达、钱诚在人丛中谈笑风生,频频举杯。

他隐隐感觉到,后面也许会有一场恶战。

4

从桃园度假村回来的路上。

车沿着蜿蜒的公路绕山而行。路的一侧,不时掠过排列整齐的白色护路石桩。前一天岚山下过一场小雨,路面有些潮湿。空气清新宜人。

车行至山腰时,从树隙间依稀可见薄霭中的白衣江,宛若沉睡在青纱帐下,身姿绰约。车再往下行,路过上次经过的岔路口。雷鸣叫司机小刘拐进去,把车刹在路旁。

"走,去山后瞧瞧。"

雷鸣记起上次听见的敲石声。

他们舍下车,沿着裸露红土的岔路信步走去。车夫留在岚县与业余作者们交流,没有和他们同行。

山坡上开着紫红色的三角梅。这是一种矮丛系花,花瓣呈三角形,三角梅的名字大约由此而得。记得一次省作协组织作家去攀钢体验生活,由省上著名作家徐盟带队。在渡口市的车站,他们也见过这种花。以写农村题材闻名的徐盟当即说出花名,并言在访问缅甸时曾经见过,这种花在东南亚很多。没想到这些南国的佳丽,会在内陆的深山野岭落脚。

雷鸣攀上一个四方的小亭子。亭子以杉木为柱,杉树皮为顶,亭顶上青苔斑斑,落满褐色的陈叶。四周绿树掩映。从亭子上可以远眺白衣江的朦胧倩影，凭栏鸟瞰山间的秀色，心中呈现出一片宁静。雷鸣很久没有过这种心情。

雷鸣出生在川北苍溪县的农村里，四周青山环抱，风景如画。儿时他常爱在嘉陵江边捡石头，捉螃蟹玩。他是家里唯一的小子，三个姐姐很宠着他。从小他就在大自然的怀抱里打滚，家乡的青山绿水陶冶了这个农家子的性情。苍溪的乡村民风极为淳朴、厚道。小学毕业他考上县城的中学，离开了乡间，后来又进城里读了大学。但他爱青山，爱大自然的情愫从未改变。每当他回到大自然，都有一种返璞归真的感觉。

这时，从山谷传来布谷鸟的叫声。

"咕咕——咕咕，咕咕——咕咕……"声音清新悦耳。

"摩天崖还远吗？"他问小刘。

"不远了。就在这山的背后。"

小刘陪客人来过几次，俨然一名导游。

他们沿着一条丹赭色石梯，拾级而上。两侧是参天的古柏，笔直挺拔，枝条繁密，一簇簇针叶宛如远古勇士披肩的长发，遮住了青天。阳光透过树隙，星星点点地洒在石梯上。转过山垭，他们发现一座荒芜的古刹。庙宇很有点规模。破败的门楣，倒塌的经堂，看不出是什么年代的建筑。

寺廊下，两三个穿灰衲衣的和尚在闲坐。

穿过寺廊，在西侧伙房木条窗下，立着三只巨大的铜锅。锅身已旧，锈色斑驳。小刘用手指敲敲铜锅，锅身发出几声"嗡嗡"的闷响。

"听和尚讲，这三只大锅可供三千僧人吃饭。"小刘饶有兴味地向雷鸣介绍说。

当年寺中的盛况可想而知。

雷鸣用手摸了摸锅沿，有种特殊的感觉。中国人吃惯了大锅饭，连庙里的和尚也如此。可是潮起潮落，星移斗转，如今这三千僧人何在？

过了山垭，石级开始变陡。两人顺着丹梯继续向后面攀登，山势渐显俊秀。右旁二三十米远，是一堵起伏的山峦。苍郁的树木映着阳光，树影深邃，极有层次。

走到尽头，群峰环抱中，一堵绝壁拔地而起，如刀削斧砍，气势磅礴。岩壁上隐隐现出三个石刻的大字："摩天崖"。字体挺拔雄奇。

雷鸣暗暗叹道：好一个摩天崖！果然名不虚传。

在错落有致的石壁上，镌刻着许多拙朴动人的岩雕。一个接着一个，有驰骋峭壁的石虎，卧在月中的玉兔，还有各种古朴奇谲的图案，大若巨犀，小如掌影，真是美不胜收。石壁上还刻有许多古人的题字。由于年久风化，有的字痕已经模糊，有的还依稀可辨。诸如"山水知音""天趣"等。

雷鸣不禁为这巧夺天工的石刻所惊叹。

丹梯尽头，有条石板小路直通山脊。一股清泉从山涧汩汩流出，清澈透明，潺潺而响。

雷鸣似有所动，他侧耳倾听。

除了泉水声以外，仿佛还有另一种音响从山脊方向传来。那绝对不是啄木鸟的声音，而是清脆的敲石声。

"叮——当！"

那声音带着悠悠的回音，在山谷萦绕一周，又戛然而止。

雷鸣停住脚步，异常兴奋。这正是他上次听到的那种声音，就像是从上天飘来的，带有几分神秘，几分苍凉。这种铁钎撞击石头的铿锵声，他不止一次听到，每一次都令他有一种奇特的感觉。仿佛是创造之神的声音,来自很远的地方,一种神奇的感应,一种呼唤。

"叮当!叮当!……"

敲石的声音又传来,不是一声,而是两声、三声……连绵不绝,在山间回荡,每一声都那样凝重,悠扬。

雷鸣沿着石板路循声寻去。小刘紧随其后。

前面古木葱茏,参天蔽日,大有原始森林的风貌。他登上一道山梁,只见漫山遍野,尽是杜鹃林,绵延数里长。交错的枝丫盛开着白色、粉红色的野杜鹃花,灿若云霞。

在这片杜鹃林中,一脉山垅自谷底微微隆起,巍然直上,透迤千米,在海拔两千多米的断层上,形成一条由赭红花岗岩组成的山峦。远远望去,气势巍峨,甚为壮观!

他站住了。

伴随一声长声吆吆雄壮的吆喝,雷鸣看见,峭岩下一个身穿对襟土布衫的老石匠,正手握钢钎,作半蹲状。他对面站定一个平头年轻后生,双臂抡起大锤,在空中划过一条弧线。铁锤落下击在钢钎上,老汉双手微微一震,石下发出清脆悦耳的"叮当"声,山谷回应。

雷鸣目睹眼前这一幕,兴奋得说不出话来。

虽是料峭春寒,那后生赤着膊,露出一身腱子肉。每一锤挥下去,老石匠握着钢钎的手一震,钢钎尖端处石屑飞溅,岩石上只留下一处浅浅的白点。汗珠顺着老人黧黑、精瘦的脸颊流下,年轻后生的脊背冒着热气。

雷鸣径直走到峭岩下,同老人攀谈起来。

老石匠已经年过花甲,一张被山风雕就的脸布满皱纹,坚韧而朴实。那后生是他的儿子,他家祖祖辈辈都是石匠。在这片土地上，一代又一代生息繁衍。乡亲父老们同石头有着密不可分的关系。开山劈石，造屋修房，铺路建桥，都离不开石头。石匠活儿干得地不地道，是衡量男子汉的一个重要标准。

"老人家，加工这些石头做什么用？"雷鸣问。

"雕龙嘞！"

"哦，雕龙？"雷鸣半信半疑。

"是嘞。"

老汉说得很平淡。他扬起脸，出神地凝望着那逶迤起伏的赭红色山岩。雷鸣仰视山脊，巨大的花岗岩在头顶横亘耸立，悬崖峭壁，高不可攀。同这巨石相比，人显得十分渺小。要在这花岗壁上雕出一条龙来，谈何容易！

雷鸣对老人蓦地产生一种肃然的敬意。老人那张饱经风霜的脸庞，很像罗立中油画里的"父亲"，朴实、粗犷而又透露着一种庄严。他那双像树根一样布满筋络的手，不知用钢钎征服过多少顽石。

老汉小憩，掏出旱烟袋，蹲在一条方石上。

雷鸣递过一支香烟，老汉笑纳。雷鸣给他点燃，老汉悠然地抽起来。雷鸣平常很少抽烟，自己也点燃一支。老人同雷鸣聊了一会儿家常，谈起他家是祖传的石匠，祖上曾在光绪年间开凿千佛岩，并为后山引来龙泉，造福一方。从老人的身上，雷鸣看到了一种山民的淳厚、中国劳动人民的知足常乐和敬业精神。

雷鸣回眸南望，远山近壑，林海莽莽。山麓下，江水如玉色腰带，蜿蜒西去，像是白衣江，在天光之下闪着波光。在一刹那，他的心中产生了一刻难得的平和与恬静。

"我们该回去了，雷副主席。"

司机的提醒，打断了雷鸣的遐思。

5

银座沙龙。色彩斑斓的霓虹灯。

这里地处繁华的商业场,环境气氛闹热,装修典雅,是岚山市文化艺术界人士常来聚会之地。银座设在商场的底楼,里面有酒吧、画廊、音响一流的舞厅,还有颇具情调的露天茶座。

雷鸣走进银座时,不知道司马宏约自己来有何意思。但他感到这是一次不同寻常的会面。对方阵营的主帅亲自出马,肯定不会是简单的寒暄吧。不过他胸怀磊落,在约定时间坦然而至。

一位身穿旗袍的小姐引雷鸣走进沙龙。他像平常一样穿着夹克衫,眉宇间透着一股男子汉的英气。

司马宏已在一间雅座里等他。

"不好意思,让司马部长等了。"雷鸣入座,致歉道。

"没什么,是我早到了几分钟。"司马宏坐在乳白藤背椅上点点头,态度友善。

小姐端上两杯咖啡,轻轻搁在钢化玻璃桌上,然后退去。咖啡冒着热气,香气浓郁。

"加糖吗?"司马宏露出微笑。

"不加,谢谢。"雷鸣憨厚地说。他很少喝咖啡。

司马宏揭开桌上的小陶罐,夹了两块方糖在自己杯里,用一个漂亮的小勺搅动着。

"最近还写东西吗?"谈话从创作切入,显得很自然。

"好几个月没有动笔了。"雷鸣坦白说。

"这就是做文艺领导的苦恼哦,"司马宏啜了一口咖啡,以一种过来人的口吻说,"身不由己。"

他示意雷鸣喝咖啡，接着说道：

"你的《青春祭》写得不错嘛，听说出版后在读者中有点影响……"

司马宏说话的口气仍像宣传部长，不过态度似乎是真诚的。雷鸣不大善于言辞，客气了两句。

"您过奖了。小说是去年写的。"他端起咖啡，喝了一口。有点烫。

"听说你花了一年的时间，很难得！"

"我写东西和说话一样，其实很笨。"雷鸣说。

"哈哈，笨鸟先飞入林嘛！"

司马宏笑起来，笑声有点夸张。他穿一件暗褐色皮西服，领口露出银灰套头毛衣。脸膛红润，眼睑下面现出眼袋和细纹，但气色仍佳。

这是一副老练，成熟，精明强悍的面孔。

雷鸣品着咖啡，注视着这张面孔。心想，他专门约自己到这里来，不会只是谈谈《青春祭》吧。

司马宏向吧台招招手，一位紫衣小姐送来两碟精致的西点。

"我对你印象一直很好。"他示意雷鸣尝尝点心，接着说道，"也许你不知道，当初文联调你时，曾经费了好多周折……"

司马宏是在暗示，他一向很爱才，而且调雷鸣到市文联最终是他拍的板。事实上，当初省文联的商调函已经寄到雷鸣所在的单位。当时雷鸣在市上一家科技报负责，报纸办得有声有色，创作也卓有成绩。省文联拟调他到《西部文学》任职，兼搞创作。但是后来调动被市上卡住了。那时还在宣传部任上的司马宏，曾给雷鸣下过一道"最后通牒"："要调，你只能到市文联来；要不，你就在原单位待一辈子！"雷鸣就是这样被拦截下来的。

这件事雷鸣至今记忆犹新。从跨进岚山市文联的第一天起，他就感受到了司马宏的霸气。也许与此有关，他到市文联后，对司马宏从来是敬而不亲，很少接近。

沙龙里荡起一曲轻音乐，是陈明唱的《快乐老家》。歌声欢快跳动，在沙龙里回荡。

雷鸣凝神聆听，似有所动。

司马宏继续往下说着。

"你在《金蔷薇》干得还是不错的，不过后来，"司马宏话锋一转说，"听说编辑部不少人对你有看法。作为一个年轻干部，要洁身自好，谦虚谨慎，尤其不要站错了队……"

这位文坛大帅要拉拢雷鸣，故给予礼遇，且很殷勤；但他软中带硬，又拉又压，想诱使雷鸣就范。

雷鸣坦诚言道：

"我其实只是想干点实事，不想成了矛盾的焦点。有时候是树欲静而风不止……"

"关键看你屁股坐在那一边啰！嘿嘿。"司马宏又是一句带笑的杀伐。

雷鸣起初觉得司马宏似在关照自己，而且态度也有诚意。但渐渐地，他从对方的话里觉察到，司马宏今天的用意不像是化解矛盾，而是想拉拢自己。对于司马宏的软硬皆施，他开始警惕起来。

司马宏见雷鸣不语，继续施加压力。他告诫雷鸣应识时务，不要强当出头鸟，创评部不要和编辑部唱对台戏。暗示雷鸣只要在作协的问题上合作，前途就会一帆风顺。

"我可以说服白演达、钱诚他们，让你兼《金蔷薇》的副主编。"

他向雷鸣许诺道。

"谢谢司马部长的关照!我对副主编已经没有兴趣了。"雷鸣淡淡地说。

"是吗?你可是办刊物的一把好手哦!"

司马宏的脸上流露出一丝不易觉察的失望。他的神情带着一点霸气和尴尬。这是一匹不甘落伍的狼王,虽然皮毛初现老态,但精力未衰,牙齿仍然尖利,而且随时准备扑出来夺回失去的宝座。连他的笑容都带着一种杀气。

"其实文联的事,我什么都知道。如果你要一意孤行,不同我们合作,恐怕只能在夹缝中当英雄啰!呵呵……"

雷鸣听出了这话的弦外之音。

有位作家说过,憨厚的人有时傻得可爱;但遇到欺人太甚,忍无可忍时,憨厚的人也会奋起反击。了解雷鸣的人都知道,在他的憨厚底下藏着一股天生的执拗和倔强。

因此他并未被司马宏的威迫所压服。而且司马宏最后一句带有明显威胁的话,激怒了他。

"谢谢司马部长的提醒。我只是一个平常人,当不了英雄。"雷鸣推开咖啡杯子,很礼貌而克制地起身告辞,"再见!"

对话不欢而散。

对雷鸣来说,也许失去了最后一次同对立势力妥协的机会。

望着他离去的厚重的背影,司马宏知道拉拢失败,心中陡然升起打击的决心。

6

银座沙龙。轻快的音乐回荡。

华灯初上。雷鸣在暮色中骑车赶来。他头上戴顶牛仔棒球帽，显得有几分潇洒，几分匆忙。满街的霓虹灯和车水马龙，更显出都市周末的繁华和喧嚣。

白天雷鸣和车夫到岚县文化馆，商量合办《文苑报》和借调年轻编辑梁晓志的事。岚县文化馆有现成的刊号，文联创评部希望一起合作，办成全市的一个文学园地，双方谈得很好。

下午回到文联小院，雷鸣在办公桌上见到陆雯留的一张便条。那娟秀的字体，他很熟悉。过去在校同学时，陆雯给他递过好多字条。

雷鸣：
　　今晚七点在银座沙龙等你。
　　勿忘。

　　　　　　　　　　　　　　　小雯　即日

雷鸣依约赶来。陆雯已在沙龙里等候。

她坐在临近乐池的一张乳白色圆桌旁。桌上一只矮玻杯里点着红蜡烛，很有情调。看见雷鸣穿过画廊进来，她招招手，脸上荡起欢愉的笑颜。

雷鸣落座。桌面前摆着一张暖棕色小餐巾，两只高脚杯里已斟上红樱桃酒。陆雯穿一袭宽松雅致的粗绒线长开衫，头发随意地绾在脑后，显得风姿绰约。

"真不好意思，周末约你出来。若雅不介意吧？"陆雯莞尔一笑。

陆雯同祝若雅曾是大学同班同学，也是最好的朋友。当年因为同时悄悄爱上一个人，两人之间曾经有过一段戏剧性的恩怨。

后来祝若雅得到了爱，陆雯悄然离去。从那以后，她们没有再见过面。那个被爱的傻小子，就是雷鸣。

"若雅到深圳进修去了，环保系统的新闻班，要两个月。"雷鸣说。

"那倩倩谁照顾呢？"

"这几天上她姥姥家去了，带着雪儿一道。"

"雪儿是谁呀？"陆雯好奇地问。

"她的小狗狗，宝贝似的。"

"这丫头真有趣！"

沙龙里响起《雪绒花》的音乐，旋律优美轻柔。邻座有对情侣在喁喁细语。

"你还记得今天的日子吧？"陆雯温情脉脉地瞅着雷鸣。

"今天是什么日子？怎么没印象了……"雷鸣傻笑。

"你再想想，3月16日。"陆雯期待地审视着他。

雷鸣恍然，拍着脑门：

"哦，是你的生日！那应该我请你的。"

雷鸣端起盛满红樱桃酒的酒杯，向陆雯致意。

陆雯把酒杯举在眼前，两人轻轻碰杯。

"生日快乐！"雷鸣由衷地说。

"谢谢！"陆雯眼里闪着泪光。

她将酒杯端近唇际，啜了一口。

"想不到，我的生日你全忘了……"她似乎有些感触，话中含着爱和怨。

"不，那一天我永远记得。"雷鸣解释。

陆雯18岁生日那天的情景，此刻隐隐浮现在雷鸣眼前……

育才中学。薄日微曦的清晨。

早操之前。在淡淡的薄雾中,雷鸣用报纸包着一把刚采下来的鲜花,悄悄走进高二班教室,放在陆雯的课桌上。然后趁人未见,溜了出去。花是他从校园的花坛里偷摘的,蓝色的勿忘我,一共18支,花蕊里还沾着露水。

在走廊上,雷鸣同迎面走过来的陆雯正好撞上。陆雯扎着小辫,脸色红扑扑的,和几个同伴边说边笑朝教室走来。两人擦肩而过,雷鸣冲着她傻笑了一下。陆雯转过脸,望着他的背影。

在教室里。陆雯揭开报纸,发现了勿忘我。她邻座的同学叫了一声:"哦,勿忘我!"整个教室都轰动了。男生的喝彩,女生的惊叹。在一片"勿忘我!""勿忘我!"的呼声中,顷刻之间,18支蓝宝石般亮丽的勿忘我被女孩们瓜分殆尽。

大家正在忘情得意时,戴眼镜的老班主任走进教室,全场马上被镇住了。眼镜班主任是歪得全校闻名的,他站在黑板前,板着脸,一言未发。女生们一个个乖乖地走上来,把勿忘我搁在讲台上。班主任数了数,一共17朵。

他扫视了一下全场,问:

"这是谁的杰作?"

几十条视线一齐转向陆雯。

这下陆雯可惨了。半小时后教务主任接到校工报告,花坛里的花被人偷摘了,而且偷花人专摘勿忘我。

在教务主任办公室里,陆雯被勒令交代谁是罪魁祸首。陆雯猜到是雷鸣所为,但她咬定花是自天而降的。

"这就怪啰,这勿忘我花又莫得长翅膀!"

陆雯默然不语。

"不坦白,你就脱不到手。"教务主任晓以大义。

"我真的不晓得花是从哪里来的。"

"怎么偏偏会落在你的桌子上呢?"

"该我倒霉嘛!"陆雯装出一副哭丧脸。

审问进行了半个多小时,还是没有结果。

正在陆雯脱不到手时,雷鸣愣头愣脑地闯进来,一副英勇就义的大男子汉模样。

"勿忘我是我摘的!"雷鸣向教务主任坦白交代。那神态仿佛要杀要剐都心甘情愿似的。

围在窗外偷看的男女生们,都看见了这个精彩的镜头。

第二天,雷鸣的英雄形象就在全校传开了。雷鸣当时是高三的高才生,校足球队队长,全校的物理尖子。为此事,他被罚扫了十七天大操场。而陆雯呢,则得了"勿忘我校花"的美誉。

"为什么班主任只没收了17朵勿忘我花喃?"事后,雷鸣曾问陆雯。

陆雯诡谲地一笑:

"那个老癫东没看见,有一支勿忘我让我偷偷藏起来了!"

"是吗?"雷鸣也笑起来,"亏得你,让我少罚一天扫操场!"

那年夏天,雷鸣以总分618的优异成绩考上了华西大学。

7

往事历历如画。

雷鸣喝了一大口红樱桃酒,放下酒杯,凝视着脸颊微红的陆雯,有点感慨地说:"那时我们好年轻啊!学生时代确是人一生中最美好的时光……"

"是呀,你没想到后来我也考上华西大学吧?"

陆雯调皮地问他。

"我原以为你会报复旦新闻系的。"雷鸣说。

雷鸣一直不知道,自从他接到华西大学录取通知书那一刻起,陆雯就下定决心也要报考华西大学。

"命运真是不可捉摸!"陆雯呷了一口红樱桃酒,喃喃地说。

"什么意思?"雷鸣殷殷地瞅着她。

"我俩总是有缘无分……"陆雯说。

"有缘无分,"雷鸣咀嚼着这话的意思,突然有点激动,愣头愣脑地:"我至今不明白,你当时为什么要拒绝我?为什么哦……"

"我只是把你当作一个大哥哥。"陆雯违心地说。

"那你……"雷鸣有点冲动,一把握住陆雯的手。

"你不用问了。"陆雯打断了他的话。

她默默地抽出自己的手。

两人沉默了片刻。

浮在矮玻杯里的红蜡烛,摇曳着暖黄色的光晕。陆雯的脸庞被辉映得像雕塑,洋溢着一种成熟的美。

雷鸣望着她,真诚地说:

"小雯,你也该有个归宿了。"

陆雯洒脱地一笑。

"我个人的事,不需要别人操心。"

雷鸣无奈地摇头。

"你哥哥也说你,还是那么任性。"

陆雯酒意来,脸庞泛红。

"他现在当市府副秘书长了,官气十足,比你会混!"

"这倒是,我本来不是当官的料。"雷鸣笑道。

"其实你就当一名作家还轻松些。"陆雯为雷鸣的杯里斟满酒,说道,"《青春祭》在许多年轻读者中反应不错,晚报副刊部组织了一篇评论,下周有可能发出来。"

"谢谢你的帮忙。"

"我并没有帮忙,只是听说而已。"陆雯说。

晚报编辑先后约雷鸣写过两篇文章,一篇是《青春祭》创作谈,另一篇是其他内容的文艺随笔,晚报均压住迟迟不发。这次居然要发《青春祭》的书评,雷鸣在意外的同时感到一点欣慰。尤其这个时候,他更需要理解和更多一点友善。

"《青春祭》我读了两遍,的确写得很棒。但我觉得故事好像没有结束。"陆雯抬起清澈的眸子,打量着雷鸣。

雷鸣沉思道:

"你是慧眼,在第二部《青春无悔》里,波澜才完全展开。"

"那你应该接着写下去,尽早完成第二部呀!"陆雯敦促他。

雷鸣苦笑。

"我现在是为他人作嫁衣裳,组织上信任我,总得先为大伙儿把作协成立起来吧,然后还有更重要的事要办……"

"雷主席是重任在肩啊!"陆雯打趣道。

温馨的音乐。舞池里,几对伴侣相拥着翩翩起舞。

一个穿牛仔裤的长发青年,穿过画廊,匆匆向楼上雅间走去。登上扶梯时,向这边投来奇怪的一瞥。陆雯向雷鸣示意。雷鸣认出此人是《金蔷薇》编辑部的小说编辑阿薪。

"我觉得这人的眼神怪怪的。"陆雯说。

雷鸣朝楼上雅间望了一眼,并未介意。

阿薪推开门,走进门楣上钉着鎏金"七星椒"三字的雅间。

雅间里有钱诚、白演达、殷浩和冷若冰等六七人,全是《金蔷薇》的核心成员,正围着一个嵌着火锅的粉红色圆桌,边吃边说,密谈着什么。屋里灯光炫目,墙上贴着彩花布纹饰,显得华丽大方。火锅里红黑色的油汤翻滚着,香气四溢。

大家给阿薪腾开一个位子。

"我来晚一步,刚把这期校样送到印刷厂。"阿薪落座道。

白演达用筷子夹起一段毛肚,在汤锅里涮着。

"司马宏说作协选举的事,不能掉以轻心。要比作品,我们有的人可能比不上雷鸣他们。"这位主编说着。

殷浩端起啤酒杯,豪饮了一大口,抹抹嘴说:

"我们编辑部有三名中国作协会员、两名省作协理事,雷鸣不就一两部长篇、几个中篇嘛,连中国作协会员都不是,有什么得意的!"

钱诚剔着牙。

"话不是这么说。他们几个人都有长篇作品。雷鸣有《远山》《青春祭》,车夫有《少年八路》,许一盟的《西部传奇》虽然未出书,但正在报纸上连载……长篇有分量,容易产生影响。许一盟提出在会员简表里附作品介绍,对他们很有利。"

"但是我们手里掌握着刊物,可以利用《金蔷薇》的招牌团结会员作者嘛。耶!这七星椒硬是辣得舒服喃……"冷若冰辣得满面红光,一边说着,一边擦头上的汗。

钱诚的头脑始终很清醒。

"《金蔷薇》当然是我们手里的王牌,不过大家也要看到负面因素。我也说不清什么原因,今年订数降了七八万。前景并不乐观。"他的话里流露出一丝不满。

殷浩用筷子穿起一大坨鸭血,用嘴吹了一下,塞进口里。

"哎呀,地道的麻辣烫!安逸。"他大叫一声说道,"早知今年全国刊物大滑坡，当初该让雷鸣背这个包袱的。"

白演达嘴里还嚼着毛肚，一面咬牙切齿，一面慷慨地说道：

"作为主编，刊物直线下跌我负主要责任。但是连《人民文学》都在下跌，市上也怪不到我们哪里去！再说，我们现在还是全省纯文学刊物中发行量最大的嘛。我们可以在横向比较上做文章，要理直气壮，讲点宣传技巧。"

殷浩附和道："我赞成老白的观点。下一步可抓紧机会多做点作者的工作，拉点选票。"

"上回那个作家座谈会我们搞得很漂亮，影响很大。马峰那家伙立了一功。"白演达笑道。

"许一盟对这件事一直耿耿于怀，说报道的事马峰事先没向他汇报。"阿薪同报社副刊编辑部很熟。

钱诚若有所思道：

"嗯，不只要争取会员，筹备组成员也非常重要！"

殷浩的筷子在汤锅里拨了几下，捞起一片黄喉，狠狠咬了一口，像是在咬仇人身上的肉。

"雷鸣那小子在会员里还是有些影响，他的《远山》不怎么样，《青春祭》运气好，没想到一炮打响，天时地利都占着了。为他的青年作家形象增色不少。"他心不甘地说。

阿薪此时压低嗓子，神秘兮兮地报告：

"我刚才来时，在楼下见到雷鸣喝酒，还有漂亮女伴相陪，一副走桃花运的模样。"

白演达停住正往口中送的一块冬瓜，抬起眼皮问道：

"和一位佳人约会？"

阿薪点头。

"正是，两人很热乎，就像一对情人。"

殷浩眼睛一亮。

"给他制造一点绯闻怎么样？"

"啥子绯闻？"阿薪还没有回过神来。

"桃色新闻呀！就是你说的桃花运嘛。"殷浩眉飞色舞道，"市作协筹备组组长与情人在酒吧幽会，双飞双栖，共度周末……"

钱诚表情冷淡。

"要斗就必须体面地战胜敌人。搞这些三流记者的手段，档次太低了嘛。"

殷浩转过皮球脸：

"老白，你说嘞？"

白演达不语，只是默然一笑。

殷浩从手提包里取出一个傻瓜相机，起身出屋，口中戏言道：

"给他俩来个意外的留影，小小的曝光。"

钱诚讪笑着挥手：

"老殷，别无聊啦！"

殷浩并未停步，回头挤挤眼。

"开玩笑的，我上洗手间去。"

"七星椒"雅间里响起一阵嬉笑。

第六章　命门

1

清晨，天空如洗。东边泛起淡淡的曙光。

早饭后，雷鸣送倩倩去幼儿园。骑车过街时，小丫头欢呼背后的一轮红日。

"爸爸，你看哟。好漂亮！"

雷鸣扭头，看见一轮太阳从背后升起，通红通红的，衬着淡淡的灰红色背景，端庄明亮。

自行车骑到城西时，渐渐降雾了。街上的房屋、树木和行人，都掩映在白雾中。快到幼儿园时，雾更大了。路旁参天的梧桐，完全被浓雾所笼罩。

街头，空中，一片茫茫大雾。

"爸爸，你看哟。黄月亮！"倩倩在背上叫起来。

雷鸣回头，看见太阳变成了一个金盘子，隐现在白蒙蒙的天幕上，真像一轮月亮。

街上的汽车都开着雾灯，在雾中小心地爬行，刺耳的喇叭声此起彼伏，响个不停，仿佛一群迷路的怪兽。

再往前骑时，雷鸣感觉有湿润的东西飘落在眉毛上，大约是雾气，眼睫毛挂上了一串小小的光环。

到赶到幼儿园时，倩倩的头发已被雾打湿，小脸蛋红扑扑的。

雷鸣把女儿从车上抱下来，听见有人奶声奶气地喊"倩倩"。他低头一看，是陆石的儿子石头，戴顶大红棒球帽，圆头活脑的。

"谁送你来的？"雷鸣俯身问石头。

"我爸爸。"

"在哪儿？"雷鸣左右望不见人。

幼儿园院子里也弥漫着雾气，白蒙蒙的。远处有些人影在晃动。大多是送小孩来的家长。

"好大的雾喔！"陆石突然出现在背后，像是从地里冒出来似的。"倩倩，怎么今天成水鸟啦。"他逗着倩倩。

"陆伯伯好！"倩倩红着脸喊了一声。

"爸爸，我进去了！"石头挥着胖手。

"不许在班上捣蛋。"陆石亲昵地关照道。

雷鸣蹲下来。倩倩踮起脚尖，在他腮帮上亲了一下。

"爸爸，再见！"她撒娇地说。

把孩子送进教室后，陆石笑着对雷鸣说：

"你真会惯女儿！"

他们朝幼儿园外面走去。浓雾仍然不散。整座城市仿佛被白蒙蒙的雾气所吞没。

"到我那里坐坐吧！"陆石邀雷鸣。幼儿园就在市府大院对面。中间隔着一条长街。

陆石的办公室在市长小楼的底楼，房间宽敞，老式的皮沙发和办公桌，显得厚重沉稳。玻板下面压着密密麻麻的电话号码，有市上各头头的、市府机关和各局委的。

"你这个衙门不错嘛。"雷鸣在沙发上落座,开玩笑道。

"忙得要死。早就想和你聊聊了,最近怎么样?"陆石递给雷鸣一条毛巾,然后沏茶。

雷鸣用毛巾擦着湿漉漉的头,无奈地说:

"作协的事一直搁浅到现在,很悬。"

"那帮人居然能把选举的结果推翻,能量也够大的了。"陆石在他身旁坐下。

"我们事先没有估计到这一点。"雷鸣反省道。

"如果你们让司马宏当作协主席,这次可能就摆平了。"

"这个人太霸道,反对推选他的人不只我一个。"

"我觉得原因不在于他霸不霸道,"陆石调侃地瞅着雷鸣说,"而在于你执意要同他的霸道宣战,你的性格我还不知道?"

"也许有这个因素。"雷鸣咽了一口茶,承认说,"我从不愿被人压服,尤其是司马宏这样的歪人。"

"这恐怕也是韩波的心愿吧。"陆石说。

雷鸣没有吭气。

"其实你可以不必太理会韩波临死前的话,"陆石忠告朋友,"最明智的,应该是从老班子遗留的矛盾里摆脱出来……"这个忠告也许是把解脱的钥匙。

"受人之托,忠人之事。我别无选择。"雷鸣执拗地说。

老主编临终前的嘱托,她那苍白的圆脸和湿润的、充满信任的目光,雷鸣永远难忘。他明白,自己背负着十字架。

"我早提醒过你的:不要太认真了,否则会碰壁的。"

陆石并不赞成雷鸣的愚忠。

"我就这个牛脾气,其实我也知道自己有时很愚蠢。"雷鸣自嘲道,口气有些无奈。

乳白的雾气从窗缝里涌进办公室，带着一股潮味。

陆石起身，把窗户关紧。雾气被阻隔在窗外了。

"小雯老说我是机会主义。结果呢，我这个机会主义干得成功自如。你这个理想主义，到头来却是碰得头破血流……"

"老同学指点一下迷津吧。"雷鸣谦虚地笑道。

"当真？"陆石盯了他一眼。

"真的。"雷鸣点头道，"坦白讲文联现在完全陷入了僵局。"

"要打开僵局并不难。"陆石以一副道中人的口气说，"有两个办法任由你选。"

"哪两个办法？"雷鸣深邃的眸子里透出期待。

"这要看你了。如果准备妥协，只需私下同司马宏达成协议，推他出来当作协主席，保你了结前怨，走出困境。"

雷鸣听着，不做任何表示。

"我知道你是不愿意退缩的。"陆石太了解雷鸣了，"那还有一个办法，就是想法摸清对方的底细，找到他们的命门。"

"命门？"雷鸣自言自语。

"对。他们身上最薄弱的地方，往往就是最容易致命的地方。"陆石递烟给他。

"肚脐眼？"雷鸣接过烟，等陆石替他点燃，俏皮道。

"你真是天才。哈哈哈！"陆石合上打火机，忍不住大笑起来。直笑得前倾后仰，把雷鸣也搞笑了。办公室里浑响着两个男子汉充满豪气的笑声。

笑过之后，陆石抹抹眼角，正色道：

"想一想，钱诚、白演达为什么没能进文联班子？这里面总有点什么原因……"

雷鸣的表情严肃起来。

"这帮人都是有根有底的!"陆石说。

"孟部长好像曾经提到过,文联班子的组成,上面有分歧。"雷鸣想起来了。

陆石意味深长地瞥了雷鸣一眼。

"白演达在岚山晚报做副刊部主任时,执笔写过好些影射时政、格调阴暗的杂文……"他透露道,"我最近才听说,钱诚涉嫌与当年骆汉生的绑架案有牵连,当时他就在省文联当创作员。"

"哦!"雷鸣大为震惊。

"他不是骆汉生的得意门生吗?"

"得意门生不假,据说案情很复杂,他只是有嫌疑……"

怪不得他们这样凶狠,这么有手段。韩波临死前托他查寻骆汉生的遗稿,看来不是凭空臆想。但事情已过去了二十年,雷鸣有点怀疑那部手稿还在吗?

"听说孟部长要调走。"陆石说,"你可以抽空去看看他。"

"是吗?"雷鸣觉得很意外,"调什么地方?"

"大约是去省党校做副校长,据说是上面的决定。其实,市委组织部也挺复杂的……"陆石欲言又止。

雷鸣突然感到有点迷茫。

2

大雾笼罩的市委大院。树影朦胧。

组织部灰楼。孟达正在办公桌前清理资料。

雷鸣推门而入。

"孟部长!"

孟达亲切地示意他在沙发坐下。

"听说你要调离组织部?"雷鸣话里带着难舍之意。

"是呀,其实我在组织部工作了这么多年,还真有点恋栈。"孟达也在沙发上落座,笑道,"我也是身不由己哟!"

省党校副校长虽然级别比市委组织部副部长高半格,但是个虚职。所以孟达的调动,有点明升暗降。雷鸣隐约听说孟和组织部的蔡部长有些不和。而蔡是主持工作的正部长、市委常委,和司马宏又是儿女亲家。这背后的关系很微妙,有的问题一时说不清楚,他也不便问。

临别之际,雷鸣有点动感情地说:

"很感谢孟部长一年来对我的帮助。"

孟达从皮沙发上站起来,从抽屉里取出一本海明威的《老人与海》精装本,送给雷鸣。

"一个朋友送我的,留作个纪念吧!"

这是一本海明威的作品精选集,银色封面,暗红色腰封,装帧很大气。雷鸣摩挲着书的封面,很珍惜。

"谢谢孟部长!"

雷鸣上中学时曾经读过《老人与海》,印象很深。小说写一个哈瓦那的老渔夫出海捕鱼的故事。老头儿渴望捕到一条大鱼,但出海八十四天毫无收获。这一次他在汹涌的海上日夜追逐,经受许多磨难,捕获了一条比小船还长的大马林鱼。但当他返航时,却遭到一群贪婪凶猛的鲨鱼跟踪打劫。老头儿以惊人的斗志,用鱼叉,刀刃和木舵同鲨鱼进行了一场殊死之战……最后老渔夫胜利返回港口,但那条经过鲨鱼洗劫的大马林鱼,只剩下一副残骸!

"海明威的传世之作。"孟达对文学很内行,赞道。

的确。这部几万字的小说，为海明威赢得诺贝尔文学奖，不是偶然的。

"我读中学时读过《老人与海》，"雷鸣翻开扉页，眉宇间露着天真，"当时我还想过，小说的名字为什么不叫《老人与鱼》呢？"

孟达笑起来。

"老人和鲨鱼的搏斗写得很精彩。一个胜利的失败者，闪耀着人类不屈不挠的奋斗精神……"他说。

雷鸣觉得孟达的话中似有深意。他收下书，认真请教说：

"孟部长就要走了，文联的工作我应该注意些什么？"

孟达没有直接回答他。

他头靠在沙发背上，不胜感慨地对雷鸣说：

"文联的内耗是很典型的。我们这个民族，的确有不少美德：勤劳，坚韧，温良……但是我们也有很多传统的痼疾，诸如看不得别人好，嫉贤妒能，叔嫂斗法，枪打出头鸟等。"

停顿了一会儿，孟部长继续往下讲道："每一个民族都有自己的弱点，这些算不算是我们民族的劣根性？你是搞写作的，可以发掘发掘，将来也许能写一部叫响的作品出来。"

"我现在在文联是如履薄冰，写作的事早已不敢想了！"

雷鸣诉说自己的苦衷。

"我知道你们那里总爱七翘八拱的，文联的干部情况比较复杂。"孟达随意说道。

"是的。"雷鸣应声。

"最近省上转来几份材料，就有人举报钱诚与一件大案子有关系，省上领导批示：一定要查清楚……"

孟达没有透露，这个案子就是韩波的丈夫、著名作家骆汉生二十年前被绑架撕票的事。这个疑案至今没有结论,省文联几个老同志数次上书,呼吁查明真相,让死者得以安息。

孟达的表情很严肃,雷鸣可以感觉出不是一般的问题。

他立刻意识到,这个"大案子"一定与骆汉生有关。而且,这就是他一直在等待的战机……

"搞清干部情况很重要。不摸清情况干部怎么使用嘛!"孟达加强了语气说,"这个问题我们领导层也存在不同看法,这也不奇怪。"

孟部长的话中隐隐透出一些内情,也许这同他的调离有一定关联。但他不失一个成熟领导的气概和风度,言语中流露着坚定的信念和达观的情绪。雷鸣一时不知该说什么好。

"你前面的路还很长。"孟部长眼里透着浅浅的笑意,望着雷鸣和蔼地说,"不要怕挫折,任重而道远嘛!"

末了,他又关照了一句:

"有事以后你可以多找宣传部汇报。"

"唔。"雷鸣会意地点头。

"组织方面的事,遇到问题可以找组织部的鲁副部长。"

"哦。"雷鸣记住了孟达最后的叮嘱。

3

文庙街22号。市文联里院。

创评部办公室虚掩着门。雷鸣、车夫和钟翼德围坐在一起,正悄声商量着事情。雷鸣穿一件紧身T恤衫,戴顶牛仔帽,像体育场上的一个棒球手。车夫着灰色府绸衫,轻轻摇着一把水墨画面折扇。钟翼德嘴里叼着一支万宝路牌香烟,青烟萦绕着他黑红的脸膛。

"听孟部长的意思,钱诚牵涉的案子是一件很大的事。"雷鸣说。

"正好利用这个机会,把这一伙子的气焰给打压下去!"钟翼德确信这是一个反攻的好机会。他说话的底气很足。

雷鸣颔首,赞成钟翼德的主张。

"机不可失,我们不能有任何犹豫。"钟翼德在烟缸里弹弹烟灰,提醒雷鸣。

"这件事关系到人,还是要讲政策,实事求是。"车夫很慎重。

车夫是雷鸣圈内的中坚人物,决不会同白演达一伙妥协。只是他比较注重斗争手段的选择,通常不大主张主动进攻。

钟翼德埋怨他的斗争方式过于保守。

"你们不能太心慈手软了!"这位老军人不以为然道,"这帮人的屁股上都有屎疙疸。"

他把快燃到手指的烟蒂在烟缸里猛地摁灭,压低嗓子说:

"韩波之死的事,上次为什么会不了了之,你们知道不?"

雷鸣和车夫关注地望着他那张包公似的黑脸。

"我最近才晓得,白演达的妻舅是市卫生局分管人事的副局长。那件事,曾有专人向红十字医院的院长打过招呼。"

"怪不得我们查无实据哦。"车夫恍然。

"他们这样搞,不是欲盖弥彰吗?"雷鸣愤怒。

"这几爷子太阴毒了。"钟翼德沉痛地说,"韩波的死没留下任何痕迹,这叫杀人于无形之中,所谓的'完美谋杀'!"

"的确。"车夫点头,"《西部阳光》那个聂风分析得对,就算那护士证实了听到他们和韩波在争吵,也很难成为铁证。"

"所以不揭开盖子,文联的好多问题都弄不清楚。"钟翼德一脸嫉恶妒仇的神气。

他继续往下说道:"这几爷子把持《金蔷薇》后,完全搞成了一个独立王国。结果呢?纸张陷进去一笔,自办发行又陷进去一大笔,根本收不回来。编辑部还开了个啥子贸易公司,美其名曰多种经营,结果赔了。文联的家当,基本全赔进去啦!"

车夫清朗的脸上露出不满和惋惜,说:

"《金蔷薇》的发行量,听说这季度已降到七万左右了。"

"他妈的,纯粹是一帮败家子!"钟翼德破口骂起来。

"这伙人结帮是结得很深……"雷鸣一字一句地说。

"这次钱诚被举报是个难得的机会。"钟翼德再次向雷鸣献策,"如果搞得好,我们可以把文联的主动权夺回来。"

"唔。"雷鸣终于下定决心。

"要想法抓住他的命门!"他的话坚决有力。

两天后,文联党组会讨论干部审查问题。

"我反对。这没有必要嘛!"

白演达气急败坏地跳了起来。

"这是市上的统一布置,"蒋学贵解释说,"究竟文联怎么个查法?要我们党组拿个意见。"

庞文聪嘴里吞云吐雾,没有吱声。

协助文联整改的老秘书长郝伯臣,也参加了今天的会。他坐在庞文聪一边,头发花白,精神矍铄,态度平和而中肯。

蒋学贵的目光从笔记本上抬起来,觑了众人一眼说:

"我们党组四人,我、老庞、老白和小雷就不用查了!文联确定新班子时,已经都审查过了的。据我知道,还反复了几次,上面很慎重……"

他的这番话,等于把白演达解脱了。

雷鸣听着,不动声色。

"老庞,你说呢?"蒋学贵望着庞文聪。

庞文聪紫黑脸膛上的几条纹路动了动,点头道:

"唔,这可以。"

"老白意见怎么样?"蒋学贵问。

"你书记定了就是啰!"白演达阴阳怪气地说,"要再审一遍也不是不可以。"

"那就这样定了!党组成员就不用调查啦。"蒋学贵抬起一对小而灵活的眼睛,瞅着雷鸣和郝伯臣,"小雷、老郝,你们看喃?"

郝伯臣点头肯首。

雷鸣很沉得住气。他一脸虔诚地问道:

"中层干部还调不调查?"

"这个嘛,不用一概而论。"蒋学贵寻思道,"……比如老钱,原来也调查过的,为啥还能做副主编呢?就说明没问题嘛!"

他又替他的"师兄弟"开出一张保票。

郝伯臣清楚,钱诚原来曾被考虑提拔文联领导的。后来因为考察时,有人反映钱与当年的骆汉生绑架案有牵连,组织部门才没有通过。不过,钱诚究竟涉案有多深,谁也说不清。他建议道:

"是不是这样:除了党组成员和新党员外,对干部先一般地都了解一遍,再定。这样可能合适些。"

白演达坐在他对面冷言反对道:

"我不赞成这个意见。像老钱这样的干部,翻来覆去不知考查过多少遍了。人都要烤熟了,还有个屁的调查头!"

郝秘书长平素很有涵养,这时嘴角露出不悦的一笑,说道:

"话也不能这么讲。谁烤谁哪？咱们都是经历过审干的。"

白演达沉着脸，并不领老秘书长的情。

庞文聪没有吭声。两道青烟从他的鼻孔里徐徐喷出，在桌面上空扩散开来。

蒋学贵见状，说道：

"像老钱这种情况究竟还需要调查不？我请示一下部里看。明天再定吧。"

照蒋学贵的盘算，请宣传部提供一下钱诚的调查结论不难，这样既省事，又可以堵住某些人的嘴。问题就解决了。

市委宣传部分管审干的是秦副部长，蒋调文艺处处长前，曾在理论处当过一段时间副处长，和秦很熟。当天下午，蒋学贵就赶到红楼向部里做了汇报。

白演达满以为蒋学贵此行会拿到"尚方宝剑"。不料，蒋学贵从宣传部回来时，一脸的沮丧说：

"这下搞糟啦！"

第二天党组会继续开会。

蒋学贵在会上正式传达了宣传部的意见。虽然天气颇热，他仍然穿一件灰制服，表情拘谨。

他环视着与会的几个人，清清嗓子说：

"秦部长指示，钱诚当年涉案的事，警方没有做结论。建议由文联自己去了解。大家看怎么办？"

说这话时，蒋的语气里，有一种掩饰不住的无可奈何。

庞文聪酱紫色的脸膛上，显出洞若观火的神情。他早料到宣传部不会轻易担保的。

"那就按部里的指示办吧！"他不容置疑地说。

白演达两只细眉泡眼垂视桌面，印堂上笼着一团晦气。

"既然秦部长是这个意见,我们就自己派人调查嘛。"郝伯臣平和地说,"不过,办公室负责人事的现在只有筱红一个人,人手不够,需要增加人员。"

"看具体落实谁去调查?"蒋学贵征求大家意见。

众人不语。

雷鸣犹豫了一下,没有开腔。

老秘书长想了想,提议道:

"可以考虑叫车夫和筱红一起负责调查。老车是支部组织委员,比较合适。也是分内的事。"

没有人表示异议。

"那就这样定了!小雷,你通知一下车夫。"蒋学贵拍板道。

雷鸣心中暗喜。他的设想和郝秘书长不谋而合。应该说没有比车夫和筱红更合适的人选了。但雷鸣出于沉稳和谨慎,没有流露心中的想法。

他以一种低调说:

"调查这么大的事,光我出面通知恐怕不行。"

蒋学贵合上笔记本,看看众人。

"那这样吧,我也参加。我们一起和他们谈。"

就这样,蒋学贵不知不觉地犯了一个策略上的错误。在调查的事情上,他一开始就自己把自己整来套起了。此时,他万万没有料想到,到后来会后院着火,烈焰熏天,搞得他焦头烂额,最终当了陪葬……

鉴于调查工作的敏感性和复杂性,车夫接受调查任务的态度,也出乎蒋学贵的意料。

当天下午,在文联小会议室,由蒋学贵主持研究调查的事怎样进行。参加者有蒋学贵、雷鸣、车夫和筱红。

雷鸣坐在蒋学贵旁边的藤椅上,让他亲自做布置。

"这个事很不好整。"车夫听完蒋学贵交代,脸上一副难以受命的模样。

"怎么会呢?这是上面统一部署的嘛。"蒋学贵不解地说。

"弄不好有人会说,我们是在整人。"车夫把"丑话"说在前面。

"这是宣传部的意见,党组决定的。"蒋学贵拍着精瘦的胸脯,打着保票说,"这个我保证,由我负责。"

和车夫并排而坐的筱红神态泰然,镜片后的眼睛炯炯有神。在她看来,早就该查一查了。

"既然蒋书记都这样讲了,大家就放心去办吧。"雷鸣这时说道,巧妙地结束了这次外调任务交代。

授权的程序算是完成了。

今天场合之微妙,下一步运作的要害处和风险性,他和车夫、筱红其实心照不宣。

4

第二天下午,车夫和筱红搭乘长途大巴赶到省城。两人打听了好一阵,才找到省文联在梨园路30号。

他俩沿着一条宽畅的、爬坡的大街走上去。到了中间的路口,正好是体育馆的一个后门。再向右拐,是一条小巷,也是爬坡路,路面铺着沥青。在炽热的阳光烘烤下,脚踩上去有点黏乎乎、软绵绵的。

他们费劲地步行上去,找到"梨园路30号"的门牌。这是一座有铁栅门的大院,门柱上赫然挂着省文联的牌子。院子里并排立着两幢古旧却别致的小楼，红瓦屋顶，典雅的米黄色墙。这就是省文联机关所在地，也是全省文学艺术界的最高殿堂。

车夫和筱红穿过门厅，沿着镶着红漆木地板的楼梯拾级而上。

在三楼走廊的一头，他们找到人事处办公室。接待他们的省文联人事处长姓杨，是一个爽朗的北方人，面孔黢黑精瘦。他坐在矮藤椅前的一张木背椅上，态度郑重而友善。

听车夫和筱红说明来意，并验过他们递上的介绍信后，杨处长用谨慎的口吻说："了解钱诚和骆汉生绑架案的关系呀？……怎么讲呢？都过了这么多年了。"

据杨处长介绍，二十年前，著名作家骆汉生下班在回家路上，突然被一伙人绑架，几天后不明不白地死了。这件事这么多年了一直没有搞清楚。

听到骆汉生的名字，车夫和筱红对视了一下，颇有点惊讶。骆汉生是韩波的丈夫、全国知名作家，听说也曾是钱诚搞创作的启蒙老师。这怎么可能呢？

"钱诚是骆汉生的学生，当时送赎金的就是他……"杨处长说。

杨处长看出他俩的疑惑，建议说：

"对当时情况最了解的，是省文联的韦群同志，现在是省作协的驻会副主席。具体情况你们可以找他谈谈。"

车夫和筱红脸上露出期望和一丝兴奋的神色。

"今天我们能见到韦群同志吗？"

韦群是知名散文作家，多年做文学组织工作，在省文学界是一位颇受景仰的人物。文缘人缘都很好。车夫和筱红和他很熟。

"一会儿我就给你们联系。"处长很客气地说。因为是通过组织渠道调查，被访人员通常都由人事部门进行安排。

"那敢情好！"车夫感到这是天赐良机。

杨起身，到写字台前。他一边拿起桌上的话筒，一边转过黢黑精瘦的脸，很随意地问了句：

"雷鸣现在在你们那儿吧？"

"是的。杨处长认识我们雷鸣副主席？"筱红说。

杨处长朗声笑道：

"他是我们物色的人选，本来调省文联的。你们那个司马宏硬卡住不放嘛！后来由省文联老书记、做过你们市第一任宣传部长的方铭同志出面，都没有调成。"语气里含着一种遗憾和恨意。

谈笑间，杨处长在电话里和韦群约好了时间。

"韦群同志正在办公室，他同意见你们。"他轻轻搁好话筒，告诉车夫和筱红说。

"那谢谢杨处长啦！"车夫和筱红起身道谢。

"不用客气。"

省作协和省文联同在梨园路30号大院，各占一幢小楼。两楼相邻很近，中间由一条石径相连。

按照中国的传统和体例，作为文学艺术界的联合组织，文联包括众多个协会，诸如作家协会、戏剧家协会、音乐家协会、美术家协会、舞蹈家协会、书法家协会、曲艺家协会、摄影家协会、电影家协会、杂技家协会等。照理说，这十来个协会应该是姊妹的关系。但由于诸多的原因，其中作家协会通常地位更突出些，有点大哥大的味道。自从中国作协从中国文联划分出来，在建制上和文联平起平坐，同为部委级后，不少地方的作协也沾了光,纷纷独立门户。庙大一点总要风光些。

车夫和筱红从文联楼出来,穿过石径,然后走进同样格局的作协楼。整座楼里都铺着红漆地板,踏在上面很舒服。不过地板有些旧了,有的地方已经脱漆,没来得及修葺。上楼梯时,他们遇到一个熟人,匆忙之间彼此点点头,即擦肩而过。

在五楼的东厢,他们找到韦群的办公室,敲开了门。

韦群矮个子,留一头朴实的学生发型,正坐在藤椅上看一份材料。见车夫和筱红进来,亲切地招呼他俩在沙发上落座。

"两位真是稀客哟。"

因多年做文艺组织工作,韦群为人豁达风趣,讲话时喜欢不时冒出一句玩笑话,看上去其貌不扬,实则肚里有过人的精明,属于那种大智若愚的类型。

"打搅您了,韦群老师!"车夫客气道。

"到我这儿来,随便坐随便聊,你们不要见外!哈哈……"

韦群爽快地笑道。他体态微胖,但精力很充沛,除了散文之外,还擅长书法,每逢喜庆节日或是文坛聚会,挥毫题字时,都要在众人的喝彩声中露上一手。

筱红打量了一下房间。省作协副主席的办公室看来也不算大,但摆设比市文联阔气些。雅致的藤沙发,古色古香的茶几,书柜里排列着各色名著,墙上挂着一幅裱过的泼墨熊猫国画。

"我们受市文联党组委托,来了解钱诚当年在省文联的一些情况。"车夫说明来意。

"刚才杨处长在电话里已经说了。"韦群点头,脸上掠过意味深长的一笑,"嘿嘿,这个人不简单……"

车夫和筱红相互对视了一下。

"你们想了解哪些事?"韦群问。

"有关骆汉生绑架案的一些情况。"车夫答道。

筱红从提包里掏出了笔记本。

韦群脸上的表情严肃起来。他仰靠在藤椅背上,点燃一支细长的棕色雪茄,抽了一口。接着,一边沉思,一边谈起来:

"钱诚同志以前在省文联搞创作,很少在机关。从东大毕业出来就搞专业创作,这在文联是最好的待遇了。他得天独厚,聪明过人,能说能写。当时文联的主要领导是方铭和骆汉生。方铭是党组书记,骆汉生是驻会副主席。骆汉生很器重钱诚的才气,在创作上给予他很多帮助,可以说是他的恩师。不过钱诚恃才傲物,目中无人,在文联的口碑并不好。当时文联有人给他取了个外号,叫'钱小雕',暗指他人很厉害。"

他的语调听起来平和冷静,不带感情。但每一句话都是经过深思熟虑的。

韦群回忆说:

"二十年前那起绑架案,其实发生得很蹊跷……那天骆汉生傍晚下班,从文联办公室步行回家,手里提着一个牛皮公文包。这是他多年的习惯。他的家在桂花巷89号文联宿舍,和梨园路文联机关只隔一条街,十分钟就可以走到。骆汉生走到梨园路口时,忽然一辆白色面包车在他前面停住,跳下两个人,把他拖进车里。面包车飞速向一环路方向开去,就此从视野里消失。"

车夫和筱红悄悄交换了一下眼色。

韦群从鼻孔里缓缓喷出两道白烟,接着说:

"骆汉生是全国知名的作家,他的长篇小说《故土》享誉文坛,被誉为'中国乡土文学的代表作'。他妻子韩波也是搞写作的,就是你们《金蔷薇》的前任主编嘛。当晚骆汉生一夜都没有回家。韩波不知道丈夫到什么地方去了,打电话问了几个熟人都不知道。方铭告诉她，骆汉生一下班就回家啦。到天亮，骆汉生依然没有消息，韩波愈发感到不安，就赶到文联机关找方铭。蹊跷的是，韩波刚出门不久，一个陌生人来到桂花巷89号骆汉生家，说是找韩波。当时家里只有老保姆在。来人出示一张骆汉生亲笔写的便条，上面写着：'小波，见条交两万元给来人。'落款'汉生'。'小波'是韩波的昵称。据保姆说，那人二十二三岁，有点胖，脸很黑，穿件皱巴巴的夹克衫，说话油腔滑调的。他听说女主人不在家，收起纸条掉头就下楼了，好像怕被人发现似的。"

说到这里，韦群的手伸进蓝花瓷烟缸里，把烟蒂用劲掐灭。他的眼睛半睁半闭着，胖脸上掠过一抹迷蒙的表情。

"后来呢？"筱红问。

韦群回答说：

"骆汉生被绑架的事引起了轩然大波。警方组织了大批警力搜寻，但没有发现有价值的线索。事后警方沿街调查，当时有人看见骆汉生被拉上面包车，但是没有记住车的牌号……两天后，上午十点左右，绑架人把电话打到骆汉生家，提出要家属把两万元现金装进一个牛皮纸信封并封口，信封上写'王二小收'，于当天下午两点整准时送到芳飞路25号芳飞茶楼，交给秦掌柜。对方说，只要收到赎金，立即放人。并警告不准报警，否则骆汉生性命难保。"

韦群瞟了筱红和车夫一眼，说：

"奇怪的是，绑架人在电话里提出要钱诚送赎金。"

筱红和车夫也觉得不解。

韦群继续说：

"下午两点整，钱诚按时到芳飞茶楼，把装赎金的信封交给了秦掌柜。警方派了四个便衣提前在街对面布控监视。但是等到三点钟，都不见有人来芳飞茶楼取赎金。当警方意识到其中有诈时，已经晚了。据秦掌柜交代说，两点过几分时信封就被人取走了。那人是个不起眼的小个子，就二十岁左右，自称叫'王二小'，人很机灵。他中午就来了，打扮成跑堂模样。钱诚把装赎金的信封递给秦掌柜时，他就提着水壶站在柜台旁。秦掌柜随手把信封放在柜台的一角。几分钟后，这个'跑堂'乘人不注意，把信封拿走了。秦掌柜坦白说，自己并不知道信封里装的什么。'王二小'只告诉他是朋友的鸡毛信，请他保密。事前'王二小'给了他100元做酬谢。"

说到此处，韦群的语气有点沉重。往事仿佛历历在目。

"为什么警方没有看见'王二小'出茶楼呢？"

筱红觉得奇怪。韦群说：

"警方事前并不知道，那个芳飞茶楼有个很小的后门，直通后面的百花公园。一般人都不会想到的。秦掌柜说'王二小'是从后门悄悄溜走的。就这样在警方眼皮子底下把赎金取走了！"

停了一会儿，韦群接着讲："这案子后来的发展，更让人震惊……绑架者收了赎金并没有放人。当天晚上，他们给骆汉生家打来电话，打电话的人口音和上次一样，只匆匆说了一句话：'人关在城北石板镇丘家村磨坊，你们去领人吧！'说完电话就挂断了。警方立即赶到石板镇丘家村磨坊地点救人，韩波、钱诚和文联领导也一起前往。出人意料的是，赶到丘家村磨坊，发现现场一片狼藉，并没有找到骆汉生。就在第二天早晨，有人在土产公司工地发现了骆汉生的尸体……"

韦群痛惜地摇摇头。

"骆汉生一世英名，没想到最后落得这个下场，死不瞑目啊!……这个案子一直没有破。至今都不知道这起绑架撕票案是谁策划的。其中有个很大的疑点:为什么绑架者指名要钱诚送赎金?他们怎么会认识钱诚的?在整个绑架事件中,钱诚到底是什么角色?"

"这么说,钱诚在绑架骆汉生的事上是有嫌疑的?"

车夫慎重地问道。

"这是肯定的。"韦群首肯道。

他还提供了一条线索:当时有个目击者,曾在文联宿舍看见钱诚同一个形迹可疑的黑脸小胖子咕噜什么,那人穿件皱巴巴的夹克衫,表情有点诡秘,后来急匆匆地走了。时间正好是骆汉生被绑架的第二天上午。

"那个目击者叫什么名字?"筱红问。

"叫区小华,是文联的打字员。"

筱红用圆珠笔在笔记本上记下名字,并和车夫交换了一下眼色。

韦群说:"但钱诚不承认有这事。这个区小华与钱诚关系很好,是钱的粉丝。她无意间向同宿舍的一个姐妹说了这事,后来又否认了。警方还询问过钱诚,为什么绑架者会指名他去送赎金?他说都知道自己是骆汉生的学生,这没有什么稀奇的嘛。可这事,总让人觉得没有那么简单……"

"这个区小华还在文联吗?"车夫问。

"不在。事后不久调到妇联去了。"

车夫和筱红从作协楼出来时,两人都有一种微妙的感觉,但又不完全一样。

这次调查的结果出乎车夫和筱红的意料。他们没想到钱诚的底细竟这样深,也没想到省文联的内部也如此复杂。

车夫回过头瞥了一眼身后的两幢红瓦小楼,夕照把两座楼顶染得血红。最上层的一排窗玻璃,反射出刺眼的光芒。

筱红的心情却很亢奋,她为这次调查的收获感到激动不已。走在梨园路的沥青道上,她竟有一种步履如飞的感觉。

那头不可一世的"钱小雕",终于被逮住了尾巴!

5

文庙街22号。岚山市文联小会议室。

文联有关领导听取车夫和筱红的汇报。

蒋学贵走进来时,脸上没有表情。他今天的情绪实际上很恶劣,心理上有一种无形的压力,只是没有显露于色而已。

上午他去市委开会,中午刚赶回来。出市委大院时,在红楼前的喷泉旁,正巧遇到司马宏。司马宏穿一件府绸短袖衫,正和剧团的一位头儿在说什么。他看见蒋学贵,用手向对方示意了一下,疾步走过来,劈头盖脸就说:

"你们去调查钱诚干啥嘛?"

"这个……是文联党组定的,只是正常的干部审查。"蒋学贵嗫嚅着解释说。

司马宏当即沉下脸来,没好气地训斥道:

"你们市文联是昏的。你这个书记也是昏的!钱诚的事,部里已经审查过了的,根本用不着再调查了嘛。"

蒋学贵很狼狈。他不好说调查的事已经在进行,停不下来了。但从司马宏异乎寻常的态度中,他方才意识到自己干了一件蠢事,事态可能远远比他想象的严重得多。

"这样去调查是错误的!你们应该赶快刹车。"司马宏的眼睛射出两道严峻的光,盯着蒋学贵,武断地说。

也不理会蒋学贵的反应,说完他即掉头而去,回到喷泉旁,继续和那戴贝雷帽的头儿谈起来。蒋学贵呆立在原处,好一阵才回过神来。

此刻他走进文联小会议室,心头还压着这个浓重的阴影。

郝伯臣和雷鸣已经先到了,两人随意地坐在椭圆桌旁。郝伯臣的脸色红润,斑白的头发整齐地向脑后梳着。雷鸣戴一顶牛仔帽,表情沉静。桌前搁着笔记本和冒着热气的茶杯。

蒋学贵在椭圆桌中央坐下,向郝伯臣和雷鸣点了点头。

"车夫和筱红都知道了吧?"他随便问道。

"他俩马上就到。"雷鸣说。

正说着,车夫和筱红推开小会议室的门进来。蒋学贵比了个手势,示意他们把门关严。车夫穿一件浅灰色衬衣,筱红戴着眼镜,齐耳短发。两人表情严肃地在椭圆桌的另一头就座。

白色窗帘垂着。顶棚的小天窗,投下一片耀眼的亮光。透过窗帘的网眼,庭院的苦榛树影隐约可见。

蒋学贵用圆珠笔敲敲桌子,闷声闷气地说:

"开始汇报吧。"

车夫清清嗓子,简要地汇报了一下去省文联的情况。包括杨处长的介绍和省作协副主席韦群提供的情况。为了提请领导的注意,最后他说明道:

"从初步了解的情况看,钱诚和骆汉生绑架案确实有牵连。情节比较严重。"

筱红推推眼镜,提高声调补充说:

"为什么绑架者指名要钱诚送赎金?这有点说不通。还有,区小华为什么后来改口,说没有看见钱诚同绑架嫌疑人说话?有太多的疑点。"

蒋学贵避开她的话，没有表态，而是顾左右而言他道："老郝，你觉得怎么样？"

"从目前了解的情况看，有的问题还需要做进一步调查。"郝伯臣说得很中肯，"比如他究竟有没有同绑架嫌疑人说话？这很关键。还有那个目击者为什么会改口？"

"这些只是疑点，当时警方并没有结论。"蒋祖护说。

蒋学贵心头明白，钱诚当年在省文联不是个一般的人物，否则不会被叫着"钱小雕"。这个雅号他也是头次才听说的。难怪司马宏会对他发那样大的脾气，这显然是一个警告。他耳畔这时好像还回响着司马宏的那句话："你们应该赶快刹车！……"

"蒋书记，话不能这么说哟。"筱红抬起镜片后的眸子，不满地打断他的话，"如果他是这起绑架案的幕后指使者，那就不是一般的问题了！"

"小雷你看嗬？"蒋学贵掩饰着脸上的尴尬，掉头问雷鸣。

"我同意郝秘书长的意见，可以做进一步调查。韦群同志提供的线索我觉得很重要。"雷鸣从容地说。

蒋学贵似乎想把责任和麻烦推给省上，突然说：

"钱诚的事该省文联调查的。他们如果不转材料来，我们可以不管！"

他这不近情理而又近于耍赖的话，使大家都很惊讶。顿时众人都沉默了。密闭的小会议室里的空气，显得更加闷热。

郝伯臣善意地笑了笑，用手捋捋两鬓的头发，打破沉默道：

"不管省上转不转材料，我们都该继续调查。这也是对钱诚同志本人负责嘛。"

"这样吧，"蒋学贵皱着眉头，作思忖状，"明天我和雷鸣向部里请示一下再说。"

他又祭起了矛盾上交的法宝。

第二天,在宣传部办公室里,分管组织的秦毅副部长仔细地听了蒋和雷的汇报。这位大高个部领导乐观诙谐,又平易近人,一点没有部长的架子。

他对坐在茶几面前的蒋、雷两人娓娓分析道:

"从现在掌握的情况看,还不能说是严重问题,因为证据还不足。但也不能说是一般问题,钱诚和骆汉生绑架案的关系确实疑云重重……"

"秦部长分析得完全对。"雷鸣说道,"郝秘书长也是这个意见,建议再继续调查。"

蒋学贵面带难色,顾虑重重地说:

"啧,这恐怕会越弄越复杂……"

秦毅瞅着他的模样笑了起来,诙谐地说:

"老蒋你不要怕嘛!搞清楚了,对钱诚本人也有好处。确实不是严重问题,吸取教训,就可以解脱了嘛。"

"那好吧,叫车夫和筱红再调查一下。"

蒋学贵说得很不情愿。

回到文联,雷鸣给车夫和筱红交代任务时说:

"搞清钱诚的问题,目击者区小华是个关键人物。"

"看来是的。"筱红寻思道,"骆汉生被绑架的第二天上午,区小华在文联宿舍一定看到了什么。"

"那就沿着这条线索追踪调查。"雷鸣叮嘱。他心里明白,调查的结果将是成败的关键。

当天下午,车夫和筱红再次搭乘长途大巴赶到省城。

在明星路11号省妇联小院,他俩找到一位负责人事的同志。

出示介绍信并说明来意后,对方很配合,安排了他们和区小华见面谈。

"这个同志有点躁辣,脾气不大好。"负责人提醒他们说。

会面安排在一间小房间里。车夫和筱红坐在条桌后的木靠背椅上。区小华坐在条桌前面,一身入时打扮,年过四十,但丰韵犹存。提起往事,她的态度暧昧。

车夫寒暄了几句,谈起当年文联发生的事。

"你还记得骆汉生被绑架一案吗?"他问区小华。

"是有这回事。"区小华淡淡地说。

"骆汉生被一伙坏人绑架,家属交了赎金,但后来骆汉生不明不白地死了。"车夫挑明事件的要害。

"具体情况不太清楚。"区小华似在掩饰什么。

"当时这事很轰动啊!据说骆汉生死得很惨。"筱红点了一句。

"是闹得很大。不过事情都过去二十年了……"

区小华冷然一笑,似乎不愿深谈。很难猜测她心里想的是什么。

车夫单刀直入:

"我们想了解一下,钱诚当时和这起绑架案有什么关系。"

"没有什么关系。"区小华回答得很干脆。

"赎金不是他送的吗?"筱红反问。

"那是绑架人指名要叫他送的……"

"为什么不叫你送呢?"筱红睨视她。

"嘿嘿,我一个小打字员,谁认识呀?钱诚老师是骆汉生的得意门生,名声在外嘛。"她说的也许是事实。

"有人反映,绑架案发生的第二天上午,在文联宿舍你曾看见钱诚和一个绑架嫌疑人谈话,那个人很年轻,当时神色慌张。你能告诉我们当时的具体情况吗?"

"没有这事。"区小华一口否认。

筱红和车夫相互看了看。

"那为什么你的同宿舍的一个姐妹会传出这话呢?"车夫问她。

"她是有名的大喇叭,捕风捉影的话你们也信呀!"

"有人看见当时你确实和钱诚在一起。"

"我不记得了。"

"你当时就在现场,怎么会记不得了喃?"筱红提高了嗓门,不客气地质问道。

区小华嘴角露出一缕讥讽。

"我问你二十年前某一天穿什么颜色的袜子,你记得吗?"

"你!……"筱红气得涨红了脸。

车夫和筱红从省妇联出来时,有一种说不出的感觉。两人的表情都有点失望。可以说,调查区小华是一无所获。也许早该料到这一点的。不过他们总有点不甘心白跑了这一趟。

"那女人真狡猾!"筱红嘀咕道。

"也许她是想保护钱诚。"车夫说。

调查就此陷入了僵局。

第七章　苍山如血

1

桂花巷89号。省文联老宿舍。

这里离省文联机关大院只有一箭之遥，地势较高。从窗户可以鸟瞰下面的环形体育场，再远处是波光粼粼的白衣江。

方铭住在一幢五层灰楼里。阳台上栽着几盆素洁的茉莉花。这位省文联老领导已经离休，赋闲在家。聂风登门造访时，方铭正在给茉莉花浇水。他穿着一件圆领汗衫、西服短裤。头顶已经微秃，但精神矍铄，只是手脚举止看上去有些不便。

聂风穿件黑色圆领T恤，头戴米色棒球帽，皮肤黝黑，一身运动员体格。肩上挎了一个有深红色"ESPN"标志的白布提袋，显得有几分酷。

他站在门外，礼貌地敲了几下门。

方铭打开门，看见一张敦厚的笑脸。

"我是聂风，《西部阳光》的记者。"聂风递上名片，态度恭敬地自我介绍。

"哦，《西部阳光》。"方铭接过名片，瞄了一眼，"吴洪量是你们的总编辑吧！"

"是的，吴总特地叫我向您问好！"

方铭让聂风在客厅里就座，然后招呼老伴沏茶。方铭和吴洪量是中学的同学，两人交情颇深。老朋友的部下来访，他显得很高兴。

客厅只有十平方米左右，陈设也很简朴。两架木扶手老式沙发、一把藤椅，茶几也很不起眼，上面甩着一些新近出的期刊、报纸。方的老伴是个贤淑的矮胖妇人，待人很热情。

聂风坐定，说明来意，想了解一下省文联当年的一些事。

方铭拿起聂风的名片，又看了一下，像是想起来什么。

"我读过你的独家报道《白色巨塔下的黑洞》，挺有震撼力的！"他由衷地称赞道。

"老前辈过奖了。"聂风有点不好意思。

"这次来采访文艺界的往事，又有什么好题目吧！"

"我正在写一篇《文坛泰斗之死》……"

"哦，和骆汉生的事有关吗？"

"是的。"

"老骆的死，有太多的疑团。"方铭说了一句。

聂风问起钱诚当年在省文联的情况。

方铭的情绪相当激动。

"要了解钱诚呀？这个人肯定有问题！该好好查查……"他说话时的语气，有一种积愤爆发的威慑力。

聂风微微感到震动。

方铭拿起瓷茶杯喝了口茶，情绪平复了些，然后谈起当年的情况。

"绑架骆汉生，是个重大案子，当时省公安厅都惊动了。但案子一直没有破。"

方铭回忆说,那天骆汉生傍晚下班时,手里提着牛皮公文包,下楼时还给他打了个招呼,说晚上家里包饺子吃。晚上十点,方铭突然接到韩波打来的电话,说老骆一直没有回家,问他知不知道老骆到哪里去了。方铭一听有点纳闷,但还没往绑架的事上想,就安慰了韩波一句:"他说了要回家吃饺子的。可能有事临时耽误了吧……"结果,当晚骆汉生一夜都没有回来。韩波第二天一大早就赶到文联机关,向方铭求助。她很担心老骆会不会出事。方铭叫她别急,再耐心等等。就在韩波来文联这个时候,一个绑架嫌疑人到骆汉生家找韩波,拿出一张骆汉生写的便条,索要两万元赎金。当时家里只有老保姆在。据保姆说,这人有二十二三岁,有点滑头。他听说韩波不在家,掉头就下楼了。韩波从文联机关回家,才知道老骆被绑架了!她立即打电话给方铭,并报了警。

"那个绑架人这么大胆呀!"聂风插了一句。

"的确。"方铭说,"像个亡命徒。"

聂风心想:绑架人竟敢上门拿赎金,这违反常规,非常鲁莽,也非常冒险。说明绑架者急于要钱。看来整个绑架案为钱财铤而走险的可能较大。在那个年代,两万元人民币是很大一笔钱了。那个时候"万元户"就是发家致富的模范了。

"钱诚当时有什么表现?"他问。

"很震惊。"方铭说,"骆汉生是他的恩师,感情上他自然很投入。但总觉得他好像事先知道什么……"

"方书记为什么有这个印象?"

"感觉他很阴沉,两嘴紧闭,像是心中有事。"

"他是不想说话,或者是不敢说话,怕一张嘴就泄露了天机?"聂风揣测。

"你也这么想？"

"对，这就叫作'心中有鬼'！"

"唔，有道理。"方铭很欣赏聂风的分析。

聂风问方铭："后来有传言说，钱诚在文联宿舍楼下曾和那个绑架嫌疑人谈过话。这是真的吗？"这个线索非常关键。

"真假难辨。"方铭说，"钱诚说没有这事。当时的目击者区小华也否认了……"

但区小华在宿舍楼现场一定看见了什么！聂风判断。

"指名钱诚到芳飞茶楼送赎金，又是怎么回事呢？"聂风问。

方铭讲述了"王二小"在芳飞茶楼坐等赎金的经过。根据体貌特征判断，这个"王二小"和上门取赎金的"黑胖子"是两个人。

聂风暗忖：显然这是经过精心策划的，几个小蟊贼不大可能有这样的智商。而且绑架者至少在两人以上。

电话里指名叫钱诚送赎金，说明有可能绑架者认识钱诚，或者知道骆汉生和钱诚的关系，这不排除是文联内部人作的案。钱诚本人有没有参与策划，很可疑。

聂风又问：

"方书记知不知道，为什么骆汉生后来会被撕票？"

"这个问题一直是个谜……"方铭脸上露出困惑，他回忆了往事。

骆汉生被绑架后，生死未卜，韩波心焚如火，焦急万分。作为文联领导，方铭陪着警方人员一直守在骆汉生家，钱诚也在场。整个事件的前后，骆家一共接到三个关键的电话，方铭都听到了的。警方全部录了音。前两个电话，口音是同一个人，听声音很年轻。第一个电话是要两万元赎金，并且指定让骆汉生的学生钱诚送赎金到芳飞茶楼。第二个电话是在收到赎金的当天晚上打来的,只说了一句话:"骆汉生关在城北石板镇丘家村磨坊,你们去领人吧!"接到电话的当时方铭就觉得有点蹊跷,为什么不把人放回来,而要叫去领人?果然,警方赶到城北石板镇丘家村磨坊,搜遍了所有角落都没有找到骆汉生,才发觉上当了。

第三个电话是在警方救人扑空后的第二天早晨打来的,电话里说:"有人在土产公司工地发现了骆汉生的尸体!"说话的声音和前两次不同,是另外一个人。报案人也没透露自己的身份。

方铭说,警方在土产公司工地现场,发现了骆汉生尸体。死状很惨。

骆汉生的身旁,压着一个牛皮提包。据说那个牛皮提包里装着骆汉生的一部手稿,已经完稿,正做最后润色。骆汉生像带着宝贝似的,上下班都随身不离。骆汉生是主持日常工作的驻会副主席,每天都坐班。通常是上午处理文联工作,下午坐在办公室埋头改稿。但是在骆汉生尸体现场,打开牛皮提包,里面空空如也,手稿不翼而飞。

"那部手稿是什么内容?"聂风非常关注。

"是部长篇小说,具体内容骆汉生谁也没有透露过。问他,他只诡秘地一笑,说是个大部头。听说是他几十年生活的积累……"方铭惋惜。

"那是他用自己的生命完成的作品哦!"聂风感叹!

"韩波看过那个手稿吗?"

"没有。我后来问过韩波,她说骆汉生有个怪脾气,就像有的雕塑大师,从来不把未完成稿示人。韩波是写散文的,和老公各写各的,也没有多问。意想不到的是,骆汉生遇害,那部稿子也神秘地消失了。"

这位文坛泰斗，死不瞑目啊！

小客厅里静默了片刻。

聂风接着问起还有谁最了解钱诚。

"你可找钱诚的前妻了解一下。她在棱县做乡村老师，人长得很清秀，听说忍受不了钱诚。钱诚后来名噪一时，女人却提出离婚，很不正常。"

聂风听得很注意。

"她在棱县的什么地方？"

"好像一个叫翠屏村的地方。"

"多谢了！"

聂风告辞。

2

又到了枫叶正红的时候。

韩波的一周年忌日。雷鸣来到石磨山公墓。

在韩波的墓碑前，他放下一束素洁的雏菊。默默鞠躬。眉宇间透出对死者的缅怀和悼念。与他同行而来的陆雯，也在黑色的墓碑前，躬身放下一束蓝色的勿忘我。她的秀发绾在脑后，身穿一袭绛红色风衣。在晨光中，这风衣的颜色显得清新亮丽。

两人身后的天空，低低地悬着一轮刚升起的旭日。满天的朝霞。

韩波的黑色大理石碑沐着晨曦，静静地立着。

碑面上镌刻的"韩波同志之墓"几个隶书字，经过一年的日晒雨淋，字上的红漆已经部分脱落，字迹轮廓变得有些模糊。墓碑旁多出了几座新坟，旁边有新烧过的纸烛的残痕。石阶上散落着爆竹的碎片,红红的像撒落一地的罂粟花瓣。

空气中散发着一种奇异的幽香,淡淡的,很像是一种檀香。那香味有些特别,吸进鼻腔里甜丝丝的,带着一丝醉人的余韵。

雷鸣深深地吸了一口气,微仰着脑袋,闭目静息了几秒钟,然后长长地吐了出来。

"呼——"

这声沉重的长吁,仿佛是从胸腔深处挤压出来的,听起来像是一种压抑了很久的呻吟。令人闻之动容。

陆雯侧过脸,诧异地看了雷鸣一眼。雷鸣的脸色显得疲惫,印堂发黑。陆雯的眸子里透出关切和疼惜之色。

"我们走吧!"她温和地说。

"让我再待一会儿。"雷鸣缓缓说道,声音闷闷的。

陆雯感觉到他的心里很乱,也没有多问,让他一个人在墓碑前伫立默想。

在他的背后,是一片碑的海洋。

数不清的墓碑沿着山峦的斜坡,一直延伸到远方晨光熹微的天际。望过去,像是由成千上万尊石像排成的整齐方阵,那些没有生命的士兵,一齐威武无言地望着远方。而雷鸣孤独的身影,衬着山峦朦胧的背景,宛若是这支冥军的统帅。

雷鸣垂着头,想着这一年的是是非非,心中感触良多。

他没有一项业绩可以告慰韩波的在天之灵。

作协没能成立起来,《金蔷薇》刊物失去控制,销量跌得很惨,文联上下人心浮动,派系猖獗,正气难申。她嘱托他寻找的骆汉生遗稿,也没有下落……不过问题的症结现在快找到了。尽管有人千方百计想捂盖子。

他的脑海里,浮现出蒋学贵那张瘦小机灵的面孔。

车夫、筱红第二次外调回来汇报后,这位一把手的态度明显地袒护钱诚,而且口气很坚决。也许背后有人给他撑腰,不然蒋不会有这样大的胆量和杀伐力。

"我看就属于一般性错误,可以做结论。"

在党组成员碰头研究时,蒋首先定了调子。

"我认为钱诚的问题是严重的。"雷鸣反驳说,"他和骆汉生被绑架的事疑点太多。"

"至今也没有证据证明他参与了绑架案的策划嘛!"

蒋学贵狭窄的脑门下眨动着一双细眉眼,他想把问题的性质尽量淡化。

"但也没有证据证明他和骆汉生被绑架无关。"雷鸣说。

"我反对雷鸣的说法。"白演达阴阳怪气地说,"这分明是在整人嘛!二十年前的旧账揪住不放,有个尿扯头。文联这种整法,钱诚本人会咋想?据我所知,他就说过'写不完的检讨,扯不完的草草!'"

不过郝伯臣显然支持自己。当时,这位老秘书长针对白演达的风凉话说:

"钱诚的问题弄清楚了,对他本人也有好处嘛。从现在的材料看,说没有问题为时还早了点。"

最后,蒋学贵说:"把钱的调查材料上报宣传部再说。"

蒋学贵当时的表情似乎很从容,说不定他早已和部里通过气。雷鸣有种直觉,从许多迹象看,宣传部领导似乎也并不希望问题搞得很大。令他困惑的是,弄不清上面究竟有什么背景……

雷鸣的苦闷和困惑,清晰地写在他微黑的脸上。

"走吧。"片刻后,他抬起头,转身对陆雯说。

陆雯和他缓步向坡下走去。赭红色的泥土路扬着尘土,两旁杂生的刺藜枝上,开出一簇簇白如雪的小花。

"我真没用,愧对了韩老师的托付!"

雷鸣嘴里嘟囔了一句。那语气半是自责,半是自嘲。

"这也不能怪你呀。"陆雯像哄大男孩似的安慰他,"谁处在你的位置上,都会成为他们攻击的靶子。"

"有人说对立派那些人一个个都是响当当的作家,我承认这是事实。可是我不理解的是,作家既然是人类灵魂的工程师,人格怎么会这么阴暗呢?"雷鸣蹙起粗黑的眉头。

"作家也是人嘛,人的灵魂本来就是形形色色的。"陆雯说得很透。

雷鸣仍然难以解脱,咬咬牙说:

"韩波生前对钱诚印象相当好,她恐怕做梦也没想到,钱诚可能参与过绑架她丈夫的行动。这只'钱小雕'!我们迟早会剥下他的画皮来……"

说这话时,他的神态颇像个天真无畏的战士。

陆雯突然觉得他的模样很可爱,胸里涌起一股柔情。她和他靠得很近,时不时能感到和他手肘的碰触。那是一只温厚有力的男性的手臂,一个让女人感到安全的港湾。

她的两只明眸射出灼热的光芒。

雷鸣没有察觉。

他们在放自行车的草丛旁停下来。两架自行车并排靠着。

几步之外,沿着山冈栽着一片枫林。枫叶被晨风轻轻吹拂,殷红欲滴。四周出奇的寂静。

雷鸣从牛仔裤的腿兜里掏出钥匙,正准备开自行车锁。突然一辆车子从陆雯身后飞速地开过来,眼看就要撞到陆雯,雷鸣心一紧,一把拉过陆雯,"小心!"车从陆雯身边擦身而过。陆雯被雷鸣搂在怀里，还来不及反应。她全身紧紧地靠着雷鸣宽厚的胸膛，两颊泛起红晕。

这一切发生得太突然，似乎又很自然。雷鸣的胸膛微微起伏，一脸的紧张。

陆雯的秀发散出一缕温馨的香气，那气味很淡雅，很好闻，他说不出名字。雷鸣像塔一样站在原地，用手臂小心地揽着她的腰身。隔着绛红色的风衣，他能够感觉到陆雯的体温和心跳。

他们就这样轻轻相拥着，谁也没有说话。时光仿佛突然驻留了。

陆雯体会着这份幸福，闭着眼睛，嘴里喃喃地说："我真傻，当年要拒绝你……"

雷鸣一阵激动，用手托起她的脸颊，追问道：

"究竟那是为了什么呢？告诉我小雯，嗯？"

陆雯仰起脸，用手捂住了他的嘴。她的眼睛潮润了。往事如影如烟……她好后悔。

大学二年级时，陆雯发现自己最要好的女同学祝若雅也在爱雷鸣。她们同住一个寝室，同屋另外还有两个女生。

她是悄悄地恋着雷鸣，就像恋着一个大哥哥。而祝若雅却爱得很公开，而且大张旗鼓。祝若雅比她大一岁，热情开朗，明艳照人，是校花，对几乎所有的男生都有一种统御力。只有憨厚内向的雷鸣是个例外。雷鸣是华西大学足球校队的中锋，在运动场上疾如旋风。他那矫健的身影常常令许多女孩如痴如醉。但他不善交际，笨嘴拙舌，尤其在女孩子面前显得很拘谨。这也许和他从小生长在农村有关。

每次雷鸣来寝室玩，都要被同室的女生团团围住。他总是规距而又腼腆，小屋里洋溢着女孩们亲昵的欢声笑语。祝若雅这时格外殷勤大方，她常常扮演女一号的角色。陆雯相反倒像一个乖觉的小妹妹。其实雷鸣每次都是为她而来。

有一天晚上，祝若雅悄悄告诉陆雯，说她爱上了一个人，而且爱他爱得发狂，她叫陆雯猜是谁。陆雯胡乱猜了几个名字，祝若雅都摇头说不是。

"我猜不出了。"陆雯调皮地说。

"嗨，是雷鸣！"

至今陆雯还记得，当时她听到这个名字时所受到的震撼。

"可是他说他心中已有所爱了！"祝若雅叹息了一声。

陆雯心头一热，默不作声。

"小雯，我知道你也喜欢他。"祝若雅试探地瞅着她。

陆雯的脸蓦然红了，傻兮兮地说：

"不，我只把她当作一个大哥哥。"

"这是真的？"祝若雅两眼发亮。

陆雯只能把假话继续下去。她点头。

"帮帮雅姐吧！我看得出雷鸣最听你的，求求你把我的真心告诉他。"祝若雅拉住陆雯的手，央求道。

陆雯终于被她的一片痴情所打动，答应帮她去说。

"你说话算数？"祝若雅伸出右手的小指。

陆雯也伸出小指头，同她打钩。

"我发誓，希望你做我的好嫂子！决不反悔。"她天真地望着雅姐。

为了这句人生的轻诺，她后来付出了多大的代价啊！

那时她太年轻了。后来她才明白，爱情是不能转让的……

从此她和雷鸣保持着一段距离。好几回，她诚心诚意地同雷鸣说:"雅姐是个好女孩,她真心地爱你。""我希望她成为一个好嫂子!"这些话她是带着笑容说的。慢慢地,祝若雅越来越靠近雷鸣。他们三人在一起快乐玩的时候渐渐稀疏。她没有意识到是她自己有意在回避着雷鸣。

第二年暑期快到时,有一天雷鸣到女生寝室来约陆雯出去走走。他的表情庄重而急切。

他们沿着华西大学院墙外的一条河边小路,慢慢地走着。河面上摇曳着柳枝。

"我们马上就要毕业分配了。有几个名额留校,我想征求一下你的意见。"雷鸣说。

这是最明显不过的暗示了,可是她还要装扮一个"乖妹妹"。世界上没有比她再傻的女孩了!

"你不是要当巴顿将军吗?"她开着玩笑说。

雷鸣苦笑了一下。他笑起来时爱用手挠挠脑袋,那模样憨登登的,有点像她寝室里摆的那具陶瓷熊雕。

"小雯,我真正喜欢的是你!"他终于向她吐露心声。

陆雯一时有点不知所措。但她很快找到一个借口。

"我也喜欢你,但是这只是纯朴的兄妹情……"

她看得出来,雷鸣的脸上露出失望。当时她心头好难过。

后来雷鸣又向她暗示过几次,但她都作懵懂状。最后一次,雷鸣拿着毕业证来见她。

"小雯,我想正式提出来,明确咱俩的关系。"

想到对雅姐的承诺,她好不容易说出那句违心的话:

"我只能把你当作大哥哥!"

后来雷鸣分配到岚山一家科研单位工作,他们见面更少了。一年后她和祝若雅从新闻系毕业。祝若雅进了机关工作,她分在晚报做助理编辑。工作一忙，彼此的联系也渐渐稀少。但她的心头一直拂不去对雷鸣的牵挂。

直到有一天傍晚，她收到一封信，从里面抽出一份烫金的大红请柬。打开看时，上面工整地写着：

小雯挚友：

　　我们谨定于本月三十一日新春佳节，喜结良缘，在白果林寒舍举行婚礼，并备有薄肴。恭请你莅临。

新郎　雷　鸣
新娘　祝若雅　　敬启

看完请柬，她在窗前呆立了半响，久久说不出话来。远处山脚下，逶迤而过的白衣江在月光下泛起微波。窗外，不知什么地方传来欢乐的迪斯科音乐。她的心头怅然若失。那一刻她才明白了，自己永远失去了雷鸣！

为了那个莫名的誓言，她付出了多大的牺牲啊！可是后悔已经莫及。雷鸣和祝若雅举行婚礼那天，几乎所有的朋友都到了，唯独缺少陆雯。

两个月后，她主动要求加入了支援边区的行列，去大西北一家报社工作。她的朋友和家人都不理解她的行动，包括她的父母亲和哥哥陆石在内。大家再三劝她慎重考虑，但陆雯主意已决，谁也拦不住她。这一去就是七年……

这一切，雷鸣并不知道。

3

雷鸣掰开陆雯捂着他嘴的手,执拗地还想继续追问。

陆雯调皮地摇着脑袋,她的神态极像当年戴着狗尾巴花的模样。

雷鸣怔了一下,耳畔升起亲昵而遥远的回音:"你盯着我看什么?""看酋长的女儿。""不,只是个村姑娘。"……

他抑制不住内心的激动,一把揽住她的双手,贴近脸颊想吻她。在要贴近的最后一刻,他的嘴唇停住了,这个停顿仅仅只有一两秒,却像是永恒的静止。正在这时,从下面传来一阵少先队员欢快的喊声。那是一群来瞻仰烈士陵园的小学生,戴着白色太阳帽,手里打着小旗帜爬上来。纯真的孩子们一齐向这边投来好奇的目光。

雷鸣和陆雯从相拥中分开来。

"啊——"孩子们天真地喊起来。

雷鸣咧嘴做了个怪相,笑着说:

"我们走吧。"

他们推着自行车朝下面走去。

"回什么地方?"陆雯抬起眸子问他。

"我回文联。下午还有一个例会。"

"算了吧!那些扯不完的皮,别管了。"陆雯劝他洒脱点,"我们难得出来一次,去远足散散心如何?"

"骑着自行车远足?"雷鸣脸上露出孩子般的兴奋。他好久没有这样过了。

"对的。"陆雯嫣然一笑。

"那好。你说去哪里？"他们踩着脚蹬，跃上自行车。

"听巴顿将军的！"陆雯格格地笑。

雷鸣想起一个地方，两人约定去摩天崖。按当时的情景，就是上刀山下火海陆雯都会跟他一起去的。

这时太阳已经升得很高。两人顶着烈日，蹬着自行车，驰骋在通向岚县的公路上。

沿途尽是迷人的秋色。漫山遍野，枫叶正红。他们谈笑风生一路疾行。五十公里的路程，骑了三个多小时。

到骑到岚山脚下时，陆雯的脸颊都被太阳晒红了。雷鸣在车上扭过头望着她直笑。

"笑什么？"

"不笑什么！"

又像当年，一个酋长的女儿！那种亲密无间的欢乐，那种无拘无束，惬意自在。

这种感觉，雷鸣已经好多年没有过了……这是他和祝若雅在一起时难得有的。祝若雅是个太能干的主妇，在家里永远是绝对权威。连丈夫每天穿什么鞋，讲什么话她都要过问纠正。和若雅在一起，雷鸣什么都不用操心，但同时总有一种受管束，被摆布的感觉。同陆雯在一起，他却感到很轻松自在。

他们在山门前的一间茶摊上歇了一刻，然后寄存好自行车，沿着一条石梯路向上攀登。

时值秋季，来岚山观赏红叶的游人不少。

从后山有条近路可以直达摩天崖。路两旁长着带刺的酸枣树，还有结满一簇簇小红果的野葡萄。树丛里偶尔传来几声鸟啼。他们登上群峰环抱的山垭时，已是下午两点过。

终于又见到摩天崖！雷鸣心头荡起一股暖流。

"你看。"他指给陆雯看。

前面山势渐显峻秀。右旁几十米远,薄雾笼罩着一堵起伏的山峦。光影朦胧中,秋色斑斓的树林连绵,像织锦一样绚丽夺目。

"哦,真美哟!"陆雯情不自禁地说。

在尽头处,群峰环抱中,一堵绝壁拔地而起,如刀削斧砍,气势磅礴。阳光射在岩壁上,"摩天崖"三个石刻的大字清晰地凸现出来,气势恢宏。

陆雯心中暗忖道:怪不得雷鸣要来这里。

好雄奇的一座摩天崖!

雷鸣凝神屏息,像在聆听什么。

山谷里很静。耳畔只有泉水潺潺流动的声音。一股微风从谷底吹来,掀动着陆雯绛红色风衣的下摆。

雷鸣似有所动,他侧耳静听。

除了泉水声以外,仿佛还有另一种音响从山脊方向传来。那是清脆的敲石声。

"叮——当!"

那声音和上次一样,带着悠悠的回音,在山谷萦绕一周,又戛然而止。

雷鸣转过脸朝陆雯点点头,表情异常兴奋。

他示意陆雯侧耳倾听。

接着,敲石声又从山脊方向传来。

"叮——当!"

这一次比方才更加清晰,仿佛整个山谷都在回应。

这种铁钎撞击石头的铿锵声,每一次都令雷鸣有一种奇特的激动。仿佛是来自天外的宇宙的声音,一种神奇的感应,一种遥远的呼唤。此刻重又听到，更有一种久违的亲切感。

"叮当！叮当！……"

敲石的声音又传来，不是一声，而是两声、三声……连绵不绝，在山间回荡。

雷鸣的心头为之一震。他兴奋地握住了陆雯的手。

陆雯的脸上浮现出神往之色。她心灵上感应到的是大自然的神秘和美妙。

他们沿着石板路循声寻去。登上一道山梁，春天的杜鹃花早已谢了。只见苍松翠柏簇拥着漫山的红叶，红得像血。整整一座山冈被枫林点染成猩红、深红、胭脂红，间杂着浓浓的金黄，色彩炽烈，极富有层次。

"真像日本画家东山魁夷的风景画杰作！"陆雯赞道。

"不，更像中国岭南派大师关山月笔下的国画巨幅。"雷鸣说。

"我爱群山！"陆雯陶醉地冲着远方喊道。

"我也爱！"雷鸣仰着脖子，大声地喊。

山谷里回荡着悠远的回音：

"我爱群山！我爱群山！我爱群山！……"

"我也爱！我也爱！我也爱！……"

他俩会心地笑起来。

万山红遍。在层林尽染中，一脉山垅自谷底微微隆起，蜿蜒而上，逶迤千米，在海拔两千多米的断层上，形成一条由赭红花岗岩组成的山峦。远远望去，气势巍峨，甚为壮观！

那"叮当！叮当！"的声音就来自峭壁下面。

伴随一声长声吆吆雄壮的吆喝，陆雯看见，峭岩下一个身穿对襟土布衫的老石匠，正手握钢钎，作马步状。一个赤膊的年轻后生站在老汉对面，双臂抡起大锤，在空中划过一条弧线。铁锤落下击在钢钎上，老汉双手微微一震，石下发出清脆悦耳的"叮当"声，山谷回应。

太阳很大，那后生戴顶旧草帽。现场的地上散落着许多大大小小的赭红色碎石。

在老汉的身后十几米处，雕好了一座高约两米的石门。石门共分三隔，造型类似牌坊。门楣上刻着精美的浮雕装饰，图案为两只形态似虎的神兽辟邪，顶有触角，长尾曳地，四腿蹲踞，作昂首吐舌状。浮雕的线条古拙，颇似汉风。

雷鸣想起上次和老汉的对话来：

"雕龙嘞！"

"哦，雕龙？"

"是嘞。"

老汉当时说得很平淡。雷鸣半信半疑。此刻他发现，旁边一堵巨大的花岗岩峭壁下端处，果然隐隐显出一些龙的鳞片轮廓，每片有蒲扇般大，雕刻的手法圆熟。

雷鸣扬起脸，出神地凝望着逶迤起伏的赭红色山岩。他向上仰视，这堵巨大的花岗岩峭壁高约百米，在头顶横亘耸立，显得高不可攀。同这巨石相比，人真是显得十分渺小。

没想到，在这花岗岩的悬壁上，果真见到了一条若隐若现的龙的轮廓！不过能看见的只有龙尾的一个局部，鳍和爪还不见迹象，仿佛整个龙身和头部都隐在斑驳嶙峋的赭红岩层里。

老汉和那年轻后生歇下来，用搭在肩头的白毛巾擦了擦汗。那后生比雷鸣上次见到的稚气一点，手臂晒得黑黑的。

"这是我的小儿子。老大读技校去了。"老汉介绍说。

老人那张饱经风霜的脸，布满沟壑般粗密的皱纹。他的神情安详自如。雷鸣从心底对老人产生了一种深深的敬意。

"老人家,什么时候能完成哟?"他问。

老人仍然平淡地说:

"明年这时你再来看嘞。"

"这么高的山岩,能完成呀?"陆雯感到惊异。

老石匠没有回答。他用清亮的眸子瞅了雷鸣一眼,缓缓地说出一句话来:

"忍者无生,方得无我;人不负天,天不欺人。"

雷鸣觉得这句话听起来有点像偈语,但一时不解其意。

老人说完,再也不语。和他小儿子重新操起钢钎,继续在花岗岩上"叮当!叮当!"地雕琢起来。钢钎下溅出火星,岩石上留下一道深深的痕印。

雷鸣只觉得漫山的红叶像火一般在燃烧。

4

十天半月过去了。钱诚的有关问题尚未搞清楚。

又过一个月了。钱诚的问题仍然迟迟没有结论。令人不解的是,《金蔷薇》编辑部的阵营却坚若磐石,雷打不动。

这也许暗示着,文联两种势力的搏斗处在僵持状态。

文庙街22号阴云密布。空气沉闷得几乎快要爆炸。

胭脂花悄悄地谢了。秋风扫过,天井里只剩下稀疏的绿色。两院回廊前后的竹架,夏天时曾经盛极一时,每天清晨都要开出一大片紫红色和杏黄色胭脂花,内外两个架子,各不相让,仿佛是两支交响乐队,在比赛谁的铜号阵容更大……如今,朔风一过,这一切都销声匿迹。发黑的竹架子赤裸裸地立在窗前,一派肃杀景象。

雷鸣感觉到一股深秋的寒意。

《西部阳光》编辑部。

聂风向吴总汇报。

"钱诚这个人,不简单。"聂风说。

"是吗?"

"他好像练过金钟罩、铁布衫,刀枪不入。"

"少林绝技哦!"吴总戏言。

"种种迹象表明,骆汉生的死钱诚脱不了干系。"聂风说。"据方铭提供的情况,骆汉生被绑架后钱诚的表现很反常,有诸多疑点。很可能他事先知道骆汉生会被绑架,甚至不排除他参与策划的可能。只是缺乏关键的证据。还有,骆汉生是一手提携了他的恩师。他真的会出卖自己的老师吗?……"

"去警方那边了解的情况怎么样?"吴总问。

"二十年前的旧案,专案组早就解散了。"聂风说,"我托省公安厅一个朋友,找到了当时办案的一个姓褚的老刑警,现在已经退休了。"

"怎么样?"吴总关注下文。

"他挺憋屈的,说此案未破是他终生的遗憾。当时的案情,他提供的情况和方铭说的差不多。"聂风说。

"但是,褚刑警提到了一点,说最可疑的是接到的第三个电话。"

聂风解释,这第三个电话是在警方救人扑空后的第二天早晨打来的,电话里说:"有人在土产公司工地发现了骆汉生的尸体!"说话的声音和前两次不同,是另外一个人。报案人没透露自己的身份。褚刑警分析说,很多报案人都是匿名的,怕给自己带来麻烦,但一般都很惊慌,或因为紧张说话颠三倒四。但当时电话里这个人的声音很镇静,并不惊慌,只是有点发闷。后来警方用录音机反复放听这句话,韩波突然说了句:"有点像小钱的声音啊?"方铭仔细一听,确实很像。那声音带点川南口音。钱诚老家棱县就在乐山地区。还有个疑点是,这个报案电话打来时,钱诚恰巧不在场。事后他解释说昨夜跟警方去城北石板镇丘家村磨坊救人整得太累,早晨睡过头了。也许他说的是真的,但没有人证明。

吴总听着,作沉思状。

"这是个重要线索。"他沉吟道。

"我也这样认为。"聂风说。

"岚山的事,你可盯紧了。"

"是!我会伺机调查。"

第八章　狗尾巴花女孩

1

气温骤降。人们纷纷换上了毛衣，裹上外套。有的老年人则穿上了御寒的棉袄。

早饭后，雷鸣背着女儿去幼儿园。倩倩一身黑毛衣、红毛裤，穿得圆滚滚的，头上扎着漂亮的马尾。每天早晨都是雷鸣送倩倩去幼儿园，下班时则由祝若雅接女儿回家。

长街两旁的梧桐树，落叶纷纷。在斑斓的色彩中，露出了经过一个春夏茁壮长出的茂繁枝丫。远远望去，大街的上空，遮拦着两排交错参天的枝条，由近及远，一直延伸到大路尽头。

自行车骑到城西时，市委新宿舍门楼的水泥屋顶上，露出一簇簇暗红色小菊花，贴着屋檐垂下来，一直蔓延到围墙外面，非常清丽悦目。

"倩倩，你看那墙上，菊花好漂亮！"雷鸣对背上的女儿说。

"爸爸，你晓不晓得那是啥子菊花？"女儿扭头瞅了一眼，天真地问。

"我当然晓得。"

"那你说嘛！"

"是岩菊。"三十七岁的父亲说。

"不对,是龙菊!"五岁的女儿纠正道。

"谁说的哟?"

"我们老师!"倩倩奶声奶气地说。

正当雷鸣和女儿谈笑之时,突然觉得眼前有异物掠过。他一垂首,发觉右肩上粘着一团白糊糊的鸟粪,不知从何而来的。抬抬头,也不见鸟的影子。

送倩倩到幼儿园后,雷鸣骑着他那辆旧永久28型车赶去市文联上班。

车刚骑到文庙街路口,突然车身一震,只听见"咔嚓"一响,前车轮像脱了臼似的转不动了。雷鸣蹲下来检查,发现是前车轴意外断裂。只好把车推到路边的一个小摊上,花钱换了一个新车轴。

整个一天里,雷鸣都觉得有点异象环生。窗外并没有起风,一大片红枫的树叶却像波涛般起伏。下午四点半,他的表又突然停了。他戴的是一块运动款式石英表,还是结婚时买的,从来没有停过。也许这些都是巧合,不过他总有点心绪不宁。

傍晚。雷鸣下班后骑车回家。他穿着常爱穿的黑皮夹克,脸上露着倦色。

大约才六点过光景,暮色已经笼罩整座城市。

骑到平安巷。一群归巢的麻雀,在白果林的树枝上"叽喳"地聒噪着。远远望见院子背后的天主教堂,粉刷一新的屋顶上,停着几只灰鸽子。

雷鸣骑进院子,在门旁架好永久28型自行车。

忽然,鸽群腾空而起,像受了惊似的,扑腾腾地飞上云天。在鼓翅声之后,传来一阵悠扬的鸽哨声。

雷鸣打开门，进屋。

往天的这个时候，倩倩都会奶声奶气地欢呼"爸爸回来啦！"，一边扑上来。可今天小厅里静悄悄的。只有"雪儿"摇着胖尾巴迎上来，一副可怜兮兮的模样。

雷鸣叫了一声"倩倩"，没有人应。空气中飘浮着隐约的煳味。雪白的小狗狗直围着他脚边打转。雷鸣探着头推开小房间的门，发现倩倩一声不吭地蹲在屋角，脸蛋上挂着泪珠。

"生谁的气呀，乖女儿？"雷鸣抱起她，逗着问。

倩倩搂着他的粗脖子，嘤嘤地哭起来。

"呜呜……妈妈打我！……"

"怎么回事嘛？"雷鸣皱起眉头，他一向反对体罚。

正抽泣着的倩倩，突然一下收声了。

雷鸣转过脸，发觉祝若雅满面怒气地站在背后，腰上围着一条蓝地白花厨裙，也不知她什么时候从厨房出来的。

"倩倩又挨打啦？"雷鸣责备道。

"刚换的衣服就搞得稀脏，该打！"祝若雅喝了一声，"还不下来，自己站到屋角去。"

倩倩乖乖地从雷鸣身上爬下来，站回屋角。

"雪儿"跟着小主人，连滚带爬地也去到房角。

"罚站还要陪客！滚出去。"

祝若雅没好气地一踹脚，把小狗狗踢了出去。倩倩脸朝着墙壁，两眼泪汪汪的。

雷鸣默然走出房间，心里很不是味。他从祝若雅的话里闻到一丁点火药味。每次因为教育孩子，他和祝若雅都要发生分歧，常常弄得很不愉快。但今天似乎还有点异样，妻子说话的口气冷冷的，始终没有正眼瞧他一下，像有什么事情藏在后面。

吃晚饭时，餐桌上也是一阵沉默。

雷鸣端着碗，闷不作声。加上这段时间文联的是非纷争，搞得他有点心烦意乱。

待祝若雅收拾完餐具，把倩倩哄睡后，已快到晚上九点钟。

这时家庭的对话方才进入主题。祝若雅端来一盘洗过的雪梨，坐在茶几旁，选了一个大的。

她一面削着皮，一面装着若无其事地问雷鸣：

"听说陆雯调回来了，是吗？"

"好像是。"雷鸣看着报纸，敷衍了一句。

"你见过她吗？"祝若雅停了一刻，又试探道。

看得出她在有意做出轻描淡写的样子，避免丈夫觉得是在盘问他。

"见过。"雷鸣说，目光仍然没有离开报纸。

"怎么不叫她来家里玩呢？"祝若雅克制着内心的冲动，脸上带着不太自然的笑问。

雷鸣似乎有点心不在焉。

"没得时间吧……"

祝若雅分明觉得丈夫的话是在搪塞自己，她感到一团疑雾在眼前扩展。夫妻之间有什么需要隐瞒的呢？莫非……想到此处，她心里一阵战栗。手不小心一滑，水果刀划过握梨的左手拇指，殷红的血沁了出来。伤口约有一厘米长。

雷鸣发觉，掏出手帕递给她。

祝若雅没有接手帕。她默不作声地把拇指贴近嘴唇，吮吸了一下。那种漠然和无所谓的表情，仿佛伤口流的并不是血。不过这一刻她的眼眶却湿润了，也许那是一种更深切的痛感。犹如刀子划过的伤口不在拇指上，而是在心里一样。

但是她仍然竭力地自我克制着,平和地说:

"这段时间听到不少文联的风言风语,你恐怕要当心。"

"我知道。你不用操这么多的心。"雷鸣说。

这本来是一句宽慰家人的话,不过在此时的祝若雅听来,却似乎弦外有音。

"当然,反正另外有人为你操心嘛!"

她说了句酸溜溜的话。

雷鸣没有吭气,翻开报纸的另一版随意浏览着。蓦然间,他的目光在副刊栏停住了。一条醒目的竖排标题吸引了他:

"我爱《青春祭》——当代同龄人的青春之歌"

雷鸣扫了一眼,发觉是一篇介绍《青春祭》的随感,文字清新动人。看到文尾的署名"小雯"二字,他的心头不觉微微一热。

若雅这时已把梨削好,放在细花瓷盘里。那艺术瓷盘是雷鸣出差时特地给她带回来的。

她用水果刀对准梨的正中,一分为二地切成两半。然后,她拿起大的那半递给雷鸣,一边戏谑道:

"别人说梨是不能分的,分梨就是'分离'。看来我们是该'分离'了!"这话虽是戏言,但听起来有点伤感味。

粗心的雷鸣没把这话当一回事。他接过半边梨,大咧咧地咬了一口。

祝若雅的眼里露出失望和伤心的神情。

她心中的疑惑和一种不安的预感,在这一刻完全被证实了。

2

祝若雅傍晚接倩倩回家时,刚推着自行车到院子门口,收发李大爷递给她一封信。

这是一个很普通的牛皮纸信封，右上方贴着一角的邮票。封皮上写着："祝若雅女士亲启"。但是信的下方只有"内详"二字，没有落地址。她觉得有点奇怪。

平常家里的邮件大多是雷鸣的，祝若雅很少有信。

回到屋里，祝若雅把倩倩安顿好，又把厨房的饭蒸起来。然后在木扶手沙发坐下，拆开信看。

抽出信封里的东西时，她顿时被惊呆了。

这是一张放大七英寸的侧面照片，像是偷拍的。照片里，戴着棒球帽的雷鸣和一位女伴相对而坐，两人举杯相碰，神态亲昵。桌上玻杯里的红蜡烛映着暖黄色的光晕。

照片里的女郎穿一袭雅致的粗绒线长开衫，头发随意地绾在脑后，眼里溢光流彩，嘴角露着妩媚的笑容。祝若雅一眼就认出是陆雯！她感到非常震惊，手指微微颤抖，脸上发热。

一种女人的直觉，令她在一刹那生了疑心和隐隐的不安。因为雷鸣从来没有在她面前提起过陆雯，更没有提过他俩约会的事。祝若雅觉得一阵晕眩。

她翻到照片背面，上面有几行龙飞凤舞的钢笔字：

　　男才女貌　佳人有约
　　青年作家与情人在酒吧幽会
　　双飞双栖，共度周末

祝若雅的血液猛然冲上脑门，但她竭力压抑着心中的妒火和痛苦，冷静地思索着眼前发生的事。

也许是有人故意在中伤雷鸣呢？她想。几个月来市文联的是非矛盾她时有所闻,她为雷鸣担心过,也有一定的思想准备……可是如何解释丈夫瞒着自己和陆雯约会的事呢?她心里一时很纷乱。

祝若雅的视线盯住照片。聚焦模糊的背景像是舞池,几对舞伴在红绿灯影中相拥着。在照片右下角,她发现有一行橘黄色的日期:"1603"。

3月16日,那正是她在深圳新闻班学习的时间!

这时,倩倩从小屋里出来,手里抱着"雪儿"缠着要她讲故事。祝若雅没好气地给了她一巴掌,倩倩委屈地哭起来。

为了避免女儿看见,祝若雅下意识地把照片压在牛皮纸信封下面。这时,从信封里掉出一张小纸条。她拾起来,展开看,上面歪歪斜斜地写着两行字,字迹和照片背面的一样。

雷夫人:

请管住你的丈夫,叫他不要太潇洒!也不要太得意了!

一位不相识的好心人

这个"不相识的好心人"究竟是谁?

为什么寄来这封匿名信?

那张照片又是怎么拍到的?……这一连串的疑问,使祝若雅顿时心乱如麻,如坠五里雾中。她茫然地回到大屋里,心里像打翻了五味瓶。

"请管住你的丈夫",这口气明显包含着警告。

她的第一个反应,是有人想威胁雷鸣。不管出现什么情况她必须保护自己的丈夫。

但紧接着，第二个念头像蚂蟥一样咬噬着她。那张照片拍下的镜头绝对是真的。雷鸣为什么要背着自己去同陆雯约会？是一般的聚聚，还是……

此刻，自己的丈夫就坐在面前，但他却像是心猿意马的样子。她的所有试探和旁敲侧击都得到相反的回应。

"没得时间吧……"说得好轻巧。来家里没得时间，却有时间偷偷去酒吧幽会！这分明是谎言，是在欺骗。自己说分梨是"分离"，他竟然满不在乎……祝若雅觉得周身的血液滚动起来。那第二个念头愈来愈膨胀，完全占据了整个脑海。她的眼前不断闪动着那几行龙飞凤舞的字："青年作家与情人在酒吧幽会、在酒吧幽会、在酒吧幽会……"

祝若雅再也忍不住了。她一把夺过雷鸣手里的报纸，揉成一团，勃然作色道：

"雷鸣，希望你说老实话。你究竟和陆雯约会过几次？"

祝若雅只有在赌气或愤怒时才直呼雷鸣的名字。

雷鸣被妻子的情绪震慑住了，诧异地转过头瞅着她，国字脸上的肌肉僵硬地紧绷着。

"你这话什么意思？"他问。

"什么意思？你是不是还想抵赖？"祝若雅针锋相对。

"我没得什么需要抵赖的……"

"那好，你自己的光辉形象，你总认得吧！"

祝若雅从茶几下面拿出那封匿名信，"啪"地甩在雷鸣面前。

雷鸣从信封里抽出照片和纸条，大为意外，一刹那神情有些尴尬。他万万没想到同陆雯的见面被人偷拍了，更没有料到照片会寄到家里来。雷鸣的神色骤然变得凝重。

"这总不是伪造出来的吧，"祝若雅挖苦道，"'男才女貌，佳人有约！青年作家与情人在酒吧幽会……'"

她的话里带着十分怨恨，十二分醋意。

"照片不假，但你想没想过，这封匿名信是冲着我来的？"雷鸣沉着脸，不愿多做解释。

"哼！我并不是傻瓜。幸亏了这位'不相识的好心人'，不然我至今还被蒙在鼓里！"

祝若雅因为激动和愤恨，脸庞涨得通红。

雷鸣的眼前浮现出那个穿牛仔裤的长发阿薪的面孔。

"我觉得这人的眼神怪怪的。"他记起了陆雯当时说的话。

"那天是小雯的生日，我们在银座聚了一下。"雷鸣有点狼狈，解释道，"正好《金蔷薇》的编辑那天也在那里聚会。"

"陆雯的生日你都还记得？真是旧情难忘嘛！难怪别人提醒我叫你不要太潇洒……"祝若雅酸酸地说。

"是小雯约我的。没有其他意思。"雷鸣憨厚地解释。

"有没有其他意思只有你知她知，天知地知。孤男寡女，双飞双栖，共度周末。多有意思哟……"祝若雅的话越来越尖刻。

也许这是出自女性本能的反应。不过那封匿名信的确抓住了女人致命的也是最可怕的弱点：妒忌。

"这分明是有人在恶意诽谤！"雷鸣抬高了声音。

五六平方米的小厅里充满着火药味。

"哼，身正不怕影子斜。"祝若雅霍地站起来，怒气冲冲地诅咒道，"你自己起了打猫儿心肠，才让人抓着尾巴！"

"你不要误会，若雅。"雷鸣分辩道，"你和小雯是大学的好朋友，你应该能容得下她的。"

"她结婚了吗？"祝若雅扬起眉毛问。

雷鸣没吭声。

"正好嘛,她在等你嚎!我知道你对陆雯一直贼心不死!你是想离婚,再同她结婚吧,我告诉你,没门儿!"

祝若雅吼着,眼泪夺眶而出。她用手端起茶几上的细花瓷盘,连同里面的雪梨,猛地摔在地上。

随着"啪"一声巨响,细花瓷盘变得粉碎,雪梨滚得到处都是。小厅的地上一片狼藉。

祝若雅捂着脸冲进卧室,屋门从背后"哐"地关上。

雷鸣站在原处呆若木鸡。

3

晚报报社。红屋顶白楼。

陆雯觉得雷鸣突然从她的视野里消失了。

编辑部办公室。一间二十平方米的大房间里,摆着六张办公桌。陆雯坐在临窗的位置,正在打电话。她穿一袭宽松的紫色长开衫,黑发随意地盘在头顶。对座的一位女同事在伏案改着一篇稿子,其余的记者都外出采访去了。

"喂,我是晚报的陆雯,请问雷鸣在吗?"陆雯拨通电话,脸上露出期待。

"雷主席还没有来。"话筒里传出一个干涩的声音。

"请问他下午什么时候来喃?"陆雯急切地问。

"这就说不准了,今天是周末。"对方喀地挂上了电话。

她的脸上现出失望和困惑的表情。几天里她给雷鸣挂电话,都找不到人。

一连两周,她怎么也同他联系不上。除了打过电话,写过便条，还亲自去市文联找过。但都没有见着雷鸣的面。

那天去文庙街22号里院找他时，经过外院的走廊，她感觉到《金蔷薇》编辑部的窗户里，有异样的目光向她投来，那是一种不友好的窥视，含着好奇和敌意。她没有理会，径直走进里院。这次很不巧她又扑空了。据说雷鸣当天到岚县参加一个笔会去了。但从文联里院出来经过外院走廊时，她发现编辑部的窗户后面探出许多面孔，目光怪怪的。

就因为她是雷鸣的朋友！

陆雯失望地放下话筒，神情有点失落。

"怎么！你那位高仓健又不在？"女同事抬起头来，打趣道。说话的是梅姐，一位热心的栏目编辑。

"我总觉得像有什么事……"陆雯侧着头，自言自语道。

到下班时间了。陆雯无精打采地收拾桌上的稿笺。

"算啦！别庸人自扰了。"梅姐走过来，递给她一张粉红色电影票道，"晚上请你看电影。"

"我不想去，你自己去吧！"陆雯婉谢。

"别傻啦！经典名片《泰坦尼克号》，电影公司招待票。条件是晚饭由你请客！"梅姐说着，两人都笑了。

"今天是周末，我得给家里打个电话。"

陆雯拨了号码，拿起话筒，眼睛瞄着梅姐说：

"妈，今晚我不回来了，看电影。和谁一起？这你们管得着吗！告诉哥注意点，晚饭时叫爸酒别喝多了，对，就这样，我挂啦！"

挂上话筒，陆雯叹了口气。

"你的嘴也够厉害的啦。"梅姐说她。

"我老爸经常要对我进行再教育。"陆雯揶揄道，"这个革命的老顽固，其他爱好没有，就是嗜酒如命……"

银座沙龙。

雷鸣独自一人，坐在乳白色圆桌旁，脸上表情落寞。他右手横握啤酒杯，两眼看着橙黄液面上的泡沫出神。

略带伤感的萨克斯曲在身后回荡着。

他面前立着一堆喝过的空啤酒罐。看上去雷鸣已在这里坐了许久。桌上的矮玻杯里点着的红烛，只剩很短一截，橘黄的火焰摇曳着。

舞池里有几对新人在旋转着，舞步欢快。

雷鸣端起酒杯，闷着头大口豪饮。

他的酒量有限，向来不酗酒的。但这次破了戒。俗话说，男儿有泪不轻弹，只因未到伤心处。真正到了伤心处，酒也许是最好的慰藉。

自从发生匿名信的事后，家里完全失去了安宁。

往日的和谐、温馨仿佛已不复存在。妻的情绪时冷时热，经常莫名地发火。那套两室一厅的小居室，随时弥漫着冷战的阴霾。

有一天，雷鸣无意中打开搁在书架上的《青春祭》。

他发现书中"狗尾巴花""勿忘我"等多处下面，用钢笔重重地画了许多道杠，像是刀刻的一样。书页旁，还有祝若雅信笔写的旁批字样，口气近乎大批判。祝若雅很少读他的作品。有的小说酝酿时她听过雷鸣谈构思，还提过点滴意见。待到小说问世时，她最感到开心的是稿酬收获，小说本身对她而言已不是太重要。加上每天一回来就忙个不停地操持家务，她也没有更多的闲情来仔细阅读。

但这一回，祝若雅不同寻常地读完《青春祭》，并且把它变成了发泄怨恨和讨伐他的战场。

雷鸣一页页翻下去,他的心里感到阵阵压抑和酸楚。

有的旁批带着明显的攻击性,字字锥心。诸如:

"雷鸣是个大骗子!"

"负心汉!"

"勿忘我?你早把我忘了!"

"一对狗男女……"

……

还有的地方,用钢笔打着重重的惊叹号。

那是无声的谴责。没有理解,没有宽容,没有爱,只有恨!

没有什么比受到亲人的伤害更让人痛心的了。那些尖厉薄情的诅咒,那一个个触目的惊叹号,像利剑一样刺痛了雷鸣。

他感到自己的心在滴血……

雷鸣端起厚重的啤酒杯,"咕咕"地往嘴里灌着。

背后正播着萨克斯曲《在雨中》。那忧伤寂寞的调子如泣如诉,听到动情处,雷鸣几乎落下泪来。

矮玻杯里的红烛已快燃尽,烛泪淌在杯底,像一摊凝固的血。

雷鸣不停地喝着。

啤酒杯里的酒液溢出来,顺着他的脖子流到衬衣里面,雷鸣也不在意。他只觉得整个世界都在眼前旋转,脑袋像灌了铅似的,愈来愈重……

市电影公司放映厅。观者如云。

陆雯和梅姐款款地进来,向后面望去。一排排沙发软座坐无虚席。这里每周安排两次电影沙龙,招待新闻和文化界的人士。所映的影片有好莱坞经典名片,也有一些过路的外国新片。今天放映的是奥斯卡奖大片《泰坦尼克号》。这是一个缠绵凄美的爱情故事。1912年4月14日冰海沉船造成的悲剧。一对出身迥异的有情人露丝和杰克，在船上邂逅又在海难中的生离死别，上演了一出荡气回肠的"生死恋"。片子拍得很精致，艺术水准极高。演员的表演也是一流的。

陆雯和梅姐在楼厢的前排坐下。灯光已经暗下来，巨大的银幕上，映出多年前的英国南安普敦港。

一条崭新的皇家邮轮停泊在码头，正鸣笛待发。它就是当时世界上最大的邮轮"泰坦尼克号"，排水量四万六千吨，总长269米，双层船底，号称"水上之城"。熙攘的人流，好奇的看客，场面热闹非凡。

"欢迎乘坐泰坦尼克号！"

在船员殷勤的声音引导下，头戴紫色宽檐帽的少女露丝，跟着母亲从舷梯款款登上轮船。

"对其他人来说，它是梦想之船，可对我来说却是绝望之船，就像用枷锁把我引向美国……"露丝的旁白在耳畔回旋着。

不一会儿，镜头里出现由莱昂纳多主演的青年画家杰克。他肩背着背袋，和一个同伴朝着即将起航的巨轮飞奔，一面高喊着：

"等等！等等！我们是乘客……"

在几千人的欢呼声中，泰坦尼克号驶入大海。

船舷旁，杰克朝着岸上的人群兴奋地挥手："再见，我不会忘记你！"

但谁也没有料到，这艘豪华巨轮在驶出港湾四天后，竟不幸撞上冰山沉没，酿成人类航运史上的世纪悲剧……

陆雯注视着银幕，若有所思。

梅姐发觉，即使看电影，陆雯的心也不在场里。她的眼神游移,总像有心事。

灯火辉煌的泰坦尼克号在全速航行。海天处一片金红的晚霞。

船舱里豪华的舞厅。穿着礼服的杰克,正悄悄四处张望,仿佛在期待什么。

突然,他的目光和从楼梯下来的露丝不期而遇。他惊喜地迎上前,握住她的纤手,吻了一下……

陆雯闭上眼睛,在心中寻觅着。她能感觉到雷鸣就在身旁很近的地方,但不知他究竟在哪里?

她的眼前漂浮着勿忘我蓝色的花影。一把,数数有十八枝。又叠幻成茫茫一片,哦!像是《青春祭》的封面……

她睁开俊目,看到一个镜头。杰克背站在船钟前。露丝意外地出现在他的身后。杰克转过头来朝露丝微笑说:"想去看看真正的派对吗?"

三等舱里。在节奏强烈的音乐中,人们欢快地翩翩起舞。杰克牵着一个小女孩的手旋转着。露丝脉脉地凝视着他……

看到此处,陆雯两眼射出了亮光。她蓦然想到一个去处,心头微微一震。

陆雯附在同伴耳旁,悄声说了句:

"梅姐,我出去一下。"

"做什么?"

"回来再告诉你。"

说罢,她弓着身子,从邻座的膝前横着挤了出去。

黑暗里,后座的观众向她投来诧异的目光。有人小声地嘀咕。陆雯也不理会,摸着黑下楼,脚步匆匆地离开了放映厅。

她骑上凤凰26车,沿着右边的大街疾驰而去。

夜幕下,满街的霓虹灯和车水马龙,显出都市周末的繁华和喧嚷。晚风迎面吹来，带着潮气和一股寒意。陆雯拢了拢领口，用力蹬着脚踏，朝商业街方向骑去。

4

银座沙龙。从里面传出疯狂的迪斯科音乐。

陆雯停好车子，快步走进酒吧。

她左顾右盼地寻觅着，视线里含着期盼和焦灼。

突然，她的眸子亮了一下。在临近乐池的位置上，她一眼认出雷鸣穿着黑皮夹克的背影。他就坐在他俩上次坐过的乳白小圆桌旁。面前的空啤酒罐堆得像座小山。

走近时，她才发现雷鸣已经酩酊大醉。他的脊背斜倚在高背椅上，脸膛红得像关公。面前的暖棕色餐巾，被啤酒濡湿了一大片。嘴里含混不清地念叨着什么，模样傻傻的。

陆雯喊了声："雷鸣！"他也不应。

"雷鸣，我是小雯呀！"陆雯扶起他的脑袋。

雷鸣睁开惺忪的醉眼，舌头僵硬地：

"你……是……小雯？"

一位穿旗袍的侍应小姐说："他喝醉了！"

"怎么会醉成这样？"陆雯心疼地说。

"他一句话也不说，就不停地喝。"

"一共喝了多少？"陆雯瞟着桌上的啤酒罐。

"两打。"侍应小姐说。

陆雯幸好带着钱夹，她到收银台付了款。然后，把雷鸣的胳膊架在自己肩上，托负着他壮实的身躯，蹒跚地走出酒吧。

"要我们帮忙吗？"侍应小姐追上问。

"谢谢，不用了。"陆雯答道。

她从来没有见雷鸣这样失态过，心中有几分难受。

银座门口。霓虹灯在夜幕下闪烁不停。

漆黑的夜空漂起雨来。雨点打在脸上，凉飕飕的。

天已这么晚，到哪儿去呢？陆雯踌躇了一下，她把雷鸣搭在凤凰车前杠上，双臂拥着他向前推了两步，然后踩着脚蹬，一跃跨上绿色坐垫。凤凰车的轮子晃了晃，穿过雨幕朝前面驶去。

陆雯把雷鸣推回宿舍时，已经快到深夜。

陆雯住的一室一厅的单身套间，是报社分的。卧室不大，但收拾得舒适雅致，带着女性特有的温馨。

雷鸣倒在她的怀里，什么也不知道。

他突然一阵恶心，吐得她一身都是。

陆雯默默地替他脱去淋湿的皮夹克，解开衬衣扣子，露出黑黝黝的健康肌肤。雷鸣厚实的胸肌缓缓起伏着，雨水透过衬衣浸湿了肌肉，在灯光下熠熠生辉，像涂着一层薄薄的橄榄油。

她为他脱掉旅游鞋。然后脱去衬衣，解开皮带扣，轻轻褪掉粘着酒渍和泥浆的牛仔裤。雷鸣健壮的七尺之躯，只剩一条短裤衩。那裤衩的下面，隐隐现出壮硕的生命之塔。

这是一个健康男性的肉体，焕发着成熟健美的阳刚之气。这是她一生中铭心刻骨爱着的人！

陆雯羞涩地注视了一下，给他盖上自己温软的被子。

她走近窗前，轻轻把窗帘拉上。窗外的雨越来越大。

这骤然而来的暴雨夹带着狂风，由远而近，铺天盖地而来。仿佛是一群狂奔而来的野马，要把街头巷尾的一切摧毁踏平。陆雯目睹这场景，感到异常兴奋。

那狂野的风，痛快淋漓的大雨，带着一种奔放的野性和躁动不安，令她的心扉战栗。

雷鸣永生难忘这个激情澎湃的雷电之夜。

他梦见一间温馨的小屋。窗户在黑夜里亮着橘黄色的光。屋外下着瓢泼大雨。他蹲在小屋的一角，望着窗外的雨幕呆然神往。雨下得好大，仿佛要涤荡一切。大街的十字路口上，许多人举着黑色的伞，在雨里踽踽而行。

突然窗外雷声大作。轰隆隆的巨响，好像雷神架着战车驶过，那响声从头顶越过，由近及远，渐渐在远方消失。灯蓦然熄了，灿然即逝的白色闪电把屋里照得雪亮。

他发现一个女孩同他席地而坐，那女孩头上戴着玫瑰花环。

另一个女孩坐在他的对面，那女孩头上戴着狗尾巴花。

他为雷声和闪电强烈地震撼了。只觉得内心里郁积着痛苦的渴望和躁动不安，那是少年时代的青春火焰在熊熊烘烤、燃烧。

"我要蘸着自己的血，用整个生命去写！"在黑暗中，他低着头喃喃地说。

戴着玫瑰花环的女孩站起来，仿佛没有听见他说什么，脸上冷冰冰地，掉头而去。

戴着狗尾巴花的女孩，两眼亮晶晶地瞅着他，嘴角露出微笑……

他梦见黑夜里，一道淡蓝色树枝状闪电，从九天之上一直连到地面，壮观不已。他站在街头，仰着脸淋着大雨，像接受洗礼一般虔诚。举着黑伞的人从他身旁走过。

他缓缓脱去贴在身上的湿衣裳，露出黧黑的肌肉，全身赤裸，尽情沐浴着大自然的赐予。雨水顺着他的脊背、躯干向下流动。人们从伞后探出脸来。一位丽人向他投来默默的注视……

他梦见自己变成一个婴儿，正赤条条躺在摇篮里。

一双调皮的眼睛从天上偷偷地望着他。那眼神和雨中的丽人很像，带着神秘的微笑。

哦，他晕乎乎地想起，那是缪斯，他的艺术女神！

他伸出双手向摇篮外舞动着。朦朦胧胧间，他看见女神头上戴着狗尾巴花，像一个酋长的女儿。

在她的背后，漫山遍野开满着蓝色的勿忘我。

"哦，你是……小雯！……"

他惊奇地叫着，但是喉咙发不出声来。他挣扎着，突然发现自己已经长大，长成一个伟丈夫。从摇篮里站起来。

小雯远远地朝他奔来，长发在风中飘舞，姿态轻盈优雅。

她的身影离他愈来愈近、愈近，他看清了她的眼里闪着泪光。

在一刹那，她疯狂地投进他的怀抱。

她身后的勿忘我花，眨眼间幻成一个个蓝色的涟漪，最后连成一个美丽的湖泊。那湖里的水是温泉，水碧蓝碧蓝，湖面上袅袅升起热气。

一轮明月从夜幕上升起。湖水在月光下闪着神奇的光泽。

他梦见同陆雯一起在湖里裸泳。他把她抱进湖里。他们一丝不挂，自由地在湖水深处追逐嬉戏，无拘无束。陆雯的秀发在水中缓缓飘舞，掩映着她润滑的胴体。鱼儿随着他们，左右上下欢快畅游。他俩在温热的泉水中紧紧地拥抱在一起，缱绻缠绵，难舍难分。陆雯的脸庞通红，温存地小声呻吟着。

"我爱你，爱你……"她的话在耳畔萦绕，像梦呓一样。

"我也爱你！"他热烈地吻着她的嘴唇。

雷鸣从来没有感受过这样狂热的激情，这样的狂喜和欢愉。

不觉心中大奇。他只觉得血脉在沸腾燃烧,全身都快融化……

5

雷鸣清晨醒来,发现自己睡在一张陌生的床上。身上盖着一床蓝底素纹鸭绒被,只觉得浑身有些软绵绵的。雷鸣伸手摸摸,旁边的被窝还有余温。他发觉自己全身赤裸,光溜溜的。

雷鸣隐隐记起昨夜的事,但分不清是梦是真。

他昨晚吐脏的衬衣,还有牛仔裤已洗净,熨干,叠放在床头。

房间里漂浮着淡淡的香气,那味道他有几分熟悉,很舒服。这间卧室不大,但布置得很雅致。床头柜上摆着一张陆雯戴着棒球帽的照片。

他怎么也回忆不起是如何到这里来的了。他只记得自己喝得醺醺然、晃悠悠的,桌上的啤酒罐堆得像座小山。恍恍惚惚间他听见一个女孩说:"他喝醉了!"他想否认说:"我没醉……"但嘴巴努了努,怎么也张不开……以后的事他就不记得了。

雷鸣正在诧异间,门推开来。只见陆雯端着一杯牛奶和几片烤面包,满面春风地进来。她穿一件宝蓝色毛巾睡衣,黑发散着绾在脑后,显得格外妩媚。

"你醒啦!饿了吧?"她嘴角含着会意的微笑,说。

雷鸣似乎意识到什么,感到有些局促。

"小雯,昨晚我……"他欲言又止,不知如何说好。

"什么也不要解释。"陆雯温柔地打断他的话。

也许经历了昨晚的暴雨之夜,任何话此时都是多余的。

陆雯把盛着牛奶和烤面包的盘子,轻轻放在床头柜上。

"昨晚你喝得烂醉如泥,狗熊一个。是我驮你回来的。"她轻描淡写地说。

雷鸣明白了这个激情夜似梦似真的一切。

"小雯,昨夜的事,我会永志不忘。"他一把握住陆雯的手。

"我不需要你做什么承诺。"陆雯洒脱地说,眼里含着爱意瞅着他,"我们仍然是好朋友!"

雷鸣似乎很感动。他起身,匆忙穿上衣裤。陆雯大气而又有点难为情地背过脸去。

"我从来没有见你这么醉过。"她望着窗外,小心地问道,"你肯定有什么事?……"

"妈的!有人偷拍了我俩在银座的照片,然后寄到家里来。"雷鸣骂了一句,说了匿名信的事。

陆雯感到惊讶,转过身来。

"肯定是白演达那伙人捣的鬼。"她说。

"我也这样猜测。"雷鸣点头,一面把衬衣扎进皮带里。

"需不需要我去向若雅解释嘛?"陆雯问他。

"不用了。"雷鸣摇头。

世上有的事是解释不清楚的,尤其是感情……

"这样拙劣的事,他们也做得出来。是狗急跳墙了!"

陆雯引起了高度的警惕。

"不错。"雷鸣的表情凝重起来,眉宇间透着一股正气。"这次核查牵涉到许多历史上的恩怨,也激发了新的矛盾。也许旧仇新恨,一齐算在我头上来啰!"

"知不知道宣传部是什么态度?"陆雯把盛着牛奶的杯子递给雷鸣,关切地问。

雷鸣从来不喝牛奶,摆了摆手,答道:

"不太明朗。但好像希望息事宁人,大事化小。事情最终还不知怎么收场……我有时真想下野,不管了。"

他顺手拿起一片烤面包塞在嘴里,吐露出心中的苦恼。

"可是你不是半途退缩的人。"陆雯了解他的性格。

"你说的是。我无路可退!"雷鸣说,"其实我现在最大的心愿,是能有几个月的创作假。一个人躲在远离尘嚣的乡村野庙里,把想写的小说写出来……"

他的眼里露着遐思,口气很认真。

"这很容易。"陆雯打趣道,"你可以去五台山做和尚嘛。"

"花和尚鲁智深?"雷鸣问,模样憨得可爱。

"和你说笑的,你倒当真啦!"陆雯扑哧一下被逗乐了。

雷鸣却依然一副冥想状。

第九章　势

1

一夜暴雨之后，街上的伞被吹得七零八落。唯独文化公园里竖在露天的一把大红伞，完好无损。这事颇有些奇。

星期日，这里如期举行《西部风情》摄影展。揭幕式就安排在红伞下的草坪前。主办单位为文化局和市摄影家协会。有不少嘉宾莅临。一溜铺着白布的条桌后面，坐得满满的。

雨后的公园里空气格外清新。

揭幕仪式由文化局一位副局长主持，市上有关领导剪彩。宣传部的几位头儿都请到了。一些新闻界的朋友，也应邀前来采访捧场。揭幕式搞得颇有些声色。蒋学贵是摄影家协会的挂名主席，少不了在会上亮相。

因为展览正好安排在礼拜天，不少嘉宾携着家属同来。陆石牵着小石头，在主宾席上就座。小石头手里捧个红皮球，戴顶棒球帽，一副小球星模样。

揭幕仪式完后，大家徐徐走进展厅。陆石在里面走马观花地遛了一圈，准备陪儿子去游乐场玩玩，他早就答应小石头的了。出展厅门口，遇到不少熟面孔。其中有宣传部副部长秦毅，还有蒋学贵。大家少不了寒暄几句。秦毅穿一件咖啡色皮外套,气色不错。蒋穿着正儿八经的华达呢蓝制服。

陆石在同另一位熟人打招呼时,无意间听到秦副部长和蒋学贵的对话。

"老钱这个人是咋个搞的!"秦问蒋学贵。

蒋苦着脸,说了一句:

"有网友在网上发帖,说老钱'心怀鬼胎',至今不承认和骆汉生绑架案有关系……"

"他有什么反应?"

"他从来不上网,还不知道。"

"白演达的问题喃……"

后来因为旁边有人,把话岔开了。具体背景不是很清楚。但听得出来谈话涉及的内容很急迫,也很机密。

早晨。雷鸣回到家里,惊异地发现家里的玻璃窗破了许多面。祝若雅冷冷地不说一句话。

起初他还以为是昨夜的大风所致,结果玻璃并非暴风雨打碎,而是有人趁雨扔的石块。桌上摆着几块卵石,带着泥。满地的碎玻片和一团水渍。倩倩抱着全身濡湿的雪儿,蹲在地上,眼泪汪汪的。祝若雅并不问他昨夜的行踪,她的冷淡比任何谴责都令雷鸣不安。

雷鸣把倩倩揽在怀里,紧紧抱着,心里一阵内疚。

"爸爸在,不哭。"他哄着女儿。

倩倩伤心地哭着:"爸爸,我的雪儿!"

小狗狗四肢簌簌地抖着,全身发烫,一对黑眼睛露出可怜的神色。

"妈的！我不会就此退缩。"雷鸣一脚踢翻矮凳，愤怒地咒骂。

"谁教你那么潇洒和得意喃？"祝若雅说着风凉话。

"若雅，我是爱你们的。"雷鸣望着妻子，真诚地坦诉。

"谁信？"祝若雅背过脸去。

雷鸣木然的面孔。

次日上午。文庙街22号。

雷鸣走进小院，感觉到异样的目光，但不知从何而来，那直觉只有一刹那。

在办公室坐定，电话铃响起来。是陆石打来的。

陆石把听见的内情透露了给他。文联审干的拉锯战，陆石在市委大院已有风闻，据说矛盾已上交到市上分管组织的头儿那里。他多少为不谙宦海世故的书生型老同学担点心。

"市上很关注你们文联调查骆汉生绑架死亡案的事，你要想办法争取主动喔。"陆石在电话里含蓄地说。

"我知道。"雷鸣应道，"专案组是支持我们的。"

话筒里传出陆石不以为然的一声"嗨"。

"专案组只是一个职能机构，上面还有人说了算！"老同学提醒他道，"你要充分估计到，钱诚的事最后有可能过关，除非你们新发现有重大问题。因为干部问题上面一般都很慎重，加上有人死保，投鼠忌器嘛……"

雷鸣听着话筒里的话，目光透过窗玻璃，看见蒋学贵夹着皮包，匆匆从办公室出来。

"秦部长还说了什么吗？"他压低声音问。

"当时旁边有其他人，没听清。"话筒里传来陆石厚重的嗓音,他接着说了一句:"你们的关键是要找到突破点。"

"唔。"雷鸣若有所悟。

他看见蒋学贵瘦小的身影绕过天井,从窗前经过。司机小刘跟在他后面,像有什么急事。

"不过老弟,你要好自为之哟。"陆石说罢,"喀"地挂断了电话。

雷鸣放下话筒,寻味着陆石的话。

不知为什么,他心中隐隐有种预感,似乎船到江心会触礁搁浅。陆石打电话直言相告的举动,不是他一贯的作风,这本身就有点不同寻常。这说明情况大概很紧急,而且相当微妙。

也许这是老同学向自己发出的一个警报。

雷鸣站在写字台前,两臂抱胸,瞄着窗外。黧黑的脸上露出沉思。透过窗外的白色雾霭,江对面岚山黛青色的山脊若隐若现。一阵汽轮的引擎声从雾底传来。模糊的江心翻滚着漩涡。他突然意识到陆石在暗示什么,不禁眼睛亮了一下。

对啦,应集中火力突破钱诚的防线!

这时,车夫手里拿着一沓材料走了进来。他戴着鸭舌帽,穿件深色风衣,像个风尘仆仆采访归来的记者。

"坐。正好有事要商量。"雷鸣亲切地示意他坐下。

"筱红马上就过来。"车夫在藤椅落座。

"钱诚的调查怎么样了?"雷鸣问。

"材料都在这里了。"车夫把几份盖了红印的手抄件放在桌上,说,"组织处派人一起调查的,情况和上次大同小异。"

雷鸣把陆石电话里说的事对他讲了。车夫清癯的脸上露出兴奋之色。

筱红这时推门进来。她戴着细边眼镜,斯文中透着机敏。

"钱诚的外调情况,我刚才已给雷鸣讲了。"车夫告诉她。

"如果材料就那些,恐怕难以定性。"雷鸣说。

筱红想起了什么,说道:

"知情人里面,还有一个钱诚的前妻没了解过。"

"人在什么地方?"雷鸣随意地问了一句。

"听说在棱县,也许知道一些情况。"筱红道。

雷鸣想了想,问:"能不能去一趟棱县?"

"最好找机会去一趟。"筱红建议道。她眨着镜片后的眼睛,不像开玩笑地说,"不过也许到最后查清了,我们几个都没得好下场……"

"此话怎讲?"车夫诧异地瞪着她。

"我听组织部一个朋友讲,市上很关注市文联班子的事。常委会上曾经议过,暂时没做结论……"

筱红的消息很灵通。这个信息,进一步证实了陆石的话。

"文联班子的事,怎么捅到市上去了呢?"车夫感到事情有些蹊跷。

"《金蔷薇》编辑部有人联名到市委告状,闹得很凶,说文联审干是整人。还说雷鸣怀有个人目的……"筱红说到这里,打住了。

雷鸣望了她一眼,说:

"没关系,你尽管讲。"

"他们还散布谣言,说雷鸣生活作风有问题,和老婆闹得天翻地覆要离婚……大家都不信。"筱红说。

"有人会信的。"雷鸣粗声粗气地说。

"审干的事,蒋学贵不是打过包票的吗?"车夫皱着眉头,不满地问。

"听说老蒋承认是他布置调查钱诚的,宣传部也证实文联的审干工作符合组织程序。所以市上没有表态……不过总的情况对雷鸣有点不利。"筱红道出她的担心。

"我就不信正不压邪,派性会大过党性。"

车夫点燃一支烟抽起来,态度很坚定。

雷鸣望着窗外江心的漩涡,没有吭声,脸上的表情有些严峻。他意识到了,连日来发生的事和情势急转直下,都不是偶然的。眼下他和同伴们正处在一个非常的时刻。

不是鱼死,就是网破。别无选择!……

"最终调查结果怎么样,将是关键……"筱红猜出了他的心思。

2

市博物馆。造型古拙的现代青铜雕塑。

院内落叶缤纷,一派萧索。

宫殿式建筑的展厅门口。偶尔有几个观众出入。

蒋学贵从灰绿色上海轿车内下来,进门,沿着一条红漆木楼梯拾级而上。在二楼的小会议厅,司马宏已在里面等着。他今天急召他来,有重要事情密谈。

两人围坐在小会议厅角落的矮背藤沙上。厅里没有其他人。窗户虚掩着,门外的回廊空荡荡的。

"我刚参加完一个座谈会,"司马宏难得这样客气,"约你到这里来,说话比较方便点。"

他穿一件棕色皮外套,头发随意梳理着,气度从容自信。不过细看之下,他的眼角已露出明显的鱼尾纹。

蒋学贵坐在对面，掏出手帕擦了擦额头上的细汗，神色有些局促不安。

"文联现在情况怎样了？"司马宏问。

实际上他对文联的事了如指掌，白演达和钱诚隔三岔五地往他家跑。文庙街22号小院的一举一动，他都知道。

"文联的事，现在很麻烦……"

蒋学贵流露出为难情绪。他明显地消瘦了，面色疲惫，两鬓出现了几丝白发。瘦小的个子拘缩在藤沙上。

"文联现在处在关键时刻，你可要顶住喔！"司马宏看出蒋的气色不对，给他打气。

这段时间以来，蒋学贵承受着红黄两方双重的压力，显然已超过他的负荷。以他的水平和魄力，实在无力解决这么复杂的矛盾。他感到束手无策。据说一个人常在家中喝闷酒，喝醉了就笑，老伴很为他担心。

"我这个'过河卒子'无能为力了。"蒋学贵苦笑。

"你一定要想办法稳住文联的局势，"司马宏表情严肃起来，"俗话说'兵败如山倒'，没有退路！"

蒋迟疑了一下，说起白演达的问题：

"老白写杂文指桑骂槐的事很被动，秦副部长也在追问……"

司马宏斟酌了一下，安抚他道：

"这事不要怕，我知道怎么对付。"

实际上，这是司马宏最担心的事。钱诚的问题还没有了，白演达如果再被曝光，司马宏在文联苦心经营的地盘，就有全部丧失的危险……

"老白究竟发表过那些文章没有？"蒋学贵认真地问。他想当年司马宏和白演达同在报社，应该知道内情。

司马宏嘴角掠过一丝嘲讽，没好气地说：

"你怎么这样没有头脑！政治斗争讲究的是什么？是手段，谋略，而不是事实。懂吗？……"

蒋学贵的表情有点难堪。

司马宏言犹未尽，眼里射出冷峻的光盯着他，继续说道：

"要知道，政治这个东西是很残酷的。'成者为王，败者为寇'，古今如此。"

蒋学贵从荷包里掏出烟，抖抖地点燃，激动地吸了一口。青烟在他瘦削的脸颊前袅绕。

司马宏语气缓和了一点，向他交底说：

"上层的工作由我来疏通，你不用担心。你的主要任务，是稳住文联的阵脚。"

蒋学贵知道，司马宏有通天的本事。他在市上的关系网仍然管用，而且市委常委里有人为他说话。

"部里要再问到老白文章的事，怎么说？"蒋学贵请示。

司马宏很善于审时度势，寻找一切可以利用的弱点。他想了想，给蒋学贵出点子道："白演达必须死保，要不惜一切代价。没有问题最好，若有什么麻烦，责任可往宣传部上推嘛……"

"往宣传部上推？"蒋学贵以为自己耳朵听错了。

"你想想，他是部里考察过的干部，进党组也是部里同意的，当然部里应该承担责任嘛。给钱诚审干做结论的事也不要再拖了，"他举起右手比画了一下，"快刀斩乱麻！"

蒋学贵茅塞顿开，脸上表情释然。

3

冥冥之中，仿佛总有一种超自然的力量，在左右着文庙街22号的两个小院。

就在这几天，文联里院的花坛，紫色的胭脂花一片一片地枯萎了。花瓣蜷缩变黑，就像是被火熏过似的。

连庞文聪也觉得奇怪，叫办公室请来植物苑的园艺师诊治。那园艺师是位很有经验的老花工，他躬着腰在院里院外转了好一阵，最后说：

"这院子里太潮了！你看那石台上的青苔，贼凶！"

潮湿也会成害，众人都半信半疑。那株苦榛树为什么长得好好的呢？

"不会是有人撒了药吧……"只有钟翼德煞有介事地说。

钟翼德凭着自己的直觉，感到文联院子里正发生着不寻常的活动。他回走廊里叫住了雷鸣。

"小雷，你知不知道最近文联有点异常？"他问雷鸣。

"我这两天也正在想这个问题。"雷鸣似有所感。

谁也没料到，接下来的几天时间里，文联形势会出现戏剧性的变化。首先是一条爆炸性的新闻。

三天后，白演达突然提出辞职。全文联哗然。

消息最先是从编辑部传出来的。白的辞呈写给文联党组，主要理由以《金蔷薇》销量下跌为名。但字面上冠冕堂皇，声称：现在纸价上涨，竞争激烈，文学期刊普遍下滑，本人才拙智短，深感大任难担，有负众望，特请求组织批准辞去主编之职，另请高明云云……辞职信中回避了刊物下属公司的亏损问题，也未提及其他原因。

文联的两个小院里都在窃窃私语。搞不清这事的背景是什么，但看起来白演达像是胸有成竹。他每天照常穿一件华达呢蓝制服，准时到办公室上班。见到雷鸣，不冷不热地打个招呼。

不过据筱红判断，《金蔷薇》的气数已尽。

白演达看样子像是准备引退。听说钱诚也有点厌倦了……筱红听方老太说，钱诚一次曾向方表示，这种无休止的内战实在没有意思。他已经是第三次写检查了。《金蔷薇》刊物的状况，也有违初衷。他反对以降低刊物的格调来招徕读者，在编辑部里常有一种"曲高和寡"的寂寞感。不管什么原因，刊物是在他和白演达的手中大幅滑坡的！《金蔷薇》往日的辉煌似乎已难再现……

这两位文坛高手真的准备退隐江湖吗？

雷鸣也没搞懂。

"我看不会这么简单……"

钟翼德以他的睿智和清醒，提醒雷鸣不要被假象所惑。

同时有风声，党组有可能做调整。这是陆雯在电话里向雷鸣透露的。

"好久不见啦，挺挂念你的。"陆雯的声音很温存。

"噢，谢谢！"雷鸣傻乎乎地说。

每当彷徨的时候，雷鸣都觉得有一双眸子在近处关注着自己。他心头的感觉，恐怕不是"谢谢"二字所能表达的。

"你们文联的事，又成了文化界议论的焦点。是呀，听说有可能调整班子……"

"真的？我怎么没听说……"

"不过只是风闻，具体怎么调整还不清楚。"

"我知道了。"

"你可要当心喔!"

"唔。"

雷鸣手握电话,心里似乎有一种预感。

陆雯在电话中还透露,钱诚的事并未了!她有新的线索。

"什么线索?"雷鸣没有听清楚。

"现在还说不准,到时再告诉你。"

"你不要介入。"雷鸣告诫她。

话筒里传来陆雯有点执拗的声音:

"别忘了我是记者!"

4

文联办公室。蒋学贵临时召集几个头儿开会。

自从白演达提出辞呈,接着又传出班子要调的消息后,文联人心浮动,党组实际上已近于瘫痪。蒋学贵被推到进退两难的峡谷里。但他这个"过河卒子"还没有拱到底线,又不能不动。

会议的议题,是讨论文联明年的精神文明建设工作计划。

蒋学贵拿着一张纸,一边念,一边捣鼓似的点头。窗玻璃上映着他脑袋的剪影。

筱红坐在靠门的位置做记录。

庞文聪穿件灰呢大衣,伏案练着他的书法。透过门缝可望见他硕大的背影,一缕青烟从嘴际飘向脑后。在他背后的墙上,贴着两张四开的报纸,上面写满笔画肥胖的颜体字。

白演达坐在右侧的折椅上,头扭过去,目光在膝头的一张报纸上踯躅。

雷鸣穿一件立领蓝制服,斜倚在藤椅上。面部表情平静。

蒋的精神文明建设计划定得很抽象。不外乎办好《金蔷薇》刊物,把市作协成立起来,积极开展其他各协会的活动,筹备第二次文代会,完成三套集成编辑,等等。

待他把计划书念毕,没有人响应。

大家都不语。屋里的空气显得沉闷。

"昨天在宣传部碰到沈君宜,他还在催这个计划,要求赶快往上报。"蒋学贵开腔道。

"这个不好表态,听说你自己都觉得没信心。"庞文聪抬了一下头说。

"我没这样讲过。"蒋学贵辩解。

"没讲过就好。"

庞文聪仍是垂首伏案,漫不经心地练着书法。

"老白,你看喃?"蒋学贵问。

白演达不吭声,目光仍没有离开报纸。

窗外传来一声江轮的汽笛响,像低沉的牛嗥。接着,屋里又归于沉默。偶尔有茶杯盖的磕碰声。

"雷鸣,你看,是不是就这样上报?"蒋学贵侧过脸。

雷鸣也学会了打禅。两眼垂下,不语。实际上是不能答话,蒋学贵开的全是空头支票,很难兑现。所以他也采取不合作的态度。

只听见庞文聪吸烟的咝咝声,蒋学贵喝茶的呼呼声。

筱红目睹着这一场蘑菇战。

白演达一副甩摊子的架势。蒋学贵的软弱无奈。雷鸣的隔岸观火。庞文聪的心知肚明。

屋里烟气腾腾。

蒋学贵的藤椅发出一声响,他朝前探着身子,说:

"都十二点二十三分了,是不是考虑就这样报宣传部?"

白演达站了起来,喷道:

"怎么都表了态,你还紧到问嘛!一级党组织这么窝囊干啥。该做工作就做工作,办不到就说办不到!"

"那就硬起?"蒋学贵像是自言自语。

庞文聪侧过身来,把烟头揿灭,用山西腔不满地说:

"那不是硬起,是能不能兑现!空列几条目标容易,就文联的这个现状,能不能实现嘛?"

"我不是那个意思,老庞你误会了。"蒋学贵解释。

"那我就同意你的意见:报!"

庞文聪大笔一挥,他面前的报纸上,落下一个斗大的字。筱红注意到,那个字并不是"报",而是一个笔锋显露的"王"字。

"这种会,有个屁开头!"白演达扔下一句话,拂袖而去。

蒋学贵脸上红一阵白一阵的。

车夫家里。傍晚。

雷鸣和车夫坐在黑色皮沙发上,玻璃茶几上摆着花生瓜子。这是一间书房兼卧室。墙上挂着一幅遒劲的书法。

他俩已经聊了一阵了。烟缸里垒着烟蒂。

"今天的会,简直是在浪费生命!"雷鸣感慨道。

"我听筱红说,白演达阴阳怪气的。"

"白演达的气焰很高。他根本没把蒋学贵放在眼里。"

"说穿了,蒋学贵充其量是一个代理人;真正的后台是司马宏。"车夫剥着花生说。

"我不信就把他们扳不倒!"雷鸣咽不下这口气。

车夫比他老成持重。

"要知道,司马宏苦心经营这么多年,他们已成'势'。"他分析道。

"你是说,形成了一股势力?"

"对,不过含义应该更广。"车夫把花生壳扔在一个漆盘里,若有所思地说,"成了气候,态势,大势,都有此意。这就像围棋中连成一片的气,也是一种势。吃掉个把子容易,要破解这种'势'却非常之难。"

雷鸣点头,领悟了车夫解释的"势"的多种含义。

这的确是一个精辟的判断!他感到一阵震撼。

照雷鸣理解,它不只是表示力的大小,还代表一种能量。就像物理学里讲的"场",是一种物质和能量的存在,有时看不见,但又感觉得到它无处不在!

"司马宏是一个典型的文艺官僚,"车夫分析司马宏的心态说,"此官并非不学无术,而是半吊子。半罐水才能响叮当。他身居宣传口副职,长期有压抑感。市上成立文联,他权欲膨胀,有了独占地盘的机遇。他主要的一套手法是七个字:迎上,抓权,两面派。韩波是他调来的,但调来后,他又亲自操纵《金蔷薇》编辑部。送刊不让送,理抹编辑费,遥控发稿等,导致和韩波的关系出现裂痕。韩波成了他抓权的绊脚石。他实际是一直想霸占《金蔷薇》杂志和作协两个实体。杂志他终于如愿以偿,作协主席却未能当成。自然他不会善罢甘休。你因此成了第二个攻击的靶子。文联七翘八拱,根子就在这里……"

雷鸣从心里佩服车夫的分析很准。

司马宏苦心经营这么多年,网罗了很多人才。加上在宣传部长期占领要津,上下都有盘根错节的关系网。而且此人惯于以某某为准,所以上头有人为他说话。他麾下的那帮人颇有点实力,一个个都是货真价实的作家。这确是一种存在，市作协迟迟成立不起来，就因为市上也不能无视这个存在。黑格尔老先生说过一句名言，所谓存在的就是合理的，就是这个道理。

"我有时其实很无奈，就像骑上了虎背。"雷鸣说。

雷鸣是无意之中卷入这个矛盾的旋涡，身不由己。两军对垒，每时每刻都看见一副副冷面。他被人中伤，攻击；也被迫中伤攻击别人。到头来一事无成，遍体鳞伤，蹉跎了好多岁月……

《青春祭》出版后，雷鸣常常收到读者的来信。有一天，收发老李头递给他一封江西读者的来信，信是从出版社转来的，因为辗转多日的缘故，信封已经皱折磨损。信是一个单纯的中学生写的，信纸里夹了三张人民币。信中说到，他和班上的同学读了《青春祭》，非常激动。大家都等着看小说的续篇，但是书店里一直买不到。所以寄来钱，请雷鸣帮他们买一本。

这封信雷鸣很难忘。他一直没有给那中学生回信。他要等到《青春祭》续篇出版，连同钱和新书一起寄去……

那三张人民币，至今还夹在写字台的玻璃板下。

雷鸣每天注视它，常想起印度诗人泰戈尔的那句诗来：

时光都在岸边延宕了，不堪的我啊！

"我最重要的事是把《青春祭》的续篇完成！"

书名他已经想好："青春无悔"。可就是因为一脚陷进文坛是非的泥潭，迟迟未能动笔。真是青春难得无悔……雷鸣突然彻悟了！再不抽身出来，是莫大的愚蠢。

"我已做好落荒的准备。"雷鸣对车夫说。

"真正到这一步，我们也要站直了。"

车夫做人的原则,是洁身自好,不同流合污。在文艺圈物欲横流的名利旋涡里,能保持这种操守,是很难得的。

"清者自清,浊者自浊。"他说。

雷鸣从沙发上站起来,仰着头,很有兴趣地端详着墙上的书法。

这是一幅用手指蘸墨竖写的行草,字迹遒劲,写得很有风骨。

"一个朋友送的。"车夫说。看得出,他很喜欢这幅字,所以特地悬挂在中堂。正是人如其文。

雷鸣双手叉腰,默默念出声来:

车夫先生雅嘱
  夜栖莫与鸡争树
  晓浴先饶凤占池
     白居易咏鹤 乙丑季冬 樵夫指书

"这首诗很有点意味。"雷鸣说。

车夫微笑。

临窗的桌上,一小缸水仙开得很艳,黄灿灿的,给冬日的冷清平添了一股生气。车夫说,水仙是从福建带回来的,两个根蕾,居然开出了六十朵花,就春节这几天开的。

"冬天来了,春天还会远吗?"

雷鸣瞅着水仙花,想起了一句雪莱的诗。

第十章　死角

1

从车夫家出来，天已黑了。夜空上布满朗朗寒星。

雷鸣蹬着那辆28型旧永久，往白果林方向骑去。路过一个公共汽车站，看见一个中年妇女立在光秃的梧桐树下等车，手里握着一枝花瓣绽开的蜡梅，在冷风中显得很醒目。

雷鸣想了想，掉过头，骑车沿着临江路驰去。

空气中弥漫着清冷的气息。耳边隐约传来流水的喧哗。夜幕下的白衣江，像一条闪光的黑练向南直泻而去。雷鸣骑着车一口气到了枫园宿舍楼，叩响了陆石家的门。

陆石新近提拔为市府秘书长，成了实权派新贵。老兄穿一件新织的驼绒毛衣，气色不错，显得容光焕发。

雷鸣随意地在彩纹绒面沙发上坐下，脸色有点倦意。陆石冲了两杯雀巢咖啡，两人慢慢地品着味。

"听说你晋升秘书长了，还没来得及恭贺！"

"哪里，还不是大家的抬举！"陆石嘴上这么说着，掩饰不住几分得意。市府秘书长是个炙手可热的位置，竞争者众多。

"小雯说你是当官的材料，一点不错。"

"嘿嘿,我也许是运气比别人好点。"

陆石在学校时连科代表都没当过,有名的耍公子。说不定他的绰号"陆海空"沾了灵气,所以官运亨通。

那只黑黄白小三色猫,蹲在SONY组合音响旁,半眯睡眼,作怀中抱月状。

两人正聊着,三色猫蓦地跳下地板往门口跑。雷鸣的视线下意识地投向门的方向。

门打开来,露出陆妻圆的脸,头上围着围巾。大约刚从娘家回来,她的手里提着一袋新腌的腊肉,看见雷鸣,客气地招呼道:

"是小雷呀,稀客!"

雷鸣朝女主人点头施礼。

三色猫"喵喵"地围着腊肉袋转。陆妻径直走进厨房里。猫儿无趣地在电视机绒罩上蹲下。

雷鸣心有牵挂,同陆石说话有点漫不经心。

不一会儿,三色猫又竖起毛茸茸的黄耳郭。门外传来踏踏的脚步声。

门推开来,结果是一脸泥土的小石头,像是刚从战壕里爬出来的。雷鸣看见小家伙的模样,不觉笑了。黝黑的脸膛上,同时掠过一丝隐约的失望。

"小雯去棱县采访了,这个周末不会来。"陆石觉察到雷鸣的表情,说了一句,然后对着小石头打趣道:"小三花脸,还不快去洗手间擦擦干净!"

真有趣,儿子和小猫成了同类项。小石头嘟嘟嘴,从客厅消失了。接着,从厨房里传出陆妻的呵斥声:"哎呀!小祖宗,到哪里搞这么脏哟?"

雷鸣朝陆石会心地一笑。

"小雯去棱县采访什么？"雷鸣关切地问。

"她没告诉你呀？挺神秘的，我也不知道。"陆石煞有介事地说。棱县距岚山市近百公里，属于自然保护区。

雷鸣蓦然想起，筱红曾提到过棱县这个地方。

"小雯对你们文联的事可是了如指掌哟。"陆石打趣雷鸣。

"她天生就是搞新闻的料。"雷鸣笑。

陆妻端来一盘橘子待客。雷鸣点点头致谢，但未动手。

"文联这阵子正处在关键时刻。"他对陆石说。

"你们的问题成了全市典型，市委很重视，研究过几次。"陆石递给雷鸣一支高级中华烟，替他点燃。再往自己嘴里叼上一支，他吸烟的姿势很潇洒。

陆石这时透露了一个重要的信息。想不到陆雯从新闻界获悉的传闻，在这里得到证实。

"我也听说了。"雷鸣笨拙地吐出一口青烟，瓮声瓮气地问："市上打算怎么裁决喃？"

陆石看着他，郑重其事地说：

"据说文联班子已经内定。蒋学贵免职，白演达有可能上，而且兼管作协，他们那一派要求很强烈；你调整当文联秘书长，管行政……也许很快要宣布。"

陆石的消息渠道绝对是官方的。虽然市府和市委不在一个大院，但涉及各局委人事变动这种内定的事，彼此是相通的。

"妈的，想不到是这个结果！"雷鸣从嘴里迸出一句。

尽管曾经听到风声，这个消息仍然使雷鸣感到意外。

他这才恍然明白，白演达的"辞呈"是有意散布的一个烟雾。如果确是如此的话，不知蒋学贵是为谁做了替罪羊。

"我早讲过,你们太书生气了。"陆石吸着烟,平和地点拨老同学道,"他们在市上活动得很厉害,你们却傻乎乎地老在下面守株待兔!"

雷鸣洗耳恭听,无话可说。

文庙街22号。文联里院天井。

车夫同蒋学贵站在苦楝树下。

"白演达问题不清,听说还要提升,这不是怪事吗!"车夫脸色激愤地说。

"那只是传言嘛。你有什么意见,可以提。"蒋学贵解释。

2

棱县。翠屏村。

陆雯从一辆长途公共汽车上下来,拍了拍牛仔包上的尘土,来时的盘山公路有些险峻,车子颠簸得很厉害。她举目四望,发觉置身在青山丛中。满目竹林葱茏,景色宜人。此处与其他风景地不同的是,有一种几乎是纯粹的、未经雕琢的天然美。

几十步远处,有一座石桥。陆雯走到桥头,向一位面孔黝黑的老人打听小学的去处。老人指着前面的一个穿红衣的姑娘说:"她就是翠屏村小学的,跟着她去就行。"

这位红衣姑娘中等身材,背后垂着一根粗大的辫子,手里提着一袋东西,步态轻盈,正远远地在前面走着,有一点"万绿丛中一点红"的境界。陆雯跟着她,过了石桥,向左边折下去,再转到桥下,桥孔很长,像天穿一般。穿过桥孔,绕过几家茅舍,红衣姑娘径直向前走,过了一座小木桥,走进一个围墙围住的大院。陆雯在桥上左右环视，两边是青翠的山峦，桥下是静静的绿水。真是好风景。过桥，在院子门口一问，果然是翠屏小学。小学正放寒假，没有学生。陆雯向人打听一个叫汪素香的老师，有人告诉她，汪老师清晨去县城了，后天才回来。

当晚，陆雯在附近的翠屏山庄住下来。山庄本是县旅游局的一个招待所，开业时晚报曾经宣传过，对记者很优惠。

这里真静，静得出奇。这静本身也许就是一种异兆。

好像走进了地球的死角。大自然的任何声音，在这里几乎都消失了。没有风声、水声，没有虫鸣、鸟叫，也听不到汽车的引擎，城市的喧哗……真是静得万籁俱寂，仿佛耳膜都被凝固了。

晚间，在山庄的小路上散步，好像整个世界都沉睡了，周围一点声音也没有，只能听见自己的呼吸和裤腿摩擦的窸窣声。偶然，从遥远的方向传来几声零星的狗吠，才使人猛然想起周围还有人烟。

等了两天，终于见到翠屏小学的老师汪素香。她就是钱诚的前妻，四十六七岁，穿一件灰蓝色罩衫，清秀的圆脸，头发梳得很整齐。面前的这位贤淑文静的妇女，陆雯怎么也把她和精瘦古怪的钱诚联系不起来。

"我是岚山晚报的记者，想找汪老师了解一下钱诚当年在省文联的事。"陆雯出示了记者证，说明来意。

汪素香稍微有点意外，抬起眸子，看了她一眼。

"我早知道会有人来问的，天网恢恢……"她喃喃地说。

文庙街22号。
蒋学贵的办公室。
雷鸣跨进办公室的门槛时，感觉到一种紧张的气氛。这是讨论钱诚恢复党组织生活的小组会。党员基本都到齐了。房间挤得满满的，钱诚、白演达都在场。会议由蒋学贵亲自主持。

雷鸣在靠窗的空椅子坐下，态度沉着。车夫坐在雷鸣正对面，朝这边投来会心的一瞥。然后点燃一支烟，悠然地抽了起来。

蒋学贵首先传达宣传部的指示，他说：

"昨天下午，部里开部务会研究市文联审干的事，在家的副部长都参加了，两点意见：一是文联的审干是认真和必要的；二是钱诚同志的主要问题基本清楚了，如果没有新问题，在党小组会上做出检查，并对有关情况做个说明，可以恢复党组织生活……"

事实上，关于钱诚的事，宣传部和市专案组曾多次协调研究。大约另外还有人说项。最后组织部鲁副部长才点了头。

此刻，钱诚头戴铁灰色鸭舌帽，穿一件对襟中式棉罩衫。态度一反往常的傲慢清高，以一种低调口吻说：

"这次审干有同志提出问题，组织上对我的审查是应该的。我本人很感激对我的负责……"

雷鸣静静地听着他的表白。

白演达眨着惺忪的柳叶眼，毫无表情。

场内有人小声咳嗽。

翠屏小学。

在简朴的平屋宿舍里，汪素香说出了一个谜。

钱诚也是翠屏乡人，家里很穷。上大学前，他在翠屏小学当过代课老师。他们就是那时相识的。钱诚干干瘦瘦，戴副眼镜，说话老爱瑟缩着肩膀，像是怕冷似的。他是写作狂，一味地给报刊投稿，但每次都被退了回来。钱诚把退稿信封改个地址，又寄出去,一直投了十五家刊物,都被拒之门外。到第十六次投稿时,省上一位作家发现了他,稿子在《南苑》上发表出来。那位作家就是骆汉生,当时是《南苑》的主编。骆汉生后来还专程到翠屏村来看过钱诚。他长得高大魁伟,北方人,说话带河南口音。那时汪素香和钱诚已经结了婚。她喜欢钱诚的鬼才和勤奋。钱诚对骆汉生的关怀非常感激,一口一个"骆老师"。后来他考上东大中文系,大学毕业后被骆汉生要到省文联当创作员……骆汉生被绑架遇害的事发生后,钱诚回来过一次,脸色很难看。一个人在小河边转了很久。回屋里时,他拿出一张叠成对折的纸,打开来看了许久,好像心里很内疚。他只说了一句"骆老师遇害死了!我对不起他",然后号啕大哭。

"他讲没有讲,为什么骆汉生会被撕票的?"陆雯问她。

"没有……"汪素香回忆了一下说,"但是我当时有种直觉,他和骆老师的死有关系。"

文庙街22号。

蒋学贵的办公室。

钱诚继续在做检查。他用近于虔诚的口气陈述道:

"感谢组织上和同志们对我的批评帮助。自己的个人修养差,心胸狭窄,在省文联工作时得罪过一些人,想起来有点后悔。"

车夫默默地抽着烟。

雷鸣凝视着钱诚的身后。

窗外。白衣江的江水在喧哗。激流中卷着漩涡。

白演达若无其事地起身出去。

蒋学贵望了一眼他的背影。

"关于骆汉生被绑架一事……"钱诚端起桌上的茶杯,润了润嗓子，接着说："当时情况比较复杂。这次绑架究竟是什么人策划的，我的确不知道。开始我也奇怪，为什么绑架者在电话里要指名我送赎金到芳飞茶楼？后来想想，也许因为我是骆汉生老师的学生嘛。我根本不认识绑架者。不然在芳飞茶楼我肯定会认出那个'王小二'的……骆汉生是我的恩师，没有骆老师对我的提携和栽培，就没有我的今天。我对他的惨死非常痛心。事情已经过去二十年，那是一场噩梦……"

众人盯着钱诚的脸。室内寂然无声。

钱诚垂着眼睑，表情似有几分沉痛。在他的脑海里，永远拂不去那一幕：

……土产公司工地大楼，黑影幢幢，昏黄的灯光映着河坝。钱诚神色慌张，推开虚掩的门板进去。他四下张望，发现满脸泥垢的骆汉生仰躺在拐角的地上，已经断气。在骆汉生右手边不远处，扔着一个牛皮提包，皮包的底部已经摔裂。骆汉生的脸上鲜血淋漓，眼眉上有道很深的伤口，浸出铁锈色般的血迹。

钱诚受到极大的震动，只觉得那血的颜色在他的眼底渐渐褪去，变成苍白的灰色……

骆汉生的一双眼睛圆睁，瞪着漆黑的天空。

钱诚表情恐怖，双膝扑地跪在骆汉生面前，痛苦地喊道：

"骆老师，是我害了你！"

他的声音凄厉撕裂，仿佛穿透了工地的旷野。

俄顷，钱诚从噩梦里醒来。他起身拾起摔破的牛皮提包，掀开顶盖，疯狂地在皮包里翻找。但里面空空如也，只翻出两支圆珠笔和一本发皱的旧杂志。

钱诚失望地合上皮包顶盖，他在周围寻找了一圈，也没有发现什么。他闭上双眼，镇定了一下，又默默呆立了片刻。远处隐约传来哗哗的流水声。

钱诚蓦然想起什么,他再次打开皮包的顶盖。皮包里有个小夹层,层口有铜拉链。他小心拉开铜拉链,把手探进夹层摸索,终于摸出一张对折的薄纸。

他展开这张纸,借着微弱的手电筒光,辨认出上面写着一行地址,字迹歪歪斜斜的:"城北石板镇丘家村磨坊"。这正是骆汉生被关押的第一个地点!

在地址的下面,颤颤抖抖地写着——

"小钱:绑匪想杀人灭口。我与其不明不白地死,不如舍命一搏。我有一部小说稿,就放在……"

钱诚的眼前仿佛闪过一串慢镜头:

满脸泥垢的骆汉生,提着皮包从关押的屋里往外冲,嘴里高声喊着:"绑匪要杀人!"纵身从六楼跳下来。他的身躯飘然地坠落,双手慢慢挥动,挥动,然后砰的一声触地,人仰卧在血泊里。

一个黑脸矮个子走过来,咧着嘴用小刀在骆的右眼眉划了一刀,殷红的血渗出来,渐渐糊住了他的眼睛……

翠屏小学。

平屋宿舍。汪素香坐在木桌旁,陆雯坐在她的对面。

"汪老师,"陆雯抬起俊美的眸子,探询地望着她,"钱诚提起过骆汉生小说遗稿的事没有?"

陆雯曾听雷鸣说过,根据调查材料,骆汉生被绑架时随身带着一部小说手稿,就在牛皮提包里。骆汉生被撕票后这部遗稿神秘地消失了,此后下落不明。

"他没有向我提起过……"汪老师回答。

"那当时还有什么资料留下来吗？"

"……"汪老师不语。她停顿了一下，似乎下定了决心。"他只有一个箱子还在。"

她掀起门帘，走进里屋，从床底找出一个藤箱来。这口藤箱不大，已经很旧了，里面装着一些旧课本，还有一些其他物件。大约是钱诚当年代课时用的。

"我可以看看吗？"陆雯礼貌地问她。

"你看吧。"汪素香点头。

陆雯随意拿起一本旧课本，翻了翻，是六七十年代的小学语文。课本下面，放着一摞过期杂志，大多是文艺刊物。还有一些用红格稿纸写的旧稿件，纸质很差。

汪素香平静地看着她手的动作，没有任何表情。

陆雯又拿起一个旧笔记本，打开翻阅，里面也没有发现什么。她把笔记放回原处，无意间瞥见一本杂志的封面印着"南苑"的刊名。她拿起来端详了一下。想必这就是当年骆汉生主编的刊物。

她翻开扉页，偶然发现"新人新作"栏下有一篇短篇小说，标题后面的署名是"钱诚"，页码为四十四。小说的名字为"宿命"。她心想，大约这就是钱诚的处女作。

翻到第四十四页，陆雯意想不到地发现，里面夹着一张对折的薄纸。

她展开来看，上面潦草地写着几行钢笔字，原来竟是骆汉生的绝命书！她的手因为激动微微地颤抖，费了很大劲才辨认出来，上面歪歪斜斜地写着一个地址："城北石板镇丘家村磨坊"。在地址的下面，颤颤抖抖地写着：

小钱：绑匪想杀人灭口。我与其不明不白地死，不如舍命一搏。我有一部小说稿，就放在上面写的这个地方。这比我的命还重要，你要发誓，一定替我妥善保存好。

苍天在上！

骆汉生　绝笔于黑屋
九月十四日

钱诚为什么把这封绝命书夹在杂志里，陆雯百思不得其解。

也许是偶然的疏忽，也许当时他出于良心发现，把它保存下来了……骆汉生的死，钱诚不管有没有直接的责任，他永远逃脱不了良心上的谴责。

陆雯觉得，包括钱的前妻说出的谜，以及钱诚小说处女作的名字，都包含着一种宿命。也同中国人的劣根性有关联？而骆汉生的死即是最大的悲剧。

陆雯小心地将绝命书折好收起，放进随身的牛仔包里。

细心的她这时发现，在藤箱的最底层，垫着一块泛黄的硬纸板。硬纸板的下面好像还有东西。她用手指轻轻将纸板掀开，下面露出一个用细绳扎口的塑料袋。陆雯有一种预感，里面包着的一定是重要东西。

她解开细绳，打开塑料袋，从里面抽出一叠厚厚的稿纸。稿纸的纸质很粗糙，像是小学生的作业本。在发黄的纸页上，密密麻麻地用圆珠笔写着蝇头小字。在手稿首页的上方，写着"大河颂"三字，下面括号内注明"长篇小说"。陆雯定睛一看，不禁大为惊讶，作者署名为：骆汉生！

这是骆汉生的遗稿啊！

陆雯仔细地翻阅手稿，每一页都写得密密麻麻的，连纸的空白地方也写满了，有的地方还有多次改过的笔迹。可以想见，这部手稿是作者反复修改的心血结晶。她激动地把手稿收好，重新放进塑料袋里，问汪素香：

"你知道这部手稿的来历吗？"

"不知道。"

汪素香说，手稿是她偶然发现的。在骆汉生遇害两年后，钱诚的长篇小说《大河奔腾》出版。这部小说一炮打响，当时在文坛反响很热烈，给钱诚带来莫大的荣誉。他被誉为西部文坛的一颗新星，得到宣传部门的表彰，还被评为省十大杰出青年。钱诚也颇为得意，常在她面前炫耀说，自己是写小说的真命天子。汪素香起初也为丈夫的走红高兴。有一天，她在清理旧物时，无意间发现了这个小藤箱里的秘密。当她看见骆汉生遗稿那一刻，什么都明白了。一夜成名的丈夫，原来是个文坛的窃贼。他剽窃了老师视为生命的作品，踩着自己恩师的尸体，爬上了那丑陋的金字塔……

汪素香把小藤箱藏在了地窖里，钱诚四处找也没有找到。这个小藤箱在地窖里沉睡了二十年。直到上个月，她才从地窖里移出来。奇怪的是，在冥冥之中她仿佛预感到有人会寻来……

"你为什么要把骆汉生的遗稿藏起来呢？"陆雯问。

"骆老师死得太冤了……我总觉得我们……对不起他……"汪素香的眼里含着一丝哀伤，"我希望总有一天遗稿能够大白天下，让骆老师死可瞑目。"

"恕我冒昧，为什么你一直不向上面举报呢？"

汪素香有点动容，她迟疑了一下，说：

"我一直在犹豫……"

她袒露了自己心里的矛盾。钱诚是个孝子，汪素香的父亲很喜欢钱诚。汪父是一个农村干部，喜欢喝酒。钱诚每次回翠屏乡，都要给岳父带几瓶剑南春酒。后来，汪父得了老年痴呆症，安置在棱县的一家老人院里。那老人院建在风景区，条件不错，是钱诚托熟人联系的，汪母去世得早，汪素香每个星期都去老人院陪陪父亲。每逢节假日，钱诚回棱县都会去老人院探视汪父，给老人家带去小礼物，陪他聊天。汪素香和钱诚离婚之后，他还是照样去探视，就像对亲生父亲一样。

"现在呢？"陆雯似乎意识到了什么。

"今年春节，我父亲过世了。"汪素香说。

这最后的一线维系和顾忌，也随之解脱了。

陆雯明白了这个女人的心境。

"这些骆老师的遗物，我能带回去吗？"她殷切地问。

"可以。"汪素香点头。

"那谢啦！"

陆雯从牛仔包里取出那张对折的绝命书，小心地装进塑料袋，和手稿放在一起，然后用细绳把塑料袋的口扎紧。她轻轻地拍了拍塑料袋，像是呵护一件稀世的珍宝，放进牛仔包里。

陆雯谢过汪素香，随意问起钱诚家里还有人吗。汪素香说，钱有个姨妈和一个表妹住在村里的老屋。表弟是个卡车司机，有点游手好闲，是个赌鬼，钱诚常替他还赌债。

道别时，陆雯问了汪素香最后一个问题，即她同钱诚离异的原因。女主人听后，默然不语。

恐怕涉及了他人的隐私，陆雯表示歉意道：

"这样问你，有点不好意思。"

汪素香抬起头来，陆雯发现她的眼里含着怨尤。这位早已失去青春年华的妇女，欲言又止：

"骆老师死后，他像变了一个人……"

"什么意思？"陆雯不解地问。

女主人终于从嗓眼里逼出一句话来：

"他很厌恶和我同房！"

口气里带着嘲讽，怨恨和痛苦。使陆雯感到震惊。

看得出，这是一个在她心头压抑了许多年的隐秘。

也许钱诚是受骆汉生之死的刺激，不知什么缘故，他的视觉对红色变盲的同时，两腿间的那活儿再也举不起来。尽管服过很多药也不济事，从此对房事毫无兴趣。文联界曾有传言，说钱诚二十年前的离婚案，女方坚决要离开他。事情竟牵扯上了法庭，但未公开。怪不得这个人物的心态这样孤独和阴暗……

文庙街22号。

蒋学贵办公室。

钱诚的检查已接近尾声。屋里的气氛稍微有些松弛。按蒋学贵的期望，待钱诚做完检查，再有几个例行发言，就可以过关了。他最担心的是雷鸣的态度。从雷鸣走进会场的一刻起，蒋就留心着他的表情。

这时，收发老李头出现在门口。他往门内探了探头，用干涩的声音唱道：

"雷主席，有你电话！"

雷鸣起身出来。沿着走廊转到门口收发室，拿起话筒。耳畔蓦然传来陆雯激动的声音，有些震耳：

"我是陆雯呀！钱诚的问题查清楚了！"

"你现在在什么地方？"雷鸣颇感意外。

"在棱县,翠屏山庄,我在大厅挂的电话,听清楚了吗?……钱诚对骆汉生的死负有责任!对,负有责任!据他的前妻说骆汉生死后,他回过棱县一趟,情绪很反常,一个人号啕大哭……"

"号啕大哭?"雷鸣很震惊。

"对,骆汉生是他的恩师,他一辈子逃脱不了良心上的谴责!……还有,在钱诚的旧藤箱里发现了骆汉生的绝命书。还有一部骆汉生的遗稿,从来没有听说过的……电话里说不清楚。我今天下午就赶回来!你在文联等着……"

听陆雯说找到了骆汉生的遗稿,雷鸣的眼里射出狂热的光芒。一股异样的兴奋像电流一样传遍全身,心房怦怦狂跳不已。

雷鸣抬腕看表,数字恰好显示三个四:4:44,他愣了一下,想告诉陆雯时间已太晚,不要急着往回赶。但还未来得及说,陆雯"喀"地已把电话挂了。

一个模糊的不祥之念从他脑子里一闪而过。

这时车夫在背后拍了一下他的肩膀。

"蒋学贵说要你表态。"

"我就来。"雷鸣应了一声,慢慢地放下话筒。

车夫觉得他的情绪有点异样。

雷鸣小声告诉他道:"骆汉生的死因已经清楚了。"

"真的?"车夫也很惊讶。

"唔。"雷鸣低着头。

回到办公室。蒋学贵正在等候他,殷勤说道:

"都表完了态,就等你了。"

十几位党员一齐把视线投向雷鸣。如果雷鸣这时宣布骆汉生的死因已查明,骆汉生的小说遗稿落在了钱诚手里。全场定会大哗。而且完全可以推迟讨论钱诚恢复组织生活的事。但现在披露这个秘密，有可能打草惊蛇……

此时，外面又响起电话铃声。接着，收发老李头往门内探进脑袋，用干涩的声音唱道："钱主编，接电话！"

钱诚望着蒋学贵，蒋朝他点点头。钱诚起身，到外面接电话。

车夫下意识地跟着钱诚出来，到回廊一端的卫生间里方便。卫生间距门口的电话机只有几米远。他隐约听见钱诚浑浊不清的声音：

"……那女的叫啥子名字？……姓陆啊？……她拿走了啥子？"

"你马上追！……怎么办？你做主……"

车夫回到房间，见钱诚已在原位坐下。从他的脸上看不出一点异常来。但车夫刚才明显感觉到他的话音里透着一股杀气。

雷鸣坐在靠窗的椅子上，表情严肃。

就在方才钱诚落座的一刻，雷鸣看见他抬起头来，默默地注视着自己。他们的视线在空中撞击在一起。钱诚不愧是个作秀的天才。在一瞬间，雷鸣从他那双清灰色的眸子里，读到了一丝愧疚和和解。

不知是由于这目光的缘故，还是另外的原因，雷鸣在这一刹那做出了妥协的决定。他简短地表态说：

"我同意钱诚同志恢复组织生活。"

车夫诧异地望了他一眼。

雷鸣表情沉静如水。

没有人猜出他心里滚动着的惊涛骇浪。

3

棱县。翠屏村。

聂风从一辆长途公共汽车上下来。他身穿牛仔裤,肩上挎着有ESPN标志的白布包,一脸的新奇感觉。站在原地举目张望,只见四周青山环绕,树林葱茏,有点世外桃源的味道。公共汽车一摇一晃的背影消失在大路的尽头。

这里真静啊!简直静得有点出奇。

聂风的感觉和任何初次来此的人一样,好像走进了地球的死角。大自然的任何声音,在这里几乎都消失了。没有风声、水声,没有虫鸣、鸟叫,也听不到汽车的引擎,城市的喧哗……真是静得万籁俱寂,仿佛耳膜都被凝固了。

他看见几十步远处,有一座石桥。听公共汽车司机说,过了石桥再穿过桥孔,径直向前走,再过了一座小木桥,就是翠屏村小学。聂风无心欣赏自然美景,快步向石桥走去,旅游鞋踩着碎石路面吱吱作响。

正当聂风走在石桥中央的时候,突然感到大地在微微震动,继而听到一阵轰隆隆轰鸣,由远及近传来。聂风还没有回过神来,一辆铁灰色重型大卡车发疯似的迎面开来,从他身边冲了过去,险些撞上他。车后扬起的尘土随风翻卷,与周围的青山景色极不协调。

聂风有点诧异。回过头,依稀看见驾驶室里掠过一个黑脸胖汉的侧影。聂风定了定神,突然有种与死神擦肩而过的感觉。但他旋即镇静下来。

在翠屏村小学,聂风采访了汪素香。

"我是《西部阳光》的记者聂风。"在平屋宿舍，聂风恭敬地递上名片。

汪素香接过名片，瞄了一眼。

"哦，你也是记者，有什么事？"

"我想了解一下钱诚过去的一些情况。"聂风说明来意。

"嘿！"汪素香嘴角露出奇怪的笑容。

"有什么不对吗？"聂风诧异。

"有个晚报的女记者刚刚来采访过，也是问钱诚的事。就一个小时前。"

"她叫什么名字？"

"叫陆雯。"

"哦，《岚山晚报》的。"聂风暗自惋惜让同行捷足先登了。他搔搔脑门，傻笑道，"实在不好意思，我这是重复打扰你了。"

"没有关系。有什么你问吧。"汪素香很友善。

聂风提的问题，与陆雯问的大体相同。只是聂风问得更直截了当，更犀利。汪素香都如实地做了回答。聂风在笔记本上做了记录。从那些重现的往事烟云中，他仿佛看到了一个出身寒微的文学青年，在名利场的旋涡中，如何踩着提携过自己的恩师的身体登上文坛的殿堂……最后坠入万劫不复的深渊。

这是一个千里马与伯乐的恩怨情仇故事……

一个现在还在延续的"窝里斗"悲剧……

采访接近尾声时，聂风问汪素香，陆雯有什么发现没有。

"有。找到一页骆汉生老师的绝命书。"

"啊！绝命书？在什么地方发现的？"聂风两眼炯炯地问。

"就在那个旧藤箱里。"汪素香指了指屋角。

聂风走过去，蹲下身子，像探宝似的拍了拍藤箱的盖子。

"就是这个箱子？"

汪素香点点头。

"我能再看看吗？"

"你看吧，没有什么。"汪素香依然平静地说。

聂风轻轻掀开藤箱盖子。藤箱里散乱地放着一摞过期杂志、旧课本，还有一些红格稿纸写的旧稿件。东西有明显翻过的痕迹，他甚至能想象陆雯发现绝命书时的惊喜神态。而这一切就发生在一个小时之前。

他打开那本《南苑》杂志，翻到载有钱诚文章的那页，目光在"宿命"二字上停留一会儿。搁下杂志，他把藤箱里的东西里里外外重新清理了一遍。终于还是没有新的发现。但藤箱底那块有点变形的硬纸板，引起了他的注意。

"这纸板下面，原来有东西吧？"他问汪素香。

"是的，是骆汉生老师的小说遗稿。"

"啊，是骆汉生的遗稿！"聂风震惊不已。

"那遗稿现在在哪里？"他急不可待地问。因为激动，喉咙间似乎发出了异声。

"陆雯记者带回去了。"

聂风掩饰不住一丝失望。螳螂捕蝉，大有斩获。步后的黄雀，却扑了空。他自嘲地笑了笑，问女主人道：

"小说遗稿的标题是什么，汪老师看见了吗？"

"好像是……'大河颂'。"

"'大河颂'啊！"聂风若有所思道。

告辞出来，汪素香把聂风送到大院门口。聂风说起来时在石桥上撞见一辆大卡车的事，"没想到这么宁静的世外桃源，还有重型卡车哦。"

汪素香说:"那是钱诚表弟开的车,跑运输赚钱的。"

聂风眼前闪过卡车里那个胖汉的侧影,不知为什么,他心头有种不安的感觉。

聂风几乎是以急行军的速度,赶回公路的方向。当他气喘吁吁地赶到路口,最终搭上一辆过路的中巴时,暮色已经降临。

4

下班之后,文联小院里空无一人。只有雷鸣没有走,留下来等候陆雯。

他坐在办公室里,随意地翻阅着报纸。

小院里静得出奇。有几只麻雀在庭院的苦楝树梢上扑腾。

傍晚的天空透出一层发亮的孔雀蓝。不知为什么,雷鸣心中总有点沉不住气,不时抬腕看看表。他从来没有这么急着想见到陆雯。

陆雯一定也是这种心情吧。"我今天下午就赶回来!你在文联等着……"在话筒里,她的声音非常急切。

窗外。暮色苍茫。白衣江的水面上映着零星的灯影。偶尔从江心传来渡船的引擎声。

过了7点50分,陆雯还没有消息。他有点不放心,打电话问陆石。陆石回答说,也没有小雯的消息。他又拨通114,查到棱县翠屏山庄的电话号码。挂了足足一刻钟,终于接通翠屏山庄。

总台接电话的小姐说,陆雯下午已经退了房。

如果陆雯是六点乘的车,最多两个小时可以回到市里。但雷鸣一直等到晚上十点,始终不见她的人影,也没有电话打来。雷鸣很不安。

次日，在电视的早间新闻里，报道棱县昨日傍晚发生了一起特大车祸。7点30分左右，一辆载客中巴在七里店坠下山崖。屏幕上闪过从山沟里往上抬担架的镜头。据现场目击者说，出事的当时有一辆重型卡车从后面开来，并强行从右边超车，载客中巴避让不及，向左边的陡崖冲去，撞断了防护栏后，掉下二十米高的山崖。车上载有十三名旅客，两名旅客当场死亡，五名旅客受重伤。救起的旅客，已送往棱县医院抢救。一个男电视主持人语气沉重地说，事故原因，警方正在进一步调查中。

雷鸣盯着画面，脸色大变。

七里店车祸现场。昨晚聂风乘中巴路过这里时，天已擦黑。

出事的地点在一个拐弯的地方，路面狭窄，路边的一排护栏被撞倒了，护栏外是漆黑的山崖。路旁停着两辆交警的蓝白色警车，有二三十个村民模样的人在旁边围观。两个穿警服戴大檐帽的交警，正在用皮尺在柏油路面上丈量距离。

聂风叫中巴司机停车，一个箭步跳下来。

"是车祸吗？"他问一个围观者。

"一辆客车翻到山沟里去了！"那人指了指下面。

聂风朝山崖下望去，透过中巴前灯的灯光，一辆仅剩框架的中巴客车隐约映入眼帘。聂风从布袋里取出宾得牌928型相机，朝着出事客车的方向连拍了几张照片。闪光灯闪亮处，客车的轮廓清晰可见。车的中后部陷进河里，只留车头靠在岸边，车厢内一片狼藉，周围散落有衣服等物。一个目击者对聂风说，中巴车翻下山崖时，在空中翻滚了两转，撞断一丛竹林后横卧在河里。

"有点惨不忍睹！"目击者说起来，还心有余悸。

这时，一个交警卷着皮尺走过来。聂风迎上去，出示了记者证。

"我是《西部阳光》的记者聂风。"

交警看了记者证,客气地说:

"出事现场的情况,刚才棱县电视台的记者来拍过了。"

"车祸的原因是什么?"

"恶性交通事故。"交警说,据目击者提供的情况,载客中巴当时正在转弯,一辆重型卡车从后面开过来,强行从右边超车。载客中巴车避让不及,向左边的陡崖冲去,撞断了四根防护杆后,冲下山崖。中巴车身严重变形,车玻璃全部破碎了。有两个乘客当场死亡,五人伤势严重。肇事的大卡车迅速逃逸。由于事发突然,没有人看清肇事车的车牌号码。

聂风的表情严峻。

"乘客里,有没有一个叫陆雯的女记者?"他问。

"还不清楚。重伤里面有两个是女的。"

聂风问:"肇事的卡车是什么颜色的?"

"是一辆灰色重型卡车。"

聂风震惊!果然啊……

交警告诉聂风,勘测柏油路的路面,没有发现车胎刹车的痕迹。也就是说肇事车追尾时,一点也没有减速。不排除是恶意超车。受伤的乘客已被送到棱县医院急救。

"我可以下去看看现场吗?"聂风指了指客车翻下山崖的方向。

"可以。不过要注意安全哦。"交警叮嘱他。

棱县医院。雷鸣从一辆面包车里跳下来,向里面疾奔。差点把一个小护士端的药盘撞翻。

他顾不得道歉,径直冲进里面的病房。

陆雯平躺在病床上,整个头被纱布缠得严严的。鼻子上戴着透明氧气罩。那双美丽的眸子紧闭着。

陆石和陆妻守候在一旁。两个老人也在。陆母神情悲伤,不住地用手帕抹着泪。

陆石见到雷鸣,同他握握拳,一切尽在不言中。

陆石轻声告诉他,陆雯送进医院后,一直昏迷不醒。医生诊断为严重脑震荡,内颅出血。呼吸已很微弱。

"能抢救过来吗?"

"已经下了病危通知……"

雷鸣一阵锥心的痛楚。他一拳打在墙上,自责地吼道:

"都怪我!怪我!不该让她往回赶……"

这是一场罕见的恶性交通意外。客车在七里店转弯时,一辆从后面驶来的大货车追尾,客车被撞下山崖,翻在一条河里。同车十三个乘客,有两个当场死亡,五人伤势严重。司机侥幸未死,但左腿被摔断。陆雯随身的牛仔包没有找到,大约被激流冲走了……据邻床一个受轻伤的刘女士说,她和妹妹在石羊镇开小饭馆,昨天一起回家看望生病的母亲。事发时,她就坐在车厢右侧第三排。当时只觉得车尾被什么猛撞了一下,客车向崖边冲下去,就像鸟飞一样。司机没来得及刹车,汽车就骨碌骨碌地翻滚下去了。车子翻到山崖后,她被甩了出来,当场就昏了过去。现在想起来,还像是一场噩梦。

雷鸣守在陆雯床边。陆雯静静地躺着,像在沉睡。

雷鸣握着她的手,呼唤着她的名字:

"小雯,小雯……"

陆雯毫无反应。她的手也软绵绵的,没有丝毫感觉。

雷鸣不敢相信,她在翠屏山庄打给他的电话会是最后的声音。

"小雯,是我呀,我是雷鸣!"

文庙街22号。文联里院天井。
蒋学贵从房间出来,在创评部门口探了探头,问:
"雷鸣现在在什么地方?"
"已经通知他了,马上赶回来。"车夫说。
蒋学贵似乎要开会,脸上表情急切。
快到中午时,雷鸣从棱县赶回文联。车夫见他的模样,仿佛脱了形。
"陆雯出车祸了!"雷鸣只说了一句。
"伤势怎么样?"车夫关切地问。
"已经下了病危。"雷鸣摇头。
车夫已经知道陆雯去岚县调查的事。
"我真该死!不该让她介入文联的是非。"雷鸣懊悔道。
"这不是个人的感情,"车夫安慰他说,"要知道她是一个记者,她有自己的信念和追求,她去棱县,是为了寻找事情的真相。"
雷鸣眼眶潮润了。他告诉车夫:
"在车祸现场,没有找到骆汉生的遗稿……"
真相只在眼前闪现了一下,又倏然消失了。
车夫并不气馁。谈到白演达的事。车夫已决定上书市委。
雷鸣提醒他,要考虑慎重。
"我绝不是一时头脑发热。"车夫决心已定,不可动摇。
这时,筱红来告诉雷鸣:
"蒋学贵叫党组几个头儿碰碰头。"
雷鸣从棱县赶回来,就是为这个会。蒋学贵在电话里执意要他到会。

雷鸣到文联小会议室。蒋、白、庞都已到齐。摸不清蒋学贵葫芦里卖的什么药。白演达的脸色像阴沉木。

待雷鸣落座后,蒋学贵说:

"开个临时碰头会,研究一下文联审干的结论。"

庞文聪说:

"你定就是啰。"

"我看文联的干部,全体都可以通过。"蒋学贵说。

雷鸣不吭气。

"小雷,你的意见怎么样?"蒋学贵逼雷鸣表态。

"有同志有保留意见。"雷鸣说。

"那是允许的。"庞文聪说。

白演达突然把茶杯往桌子一跺,大声说道:

"有人故意制造混乱!不通过就算了。"

雷鸣没有心思同他纠缠,只反诘了一句:

"究竟谁在制造混乱?"

众人不语。

"有人去部里反映文联的情况。"白演达气急败坏地说。

雷鸣冷笑了一声,说道:

"去部里反映情况?恐怕还不是一个两个人,而是一串串地去的吧。"

前几天筱红告诉雷鸣,她听说最近编辑部的殷浩、冷若冰等带了好些人去宣传部告状。有人参加了,没有发言。还有的编辑托故未去。后来又有人传出话,要查雷鸣写的文章,云云。

白演达顿时语塞。

碰头会不欢而散。在会议室门口,蒋学贵叫住雷鸣。

"小雷,我想再和你商量一下。"

雷鸣头也没回地说:

"改天吧,我马上要去棱县医院。"

回到办公室,车夫已将给市上的"意见书"拟好,递给雷鸣看了看。

雷鸣匆匆过目,材料一共两页,是写给市文联党组书记、支部书记,并转市委宣传部和组织部的。题为"关于市文联存在问题之我见"。其中列举了文联存在的派性问题,作协成立不起来的原因,不团结的根子何在,以及有人写错误文章,至今仍在捂盖子的事实。

材料最后写道:

"作为一个普通党员,经过剧烈的斗争,我只能坦诚自己的观点如上。"落款:车夫。

雷鸣没有多说,只问了句:"怎么转交?"

"就让蒋学贵转,按组织程序。"

"不过你要有矛盾公开化的准备。"

突然电话铃响起来。拿起话筒,是许一盟挂来的。

"雷鸣吧,你知不知道陆雯出了事?"他的江浙口音很浓。

"我上午刚从医院回来。"雷鸣说。

"怎么回事?报社都传开了,大家很震惊。庄总编已经赶到棱县去了。"

"意外车祸,一直昏迷不醒。"

许一盟在电话里说,新闻界不少朋友为她惋惜。

"她是晚报最出色的一个新闻记者。"许一盟感慨道,"据说这次她去棱县,事先没有给部主任打招呼……"

"她是去找钱诚的前妻了解情况,事先我也不知道。"

"代价太大了！"许一盟在电话里叹息了一声。

雷鸣默然，心如刀割。

许知道雷鸣和陆雯关系很亲密，特地说了一句：

"愿苍天保佑好人！"

雷鸣噙着泪说：

"谢谢！"

5

七里店山崖下。中巴客车的残骸。

客车的半截侧卧在河里，车身已严重变形，只剩一个框架。车旁的河滩散落一片碎玻璃碴，还有丢失的鞋子。

聂风打着小手电筒，向车厢里窥探。车厢的一半浸着水，里面一片狼藉。座椅上沾着血迹，水面上漂着衣物和竹叶。

聂风钻进车头，细致查寻。没有发现任何有价值的东西。

聂风挽起袖子，拨开水面上的杂物，把手伸进车厢底，捞起一个牛仔包。他脸上露出惊喜。牛仔包的带子已经脱开，聂风打开包，里面只有一支圆珠笔和两件湿透的衣服。聂风难掩失望的神情。

聂风打着手电，沿着中巴客车跌落的方向，在草丛里一路寻觅。他的目光和动作里有种明确的目的性。不知为什么，在潜意识里聂风相信这遇难的客车一定留下了什么东西。

聂风折回到河边，他像条猎狗顺着下游的岸边寻找。河水缓缓流着，映出电筒的粼粼波光。在一个回水凼，聂风意外发现有一团白色的东西漂在水面上，卡在石缝里。他用手电筒照过去，那东西反射出亮光。

聂风快步跑过去，捞起来看，是一个鼓囊囊的塑料袋。

他眼睛发亮，如获至宝。

6

棱县医院。白色围墙。

一大片粉红色的樱花，在阳光下格外悦目。

雷鸣匆匆走进来。微风吹过，落英缤纷，像一片花雨。雷鸣扭头瞥了一眼，发现地上散满了一层圆形的小花瓣。他蓦然想起石磨山墓地上的爆竹屑。

病房里。庄总编和晚报的几个其他领导已经赶到，庄的表情非常沉重。陆雯的亲人也都在守候，大家的脸上罩着阴云。庄总编告诉雷鸣，棱县警方已经立案，正在追寻那辆大卡车的下落。雷鸣表情木然。

陆雯的气息弱如游丝。

雷鸣感到陆雯的手指动了一下。他俯下身去握住了她的手。

"小雯，是我，我是雷鸣。"

她的嘴唇在微微翕合。雷鸣把耳朵贴近她的唇边，只听见她断断续续地说："我一直……爱你，我很想……再去看看……石磨山……"

一滴泪珠顺着她的眼角溢出来，像一颗晶莹的珍珠。

她的呼吸渐渐微弱。

雷鸣的眼睛湿润了。他感觉到自己的生命失去了一部分。他今生最爱的人、也是最知心的人，正离他而去……他的眼前，浮现出石磨山的小路。陆雯头上插着狗尾巴花，活像个印第安酋长的女儿。

"你将来毕业后愿做什么?"陆雯问他。

"我想当军人,做巴顿将军。"

"你呢?"

"我呀,要当个名记者,伟大的无冕之王!"她咯咯地笑道,头上的一圈狗尾巴花,像顶高高耸立的银冠。

她是个真正的记者,无愧为伟大的无冕之王!

雷鸣想到和陆雯最后分手的情景。

"我该走了。"他穿上黑皮夹克,动情地望着她。

陆雯默默点头,有点依依不舍。

没想到那竟是他们的诀别……

第十一章　看守内阁

1

市委大院。喷泉的水珠四溅。

花坛里的玉兰，在不知不觉中已经悄然谢了。在绿叶翠色中，只剩几朵残花，还是那样洁白无瑕。

失去陆雯的悲痛，雷鸣很久都没有平复。今日骑车来这里，才发现春天已经匆匆离去。

市委书记分别召见市文联领导班子成员。这不同寻常的举动，意味着文联的矛盾已经"通天"。

书记楼在红楼的西侧，独立一栋的两层小楼。雷鸣在停车棚摆好自行车，疾步走进楼里。

蒋学贵、白演达等已经先谈，接着是庞文聪。在接见蒋学贵之前，梁书记还同司马宏谈了一个多小时。

雷鸣是最后一个接到通知。他有种忐忑不安的感觉。事先同车夫、钟翼德、筱红等人商量如何应对。钟翼德分析，也许车夫的反映起了一定作用。秦部长曾找车夫和文联党组蒋学贵、庞文聪、雷鸣谈过，了解文联班子不团结的情况究竟如何。车夫谈了意见。秦有三点指示，包括白演达的问题基本清楚了，但写了错误文章，应通过某种形式谈谈。

梁轩书记是岚山市的一把手，凡岚山市的重大事宜最后都由他定。这是一次非常重要的机会。大家一致意识到，这次接见关系着文联的命运。文联的是非，班子的变动，这场斗争的输赢，等等，都在此一举。据筱红介绍，梁书记办事决断有魄力，司马宏和他相当熟。

钟翼德叮嘱雷鸣说："书记不了解你，原来只是听下面人汇报，你可以把你出的书送给他看看。"

这是很关键的一次机会，可惜雷鸣未完全把握住。他不是那种很会推销自己的人，也不擅长和领导套近乎。他并非是清高，而是腼腆木讷。他的性格内向，不喜欢交际。

他的两本颇有分量的书，直到最后谈完才拿出来送给梁轩。

梁轩接过书，看了看封面，一本《远山》，一本《青春祭》，又翻过来看了看书的背面。

"你写的？"他饶有兴趣地问。

"唔。"

"哦，不错嘛。司马宏最近也出了本小说集。"梁轩把书放下说。

显然司马宏比他早一步显示了实力。书记有点先入为主。后来听筱红说，司马宏平常出的薄薄的小册子，都要在扉页题上"某某领导雅正"，在市委大院里到处送人。这叫人缘，也叫自我宣传。不过雷鸣拿出的这两本样书，至少消除了白演达们说他没有作品的诋毁。

在同雷鸣谈话之前，梁书记接见的是庞文聪。

庞文聪的谈话比较公允得体，显得不偏不倚。他掌握了书记的心理。以体谅的口气，谈到蒋学贵的无能。说班子问题现在更大了，坐不到一起。梁轩表示，这要解决。

"雷鸣怎么样？"梁轩问。

庞文聪摸不准书记的意思，说得模棱两可。

"他工作还是有干劲，就是人际关系比较紧张……"

书记思忖了一下，问：

"老蒋呢？"

"老蒋人是个好人，但太吃力了，"庞文聪不紧不慢地说，"经常费力不讨好，文联这个担子他够呛……"

梁没有问白演达的情况，想来司马宏已给他谈了不少。

雷鸣同梁书记谈话的场面其实颇为亲切。雷鸣顺着木扶手楼梯到二楼，一个秘书指引他到一个房间。

秘书先进去通报，再嘱他进去。进门，见梁轩坐在大写字台的后面，气度不凡。岚山市的最高领导，办公的空间很大。有点像老式建筑，骑墙装修着高档木板。被接见者坐在大写字台前，能感觉到座位高低的差别。那是一种严肃庄重的环境氛围，一种权威的象征。

梁轩见到雷鸣，亲切地叫他坐。书记中等个，微胖秃顶，穿一件棕色夹克衫，就是孟达那次打网球的对手。原来孟部长和梁书记很熟。可惜雷鸣从来没有想到过这条关系。梁书记很喜欢打网球，水平相当高。

雷鸣是头次同市委书记谈话，稍微有点拘谨。不过，梁对他很客气。

"你对文联的工作有什么想法？"

"我觉得，文联的工作主要是出作品，出人才。市上已同意了拨创作基金，我们正在落实创作员……"

梁书记笑道："给你们出一个题目：如何进一步繁荣我市的

文艺创作。"

"首先是班子的团结问题需要解决。"雷鸣说。

雷鸣没有提白演达和钱诚的问题,他觉得也许不是时机。

"这个市上会考虑的。"

梁轩问到岚山市的创作情况。雷鸣做了说明。

"我们准备五月份开一次中长篇小说座谈会。"

梁书记说:"好嘛。我主张要培养大手笔,要拿出在全国叫得响的拿金牌的作品!"

雷鸣从心里赞同这话。

梁轩即兴而言:"创作要努力反映改革,反映当前的生活。写改革确实比较难,因为是一场革命。比如《地委书记的秘书》,涉及地委书记,有点贬低,要是对号入座就会对作者如何如何。所以我多次说大家不要对号入座。"

雷鸣觉得梁书记对文艺相当内行。但不大明白他为何未提班子的问题,似乎书记对文联的事胸有成竹。在交谈过程中,梁轩只问到一个关键问题:

"你觉得,编辑部和市作协如果合在一起,怎么样?"

雷鸣马上意识到,陆石曾经透露的白演达有可能上,而且兼管作协的事。这件事的背景雷鸣并不清楚。原来白演达在司马宏的授意下,提了一个"三位一体"的方案给宣传部,提出把作协挂靠到《金蔷薇》编辑部,创评部也合并过来。而且据说已经说动了沈君宜副部长。这一招很高明,实质是采用"移花接木"的手段,把作协的领导权拿了过去。

所以雷鸣的回答很关键。如果他不表示异议,或是态度含糊,白演达们的目的就很可能达到。幸亏陆石的透风使他有点感觉。

"刊物和作协合在一起,有它的好处,但也有难处。"他如实地说,"我觉得等作协成立起来以后再考虑,比较合适。"

梁书记没有表态,问了问市作协成立问题。

雷鸣汇报说:

"市作协成立的事,拖了快一年了。筹备组提出过名单,曾家骅任主席,司马宏、柳国璋、钱诚和我任副主席。宣传部一直没有表态。市作协没有成立,文学院和创作员的事都不好定……"

"我看市作协成立也不是那么太难。"梁书记表态道,"内部有点矛盾,没有什么了不起的嘛!我给宣传部打个招呼,争取尽早解决。文联党组也抓紧工作,把我市的文艺工作者团结起来,夺金牌。"

谈话下来,雷鸣急忙与车夫等人商量对策。

众人明白,文联的是非胜负,将面临最后的摊牌。

2

一个月后。文联班子改组。

文庙街22号。文联两个小院的胭脂花又盛开了。紫红和杏黄两种颜色泾渭分明,争艳斗妍。

文联会议室。

《金蔷薇》编辑部和文联机关三十多号人,全部到齐,在会议室坐成两圈。宣传部领导和文联四位头儿,坐在会议室中央的长条桌四周。桌上铺着洁白的桌布。编辑部和机关全体人员,围坐在四面的白色皮沙发上。

市文联的矛盾纷争,在全市知名度很高。为表示市上的重视，由市委常委、宣传部部长关勉亲来文联宣布市委的决定。同来的还有沈君宜、秦毅两位副部长和组织处胡处长。

会议室四壁的墙上，挂着几幅岚山市知名画家的水墨条幅。

大家悄然落座，肃静中透着一种期待和紧张的气氛。

关部长在会上宣布了市委调整文联班子的决定。他坐在桌首，穿一件随意的夹克衫，态度稳健，表情严肃。

首先，他宣读了市委的决定：免去蒋学贵文联党组书记的职务，由庞文聪主持工作，雷鸣、白演达的职务不变。

文联班子调整后的顺序是：庞文聪、雷鸣、白演达。庞文聪由原来的第三跃居第一。白演达递升为第三。雷鸣的位置未动。

新班子的人数这次由偶数变成了奇数，这个变化多少带有点戏剧性。

宣布完任命后，关部长环视长条桌两边端坐的诸人。

"老蒋嘛，市上另有任用，发挥他的特长。"他微笑道，"我们希望调整后的班子团结共事，更加精干有力，也希望文联全体同志支持新班子的工作。"

接着，宣传部副部长沈君宜讲话。沈副部长戴着秀琅眼镜，西服领带，依然是温文尔雅。

"希望调整后的班子一定搞好团结。我在这里借用法国作家雨果的一句话，希望对大家有点借鉴。雨果说过，世界上最广阔的是大海，比大海更广阔的是人的胸怀！我们共产党人的胸襟应该是最宽阔的……"

在场的人都能意会到这话是有所指的。文联第一届老班子，就是因为正副书记司马宏与韩波长期不和，市上才下决心大换班的。第二届班子也是因为团结问题，搞得冤冤不解，市上才决定中途换将。

处在今天的场合，蒋学贵的心情格外复杂。

他依然穿一件普通的蓝干部服，端坐在关部长一旁，脸颊上露着一丝尴尬的微笑。

从关部长宣布的那一刻起，他就摘下了市文联一把手的乌纱，多少有点说不出的失落感。像当初的司马宏一样，他不失体面地说了一番冠冕堂皇的话，为新班子祝贺。他这个"过河卒子"上任以来碰得头破血流。文联矛盾重重，举步维艰。他明知自己最后是做了替罪羊，但又无可奈何。不过多少又有一种解脱的感觉。他的去向安排是到市教委，做副职领导。虽是降职使用，但保留正局级待遇。

到最后一刻他才猜到，庞文聪对他的下野可能起了某种催化作用。所以后来他常对人讲，他是被庞挤走的。那已是后话。

新班子成员逐一表态。

庞文聪气色颇好，酱紫色脸膛透着红光，气魄和风度十足。他坐在蒋学贵右侧，像一尊涤去尘埃重放光泽的佛像，沉默中透着一种主帅的威仪。十八个月前他被重新启用时，安排到文联屈就第三把手，心态是不平衡的。如今，这个职位对他说来已成为历史。凭他的资历和领导经验，要摆平岚山市文联，并不是太难的事。他在担任文联秘书长期间，剧协和其他几个艺术协会都搞起来了。虽然工作参差不齐，也有意见。但面子上还过得去。

蒋学贵表完态后，关部长转过脸，微笑着叫他发言。

庞文聪谦和地点头一笑，很客气说了一段颇得体的话：

"市上让我主持文联的工作，光我一人干不了什么事。俗话说，众人拾柴火焰高，希望大家齐心协力，共同把文联的工作搞好……"

雷鸣身着深色立领制服，领口紧扣着。他比以前沉着，也老练了。没有什么客套,也没表示什么勃勃雄心。只是厚道地摇摇头,表示不讲什么了。

同雷鸣相反,白演达在会上采取了一种准高姿态。

蒋学贵下台在他的意料中,过河卒子走到底线就没用了。在新的三人班子里,他的地位有明显提升,而且很有可能取代雷鸣,兼管作协。照白演达的如意算盘,最好的安排是庞文聪做书记并兼文联秘书长,他分管作协和《金蔷薇》编辑部,让雷鸣做副秘书长——不管这家伙干不干。如果能够最终把雷鸣拱走,自然更是上策。

党组成员的分工问题,关部长宣布时,明确他和雷鸣暂时不变。不过他相信这只是权宜之计。改变班子排名次序的机会,随时都可以制造。

这次班子调整,只宣布庞文聪主持文联工作,而并没有明确他是党组书记。这也留下了一个让许多人回想的空间。

白演达现在朝桌对面的胡处长殷勤地一笑,转过脸说:

"文联的工作,其实就两大坨。文学艺术界联合会嘛,一是文学,包括《金蔷薇》刊物和作协;二是艺术,包括各个艺术方面的协会。这两坨只要分管好了。文联的工作自然会见成效。关键是内部的分工必须理顺,不然又会扯皮……"

车夫冷冷地听着白演达的表态,心中洞若观火。

表面上白演达是在谈文联的工作范围,实际的潜台词是:《金蔷薇》和作协必须由一个人管,而这个人就是他白演达。

说完,白演达端起面前的花茶,惬意地呷了一口。

会场的空气有些沉闷。

沈副部长侧过头,问了一句:"还有谁发言的?"

这本是一句例行的话。谁也没料到坐在角落的冷若冰,这时突然站起来发难,当着宣传部长的面杯葛雷鸣。

"我提一点,"他穿件白色中长外套,一脸杀气,"我不赞成市上这样安排!选接班人不能选个人野心家,像雷鸣这样的人,我们信不过。"

这段话暴露了他们原来的打算,是想把雷鸣也挤出文联,因此对市上的安排表示不满。

在场的人大部分对冷的举动感到意外。尤其是部长宣布班子这种场合,场面相当尴尬。沈君宜的表情有点难堪。

雷鸣非常冷静,不动声色。

其他人都不语。

车夫挺身而出,大义凛然地反击冷若冰道:

"我反对冷若冰的说法,这纯粹是人身攻击嘛。你这不是跟文联过不去,而是跟市委过不去。"

"有意见可以提,"庞文聪这时圆场道,"但不应该当着部领导的面,用这种极端的方式嘛。"

冷若冰的气焰才有所收敛,悻悻地坐下。

"大家还有什么意见?"沈副部长环视会场问。

见无人吭声,关部长宣布道:"三位党组成员留下来,其余的散会!"

待群众退席后,关部长意味深长地对三个头儿说:

"看来你们文联也够复杂的了……希望你们三位领会市委的意图,能够同舟共济,开创新的局面。"

关于刚才的事,他对雷鸣的态度表示赞赏。

"雷鸣刚才有点大将风度。"

雷鸣温厚地一笑,没说什么。经过一年多的风雨洗刷,他变老成了。不过文联的未来会怎么样,雷鸣并没有十足的信心。或者说,他的锐气已经被磨得差不多了。

一个遍体鳞伤的将军,是很难指挥作战的。所幸的是市上还有领导支持他。最难得的是市委一把手颇为欣赏雷鸣。陆石向他透露,上次梁轩书记分别接见文联班子成员后,曾对宣传部关部长说:要开创岚山市文艺新局面,就需要雷鸣这样有作品又有创新精神的人。

下班后,雷鸣同车夫、钟翼德、筱红等人在办公室小议了一会儿。评估这次市上的决策,还有会场上出现的情况。

钟翼德主张,对白演达的问题应穷追猛打。

车夫认为,市上的态度已很明朗,白演达的事再追无益。市上的目的只要能摆平就行了。雷鸣和白演达,这次是双方打成了平手。下一步的关键应是守住作协阵地,提防白演达的第三只手。

回家时,天色已晚。雷鸣骑车沿着临江路往南区走。

白衣江的江水静静地流淌着,像缓缓移动的黑色柏油。对岸的山脚亮起了灯火。江心里的漩涡时隐时现。

雷鸣停住车,在江边伫立了片刻。心头有些纷乱。世间的事真是难测。

回到家时,已经八点过。窗户里没有灯。他掏出钥匙把门打开,屋里黑洞洞的,他打开灯,发觉祝若雅已带着倩倩走了,留下一座空宅。

炉子上烧了几样雷鸣平日爱吃的菜。

茶几上留着一张便条,上面写道:

我和倩儿走了!你用不着来找我们。
你要你的事业,你的朋友,唯独心中没有我们母女俩。

与其貌合神离,不如我们分开一段时间为好……

愿你好自为之!不要太潇洒,也不要太神气了。

字条后面没有落名,也没有日期。

雷鸣在房中呆立着,心里空荡荡的。

他忘不了同妻子共患难的日子,眼前闪过往日的镜头:

他坐在写字台前,桌上铺着稿笺。若雅立在一侧,挎着提包准备出门,又未走。

"你在外面还是应该学着有点心眼。"她用手理着丈夫的袖口。

"我用不着心眼。"他无所谓地说。

"在外对人说话圆滑些,不要那么冲。"她提高音量,开导道,"要以礼待人,先礼后兵。别人攻击你,一定要还击!"

……

枕边。她偎着丈夫,心疼地:

"我总觉得你在外面尽受气,那些人都在欺负你。"

"哪里。"

"就是。你本来就不是官场的材料。不懂那一套。"

……

雷鸣把若雅留下的字条捏在手心,像捏着一支锋利的箭镞。稍一用力,手掌里就会流出血来。他知道她的脾气,一旦决定了的事是很难改变的,不觉心中一阵酸楚。

忽然,他觉得有东西在脚下蹿动,低头看是雪儿。那小狗抬着毛茸茸的脑袋,正可怜兮兮地望着他。

他一把抱起雪儿,轻轻抚着它的脊背,眼泪禁不住夺眶而出。

3

俗话说,新官上任三把火。但庞文聪上任后,三个月都不见有大的动静。

他仍然在办公室里,稳坐藤椅,在报纸上练他的颜体。写条幅的水平已大有长进,开始有人向他求字。

雷鸣找庞文聪商量,落实召开中、长篇小说座谈会的事。这本是创评部今年的计划,赞助资金创评部已经找到,题词也经陆石的帮忙,请市长写好了。但庞文聪说等等再定。

又有编写三套集成需借人的事,向他请示,他仍然不给明确答复。

庞文聪老谋深算。他知道文联处在微妙的过渡期。似乎市上并未画句号,而是观其发展。文联诸事不论缓急,庞文聪基本上按兵不动。

众人都很纳闷。

雷鸣办事仍然受阻。

一次,庞文聪主持党组会,研究创作员的事。市上领导关心文学创作,拨了五万创作经费,要确定人员。创评部提了一个初步名单,包括梁晓志等创作有前途的青年作者。但讨论时白演达、钱诚竭力阻挠。这次研究,白演达明白地说:

"挑明了,究竟是编辑部管,还是创评部管?这个问题明确了才能办。"

"这显然应该是创评部的事,根据分工嘛。"雷鸣反驳道。

庞文聪抽着云烟,不表态。

后来,雷鸣探望住院的老秘书长郝伯臣,方知庞文聪想重新组合班子。难怪。雷鸣一点也没有看出来。庞主要考虑的是给自己正名。再说，没有正式任命，总有点临时班子的味道。他也不便大展拳脚。

大约庞文聪曾经考虑过，让白演达兼管作协。以此作为条件，取得白派的支持。

但白演达们似乎等不及了，在背后搞庞文聪。据说他们曾多次到宣传部反应，说庞文聪无力搞定文联的事。

话传到庞文聪的耳里，庞才明白这帮人的胃口很大，自语道：

"还是让雷鸣搞作协算了。"

探望郝伯臣回来，雷鸣和车夫晚上专程去沈君宜家。

沈君宜证实道："庞文聪一直对市委、对我们都是这样说，班子没有解决。他现在是临时主持，不定下来，工作都不能动。他现在还是这个态度。"

原来如此！中、长篇小说座谈会，创作员的事，也是他不同意。

"你们班子没有理顺，是有问题。关部长上次都说文联复杂。我也多次讲，班子成员的胸怀要开阔。作协的事，我看可以成立起来。"

沈部长说，准备下周征求一下唐谷城的意见，再听听曾家骅、柳国璋的意见。先可以开一些小型会，听听意见，做做工作，准备充分一些再选。人总要到齐，绝大多数。

雷鸣、车夫说绝大多数难。

"那至少大多数，"沈君宜说，"主要是主席人选，副主席估计问题不大，选得上谁就是谁，选不上的自己也没话说。主席人选可以有意引导一下。是不是可以考虑唐谷城来担任，这样可能容易搁得平些。"

过了几天，在文联的一个工作会上。沈君宜再次说："我看作协可以成立起来，不是好了不起的事。梁书记最近指示，这个问题宣传部同文联再议一议，征求一下意见，尽快定了。"

白演达插话道："也可能成立不起来。不要想得简单了。"

雷鸣诚恳地说："我个人的力量是微弱的，我相信文联党组可以把问题解决，我也相信绝大多数同志是会顾全大局的。"

沈部长征求庞文聪的意见：

"老庞，你觉得呢？"

"梁书记都发话了，我看没有问题。"庞文聪表态。

沈副部长问雷鸣："准备工作要多少时间？"

"两个月差不多。"雷鸣回答。

"那好，就这样定了。"沈副部长拍板。

4

两个月后，岚山市作代会如期举行。

会议地点在临江路金字塔宾馆。这是个涉外宾馆，建筑风格独具一格。十三层高的白色大楼拔地而起，顶层的镀金色玻璃屋顶，四面均呈三角状，从远处仰视，犹如一座巍峨的金字塔。宾馆拥有套间和标准客房两百多套，中西餐厅、大小会议室、各项娱乐设施一应俱全。是开中大型会议的理想场所。

市作代会的代表，由各个专业口和各区县根据名额协商推荐产生，总名额136人。其中文联系统、大专院校和厂矿相对实力较强，代表人数也最多。

市作代会的开幕式开得隆重而有规格。

市委书记梁轩亲自出席讲话，几家电视台作现场采访，省市各报头版发表祝词。十几家主流媒体对开幕式做了隆重报道，这些安排都富有中国特色，充分显示了党和政府对文学工作的重视。

聂风作为《西部阳光》的首席记者，应邀参加了会议。他头戴棒球帽，胸前挂着采访证，手执宾得牌928型相机，穿梭在红地毯之间，抓拍了不少与会官员和作家的特写镜头。

市作代会的会期总共两天半。

会议开得出人意料的顺利。同样出人意料的是，选举主席团成员时，雷鸣和司马宏的得票最多，而且两人竟然一票不差，都是108票。也许这是一个巧合，也许是天意。或许表明了岚山市文学界两派势均力敌的状态。不过通过正式的公开选举，雷鸣的文学实力和人品得到了绝大多数人的肯定。他理所当然地成为岚山市文学界新生力量的代表。这也是市上领导所期待的。

最后选举结果：

　　主　席　唐谷城
　　副主席　司马宏、雷　鸣、柳国璋
　　　　　　钱　诚、许一盟、白演达

有人说，这是一个皆大欢喜的结局。至少沈副部长相信这次摆平了，暗自松了口气。不过也有一个遗憾：副主席推荐名单原来是司马宏、雷鸣、柳国璋、钱诚、许一盟、曾家骅六人。投票的结果，曾家骅被选下来了！白演达以一票之差取而代之。

唱票结束，宣布结果时，坐在曾家骅背后的冷若冰欢喜若狂，高喊："我们胜利啦！胜利啦！"

旁边一位厂矿的作者不满道："发什么歇斯底里啊！"

大厅里弥漫着一种尘埃落定，胜败由人评说的氛围。

司马宏们这次选举夺得了岚山市文坛的半壁江山，他们有欢呼的理由。事后有人传出，就在主席副主席选举的头天晚上，《金蔷薇》的人在代表中散布了不少曾家骅的坏话。究竟说了些什么，又无确切的证据。

5

金字塔宾馆。二楼红叶咖啡厅。

聂风采访钱诚。

聂风先是恭维了一句。

"恭喜钱诚老师选上了作协副主席哦！"

"这不算啥子！作家嘛，最终还是靠作品取胜……"钱诚有点踌躇满志，"不过我们《金蔷薇》的8位同人，全部当选为主席团成员，这倒是众望所归。"

聊了一阵作协选举的战果，聂风把话题引向一个隐蔽的方向。

"这次文坛的盛会，见到好多老一辈的作家，真是有点高山仰止的感觉。"

"老骥伏枥嘛，"钱诚有点刻薄地笑道，"说得好听是志在千里，说得难听一点是……恋栈哟。"

聂风突然问起钱诚与骆汉生的关系。

"听说骆汉生是您的老师吧？"

"嗯，他是我搞写作的引路人。"钱诚说。

"聂记者认识骆汉生？"他反问聂风。

"我不认识。钱老师跟着骆老那时，我还在穿犳犳裤哩！"聂风说了句笑话。

钱诚也笑起来。当年他写稿时，面前这个帅哥记者，确实还是个黄口小儿。

"我们吴总和骆汉生是同学，所以我知道一些骆老的情况。"聂风解释道。

"吴洪量那个老报头呀。"钱诚颔首。

"是的。他们是金陵大学的同班学生。吴总说他是难得的乡土作家，大手笔。他的长篇小说《故土》，当年可是轰动全国啊！"

"他就是脾气不好，爱得罪人。"钱诚说。

"骆老是什么时候去世的啊？"聂风似乎随意地问。

"唔。"钱诚做回忆状，想了一下，"应该是二十年前……"

"后来做了结论吗？"

"一直没有做结论。"

"有人说他死得不明不白，死得很冤。"聂风说。

"是有这种议论……"钱诚好像发现聂风话里有埋伏，警觉起来，"聂记者为什么对这个有兴趣？"

"噢，我在写一篇纪念骆老创作生涯的专稿。想了解一些当年的情况……听说骆老是跳楼自杀的。"

聂风采访的目的原来是写骆汉生啊！钱诚没有想到。

"这么多年的事了。有必要再提起吗？"他不愿多谈。

"我只想了解一些当时的细节。"

"细节？"钱诚注视着聂风。

"对你们作家来说，细节是典型，是真实。"聂风说，"对我们记者来说，细节就是历史，就是真相。"

钱诚感到微微一震。

但是他还是说了一些当时骆汉生被绑架的细节。聂风听得很专注。

"那几个绑匪为什么那样凶狠啊?"

"大家都疯了。"钱诚哂笑。

"听说骆汉生临死前留下过一封遗书。"聂风蓦然说道。他注意观察钱诚的表情,发现钱在一刹那间有点紧张。

"是吗?"钱诚没有正面回答,"我怎么没有听说呢!"

"我想,应该不是空穴来风。听好几位文联老同志都提起过……"聂风暗示省上收到的举报信,"据说这封遗书后来不知去向,连韩波也没有见过。"

聂风的采访此时方才切入核心。

"有这样离奇的事吗?"钱诚作不信状。

"'苍天在上'!"聂风说出四个字。

钱诚脸色大变。

只有他明白,那是骆汉生遗书里的一句绝望的呼号。此刻,这每一个字都像一个重锤敲在钱诚的心上。他感到心脏在剧烈地跳动。

钱诚闭上双眼,镇定了一下情绪。

聂风看在眼里,不动声色。

"我拜读过钱诚老师的大作。"他的话锋一转。

"哦,聂记者也喜欢文学?"

钱诚从尴尬中回过神来。

"我爱读泰戈尔的诗,还有杰克·伦敦的小说。"聂风答道。

"杰克·伦敦的《白牙》写得不错。"

"钱诚老师喜欢什么风格喃?"聂风问。

钱诚不知是计,答道:

"我比较喜欢机智,诙谐的……"

"冷幽默？"聂风接过话头。

"嘿嘿。"钱诚一笑。

"我最近认真拜读了钱诚老师的作品，"聂风冷不丁说，"总觉得您的代表作《大河奔腾》，和您的其他作品的风格存在明显的差异。"

钱诚一惊。

"你是打算写硕士论文呀？"他掩饰道问。

"不，只是有兴趣而已。"聂风继续扮演钱诚的粉丝。

"钱诚老师的大部分小说，都是以城市市井生活为题材，"聂风说，"而《大河奔腾》却是写的农村，小说里描写的不少生活习性，如腊月二十三用灶糖祭灶、糊汤面条……都是中原农村的习俗。《大河奔腾》里的大河，实际是黄河的缩影……"

钱诚有点尴尬。

"听说骆汉生死前曾留下一部遗稿，钱诚老师看到过吗？"

聂风终于使出了撒手锏。

"啥子遗稿哦？"钱诚有点气急败坏，竭力狡辩，"那完全是无中生有。"

他的脸色暗淡，目露凶光。

"哦，我只是随便问问。打扰钱诚老师了。"

聂风起身告辞。

望着聂风的背影，钱诚心头像黑云翻滚，忐忑不安。他下意识地感觉到那件事似乎快要败露，后果将无法收拾。

第十二章 真相

1

傍晚。陆石家客厅。

灯下。雷鸣和陆石促膝而谈。

雷鸣仰坐在彩纹绒面沙发上。陆石戴顶黑色鸭舌帽,气色不错。两人隔着茶几,抽着烟。

雷鸣的脸色凝重,像有心事。那只三色猫蜷在椅子上,肥嘟嘟的。雷鸣看见它,想起第一次在陆石家见到陆雯的情景。她的声音是那样的亲昵俏皮,居然把小猫称作"三花脸"。如今陆雯还躺在医院的重症室里,一直没有苏醒。

"家里还好吧?"陆石问他。

"还好。若雅带着倩倩回来了。"雷鸣说。

"也难怪她赌气,那帮人太会使招了。"

"谢谢。"雷鸣感激道。

"市作代会的盛况我听说了。"陆石说,"祝贺老弟选上了副主席!"

"说实在的,这次我们是险胜。"雷鸣头脑清醒。

陆石透露道:"情况对你还是有利的。作协成立起来,文联下一步的工作就好推动了。庞文聪对市上说，审干引起的一些矛盾，那是市委布置的嘛，雷鸣与他们并没有个人的恩怨。这个说法比较公道。"

谈起文联班子的可能变动，情况很微妙。

"市上对文联班子很棘手，宣传部正在考虑。"陆石说。

陆石向他透露，曾有一段时间对雷鸣不大有利，对立派拱得太凶。书记曾想过把雷鸣调走。两条原则：一是职务不降低；二是仍然搞文化工作。后经各方面做工作，有缓和。

据陆石讲，宣传部沈、秦两位部长对雷鸣的印象也不错。

"他们说你能顾全大局，人正派，又有作品，对文联工作有自己的看法。但要提你做一把手，只要司马宏在宣传部，恐怕通不过。沈君宜也有他的难处。司马宏还参加部务会，要调白演达走，也不好办。"

"从外面调人进文联如何？"雷鸣问。

"可以。但必须能拍板，而且白演达不调走，不管谁来都不好开展工作。"

陆石透露了一句："市上曾考虑过，让沈君宜兼文联书记。"

"这是个好方案嘛。"雷鸣说。

"问题不是那么简单。还有庞文聪也一直跃跃欲试，多次往市上跑。他主要想在退休之前给自己正名。"

"其实论能力，庞文聪做文联一把手也拿得下来。"雷鸣厚道地说。

"这要看他的运气了。"

陆石说了一句似有深意的话。

司马宏家客厅。

这座曾经暗淡失色的艺术殿堂,又重新罩上了光环。司马派核心圈子的人物都到齐了。大家得意地坐在一圈暗红皮沙发上,中间围着一方形玻璃面藤茶几。上面摆着红葡萄酒和糖果糕点。

司马宏穿一件白色休闲服,脸色红润,眉宇间透着一股霸气。

"钱诚怎么没来?"司马宏问殷浩。

"他说有点事……晚一点到。"

"唔,来,大家干一杯!"

司马宏举起盛着红葡萄酒的玻璃杯,朗声说道。

白演达、殷浩和冷若冰等人,一一举起酒杯,显得得意扬扬。

"为选举大获全胜……"

"为司马部长荣登作协第一副主席宝座……"

"嗨!为大家的功劳……"

"为作协的实权……"

"……干杯!"

在大家看来,唐谷城的作协主席不过是礼仪性的。司马宏的第一副主席才握有作协班子的实权。

窗台的大玻璃缸里,几尾泡眼金鱼悠闲地在水中游着。

"这次岚山市作代会,我们显示了实力,在全市文坛上争得了自己的地位,这是很可喜不容易的事。"司马宏大口饮完红酒,笑道,"大家都辛苦了。"

"这次成功的重大意义,就在于,"白演达阴阳怪气地说,"它改变了岚山市文学界的力量对比!谁同我们过不去,谁就不会有好果子吃。"

他的话显然是指曾家骅。

司马宏似乎动了点恻隐之心,戏言道:

"曾家骅搞了这么多年的文艺研究,到头来还是一个书呆子。我们对这位谦谦君子,是不是太残酷了点?"

"这怪不得我们。"冷若冰接过话说,"俗话说商场如战场,文坛如擂台。不是朋友就是敌人。"

在座者心知肚明,把曾家骅拉下来,正是为白演达当岚山市作协副主席扫除障碍。司马宏想起什么来,又问:

"钱诚怎么还没来呢?"

"好像家里临时有点事。"白演达说。

"好,不等他了。我再敬大家一杯,"司马宏斟上满满一杯酒,笑盈盈地说,"宜将剩勇追穷寇,不可沽名学霸王。"

几位端起酒杯,一饮而尽。

殷浩凑趣道:"霸王加一点,就成了霸主。司马部长这杯张裕红葡萄就是这一点。"

众人喜笑颜开。

白演达光滑无须的脸上泛着红光说:

"不光是市作协,文联的领导权也应该牢牢抓住。"

"现在都在传,老庞扶正的可能性很大,很快要正式任命文联党组书记。"冷若冰提醒说。

司马宏搁下酒杯,不置可否。

"我欣赏老白那句话。"他微微一笑。

半个月后。就在庞文聪的任职事明朗时,岚山市文联冒出了一件怪事。

筱红发现天井花坛的壁上,爬满了大块的青苔。那墨绿色青苔一直蔓延到长廊墙基,又顺着墙基向小会议室窗户攀缘,一直贴到齐腰深。凡是被青苔粘过的植物,不论是胭脂花,还是金鱼草,都会变黑枯萎。像有一种超自然的魔力存在,又像是绿色的异形物,想吞噬一切生命。

筱红动员办公室的人,用铲子、剪刀把青苔清除掉。但过两天绿苔又长了出来。最后有人建议,从化工店里买回一瓶浓硫酸,淋在这些青苔上。半个小时后,青苔全部萎缩死亡。剩下的黑色残迹里,竟能辨出点点血色。

就在这事发生的第二天,清晨上班前。文庙街22号大门外贴出了一张小字报。

小字报共有两页纸,是用钢笔写的。内中涉及庞文聪的生活作风,多是捕风捉影的事,诸如说他带着某女在岚山温泉山庄开房间,还帮其解决老公工作安排云云。不着边际,也不需要证据。

但对庞文聪而言,却是一支从后心窝射来的冷箭。

小字报中提到的某女是市文联某艺术协会的一位秘书,事情就更蹊跷了。文联内外大哗。

在一天的例会上。白演达随意地念着当天报上登的一条消息。内容非常巧合。报载河南省一个县委副书记遭人诬陷,说他与某某乱搞男女关系。只花八分邮票的匿名信,查了大半年,弄得县委大院鸡犬不宁。最后查出来寄信的是一位副县长的老婆。

"查出来是谁写的小字报,逮捕法办。"白演达吊着沙嗓子大声说,像是在为庞文聪伸张正义。

筱红总觉得他的模样有点像做出来的。

庞文聪多次找宣传部要求澄清,表明这是有人故意诬陷,想把他拉下来。又派人向公安局报案。大约因为涉及某些规定,公安局答复不能随便侦查。至于那钢笔字的笔迹,折腾了一阵,在文联的档案里也没有发现线索。

这个插曲弄得文庙街22号小院人人自危,上下一片混乱。最后也没有结果。写小字报的人一直是个谜。但庞文聪这尊佛像无形中被抹黑了。钟翼德谑言道，小鬼把佛戏弄了！当然，也有可能戏佛的不是小鬼。

2

一个月后。传出文联班子又将调整的消息。

究竟谁来做一把手，说法不一。前景严峻。

《金蔷薇》编辑部的情绪表现得亢奋。文庙街外院的杏黄色胭脂花，又扬起一片朝天齐鸣的小军号。创评部的人很担心司马宏卷土重来。这种担心其实连坐镇文联的庞文聪也有。

市府大院。鲜花环绕的市长小楼。

雷鸣去陆石办公室小坐。想打听点消息。

陆石升任市府秘书长后，办公室比原来的大了，也更忙碌和阔绰了。他穿一件棕黄皮夹克，一边和雷鸣摆谈，一边应酬着来找他签字的人。桌子上摆着两部电话机。

陆石向雷鸣透露说：

"本来宣传部已经定了庞文聪做文联书记，但还没有报常委讨论，就出了小字报的事，搞得满城风雨的。"

雷鸣坐在皮靠椅上，抽着陆石款待的中华名烟。其实他抽什么牌子的香烟都是一个味，完全是业余水平。那烟据陆石说也是别人送的。

"那小字报一直没查出来是谁写的。据分析，文联内部的人可能性比较大……"雷鸣吸了一口烟说。

小字报涉及的有些内容只可能内部的人知道。

"你们文联的怪事就是多，宣传部也觉得难办。"陆石拿起桌上的一部红色电话,哼哈了两句,大约是向下面某局办交代什么事。

"干脆把庙拆了,小鬼们就解放了。"雷鸣谑言道。

这句玩笑话中也许包含着真理。陆石放下电话,笑起来,以一种旷达的语气说:

"很多矛盾,从根本上说是体制造成的,把国家机关衙门那一套加到群众团体上,本身就是个历史的误会……"

"司马宏有没有可能回文联当书记?"

雷鸣谈出心中的疑虑。

"他倒是很想,最近常去书记那里活动。"陆石自己点燃一支中华。

"都很担心司马宏杀个回马枪……"雷鸣说。

"不光你们,庞文聪也存着戒心,"陆石吸了一口烟,吐出一条青龙说,"不过已经到二线的干部,再回一线比较难。司马宏可以赌一下的是,他还不到退休年龄,选上市作协副主席也多了点本钱。"

"妈的,完全是那帮人抬轿子把他抬上去的。"雷鸣余愤未了。

"听说省上也有反应。"陆石莞尔一笑,"如果自己上不了,司马宏也可能推荐白演达做一把手。"

东方大学。专家楼小院。

庞文聪陪着关勉部长专程来拜会唐谷城教授。

唐谷城在书斋里会见了他俩。教授刚从国外讲学回来,坐在木转椅上,精神矍铄,脸色红润。

庞文聪让关部长上坐,然后热情地说明来意。

"关部长今天是专程来看望唐老的。"

"哦，谢谢！"唐谷城目光里含着笑意。

关勉穿一件浅色夹克衫，态度随和。他对唐谷城很敬重，寒暄之后，亲切地征求对文联工作的意见。

"文联有宣传部和党组领导，庞主席干得很好，我没有做多少工作。"教授谦虚道。

他身后的桌子上，一个墨绿色玉雕小狮子镇纸，憨态可掬。

"哪里，您是文联主席哟。您的意见部里很重视。"关勉笑道。

庞文聪有意把话题引到市作代会上，说：

"这次市作协选举，唐老在国外讲学未能出席，曾老师参加了。"

"我知道。会上很热闹啊！"唐谷城银髯飘拂。

庞文聪报告了选举结果。

"我做主席其实不合适哦……"唐谷城坦诚地说。

"这是从大局考虑，众望所归嘛！"关勉笑道。

庞文聪大概地介绍了一下选举的情况。

教授未做评论，但含蓄地表示了一点遗憾。

"会上的情况我听说了。"唐谷城的口气温和，但显然有看法，"曾家骅是全省有影响的评论家，人品也很好。在东大校内民意选举校委会委员，曾家骅得票是最高的，比一些校领导还高。但这次市作协被选下来了，我觉得有点不正常哦……"

"我也听到一些意见，主要说有人拉选票很厉害。"庞文聪笑着说。

"又不是选美国总统，那么扎劲！"唐谷城说了句幽默话。

关勉也笑了。

唐教授态度诚恳而又率直地说：

"关部长你们是掌握方向的。文联、作协都是群众团体嘛，最重要的是团结，要宽松和睦，容得下人，不能自伙子整自伙子。"

他话中的意思在座的人都明白。

关部长点头："唐老这个意见很好。"

关和庞坐了约一小时，告辞出来。唐谷城一直送到楼下。

这次登门拜访，得分最高者为庞文聪。德高望重的唐谷城是岚山市的文坛泰斗，聪明的庞文聪希望通过唐谷城的口，透出对司马宏的微词，使司马宏来不了文联。

他的目的似乎达到了。

相对平静的一个月过去了。文庙街22号小院里一切照常运行。许多人以为这个秋后没事了，来年再续擂台缤纷五彩梦。

实际上，这段时间市委在思索文联的症结。几经踌躇，未下最后决心。

西郊火车站候车厅。许一盟戴顶鸭舌帽，挎着旅行袋，回江浙老家探亲。雷鸣为他送行。

这位重情而又仗义的文友，进站前向雷鸣提供了一个最新信息。

昨天晚上，许一盟到关部长家小坐。关部长的爱人也是江浙人，同许很熟。

"情况比较复杂。"许一盟告诉雷鸣。

许对关部长说："文联的问题恐怕你要和稀泥哟。"

关说："我一直都在和稀泥，但是看来不行。他们那边有八个作协主席团委员，一个个都是响当当的。"

许一盟对雷鸣说，他从和关的谈话中感觉到文联班子可能要动。

"老弟要有思想准备。"他同雷鸣握手,关照道。

过了几天。雷鸣在办公室里,突然接到陆石打来的电话。

"雷鸣呀,你们那里很快有动作。"陆石沉稳的男中音。

雷鸣听出话中的意思,握紧话筒问:

"怎么个动作法?"

"有可能白演达上。"

"哦!"雷鸣很吃惊。

恐怕庞文聪也没想到螳螂捕蝉,黄雀在后。白演达只要脱掉乱谈杂文的干系,无论年龄、背景仍然具有很大的优势和竞争力。庞文聪已经五十八岁,尽管是帅才,但夕阳虽好,已近黄昏。他们造了很多舆论,好像书记们意见也不一致。

"还有,"陆石停顿了一下,在电话里透露说,"可能要调整你的工作。"

"是吗?"雷鸣心里一沉。

部里考虑如果雷鸣继续留在文联,恐怕工作难以开展,那帮人会继续制造障碍,攻击他的。所以雷鸣还是要用,准备另外做安排。

雷鸣搁下话筒,心中做好走麦城的准备。

3

陆石透露的消息,绝对是可靠的内情。

但谁也没料到的是,在白演达当文联一把手就要变成事实时,发生了一件事,改变了事态的走向。

事情的端倪首先呈现在《西部阳光》杂志上。每一期的《西部阳光》都有热门文章，或者叫作看点。在最新出版的第十期《西部阳光》杂志上，载出了一篇纪念骆汉生的重磅文章，题为："文坛奇案：骆汉生失踪20年的遗稿重见天日！"

在这期杂志的封面上，配了一幅骆汉生的黑白照片，以及遗稿首页的影印件。照片里的骆汉生面孔清癯，留着学生头，戴副圆框眼镜，宽阔的嘴唇紧闭着，眸子里透出睿智的神采。一个单纯执着、桀骜不驯的知识分子形象。遗稿首页的影印件，在发黄的页面上，骆汉生的署名和"大河颂"三字清晰可见。

文章的副标题是："用生命谱写的颂歌，一代巨匠的世纪绝唱"。

翻开杂志的第一页，文章内容如下："本刊记者聂风独家报道：文坛巨擘骆汉生失踪二十年的遗稿《大河颂》，最近奇迹般的重见天日。这部长篇小说遗稿，是作家用蝇头小字写在毛边稿笺上的，总共十六章，三十万字。小说结构宏大，气势磅礴，描写了几代中原农民在母亲河黄河的哺育下生生不息的故事……"

聂风在文章里披露了骆汉生遗稿《大河颂》的主要内容和部分章节，不过没有透露遗稿发现的经过，只是暗示道"这部遗稿的重见天日，或许表明一桩惊天的案中案即将揭开帷幕"。在文章结尾处，特地附了一句："为了骆汉生的遗稿重见天日，《岚山晚报》记者陆雯千里探寻，遭遇离奇车祸，至今命悬一线……"

《西部阳光》的这篇特稿如同一颗原子弹，在省城和岚山市文学界引起了轩然大波。杂志在各大报摊上架后，一天之内就售罄。圈内的读者都能看出来，钱诚享誉文坛的代表作《大河奔腾》原来是《大河颂》的翻版。不仅内容相同，章节一样，连小说的名字都雷同……这是当代文坛上罕见的一桩剽窃案。而且悲剧就在于，剽窃者竟然是被剽窃者的得意门生！

雷鸣桌上摆着第十期《西部阳光》。聂风的独家报道令他震撼。雷鸣不知道聂风是怎么找到骆汉生的遗稿的，但他心怀着一种感激之情。陆雯探寻真相，扬善惩恶的心愿终于实现了。他感到一丝慰藉。

车夫、筱红和钟翼德都看到了报道，大家的情绪高扬。

"钱诚已经有两天没有来上班了。"筱红说。

"恐怕是做贼心虚了……"车夫调侃道。

"出来混，总是要还的啊！"钟翼德说。

两天之后，雷鸣突然接到聂风打来的电话。聂记者告诉他，从棱县公安局的朋友处得知，陆雯被撞下山崖的凶手查到了！

"是谁？"

"那辆肇事卡车的司机已经抓捕归案，名叫郝元恭，是钱诚的表弟。整个事件的幕后人是钱诚。"

"原来是钱诚！"雷鸣感到一阵心悸。

聂风说，据郝元恭交代，出事当天下午六点，他驾驶重型卡车停在棱县汽车总站旁守候。陆雯搭乘的是棱县到岚山市的最后一班车，傍晚七点从棱县发车。郝元恭开着重型卡车在后面悄悄尾随。一路上是盘山公路，到七里店转弯处时，重型卡车从中巴右后面猛地撞过去。中巴突然失去平衡，向左边冲下山崖。郝元恭开着肇事车逃逸，连夜开到省城。事成之后，钱诚给了郝元恭十万元酬金，叫他出外避避风。郝元恭开着卡车逃到贵州一个小城，但他赌性不改，没有多久就把钱输光了。后又潜回省城，想再找钱诚要钱。结果被警方一举抓捕。

聂风曾向警方提供线索，出事当天下午五点左右，一辆铁灰色重型卡车从翠屏村开出来，开过石桥。车上司机的模样很像钱诚表弟。汪素香证明，钱诚表弟当天下午曾向她打听过陆雯来采访的事。警方根据这些线索，最后追查到郝元恭。

郝元恭被捕后，还意外地交代了另一桩警方多年未破的案子——这就是二十年前骆汉生被绑架撕票的悬案。郝元恭主动交代的目的，是想"立功赎罪"。他坦白了绑架骆汉生的整个过程，并供出了同伙。

骆汉生绑架撕票案的真相终于大白于天下——

钱诚的表弟郝元恭当年二十三岁，游手好闲，在社会上鬼混。有一天，郝来到钱诚宿舍，想找他借钱，说和几个哥们儿在娱乐厅赌钱，输得精光。钱诚数落了他一阵，给了他两百元，并说"这是最后一次"。

郝元恭无意间看见钱诚在翻阅一本厚书，凑过头来，好奇地问："是《笑傲江湖》吧？""不是。"钱诚翻过封面。

"啊，是故什么……土？"

"《故土》，骆老师的代表作。"

"哪个骆老师呀？"

"骆汉生，全国知名作家。说了你也不知道。"

郝元恭眼珠一转："稿费有好多喃？"

"两万元。"钱诚随口说道。

"两万啊！"郝元恭惊得目瞪口呆。片刻，他如梦初醒，说了句："哪天我得会会这位骆老师……"

钱诚似乎意识到什么，警告了他一句："你娃子不要打骆汉生的主意哈！"

郝元恭嬉皮笑脸道："嘿嘿，我说着玩的。"

两个月后，郝元恭纠集两个哥们儿，都是街上的小混混。一个叫郭森，二十一岁，长得精瘦，鬼点子多；另一个叫吕强龙，二十二岁,是个面包车司机,有点憨胆大,什么都听郝元恭的。

"哥们儿想不想发点财?"郝元恭问。

"当然想呀!"郭森和吕强龙异口同声道。

郝元恭说了骆汉生有钱的事。大家很眼红。郭森出点子说:"绑架他最好。"

于是三人密谋、踩点,摸清了骆汉生的出行规律。半个月后的一个傍晚,骆汉生和每天一样,手里拎着牛皮提包,从文联下班步行回家。吕强龙开着面包车跟在后面。行进到人少之处时,面包车突然停在骆汉生身旁。郝元恭和郭森打开车门跳下来。

郭森对骆汉生说:"骆老师,有个朋友想见你。"

骆汉生见是两个不认识的小年轻,有点纳闷。正迟疑间,被郝元恭和郭森连拉带扯地拽上了车。郭森掏出事先准备的特殊手帕,捂住骆汉生的嘴。骆汉生顿时昏迷过去。半夜里,骆汉生醒来,发现自己被捆在一个黑屋子里,才意识到自己被绑架了。那个牛皮提包甩在脚下,盖子好像被开过,所幸里面的手稿还在。不一会儿,进来三个人。其中两个就是把他拽上车的家伙,一个是黑脸胖子,一个是精瘦的小个子。另外一个人戴顶帽子,看上去要温和些。

"这里是城北石板镇丘家村磨坊,很安全。"黑脸胖子俯身对他说,"你放心,我们不会伤害你的。"

"我们知道你是大作家,有的是钱。只要肯破点财,保证你平安无事。"小个子诱导他。

"你们这是绑架!"骆汉生怒斥道,"不会有好下场的。"

"嘿嘿,现在你应该考虑的,是你自己的下场。"郝元恭说,"其实很简单,你写个字条,叫家里拿两万来。拿到钱,我们就放你回去。"

骆汉生脾气耿直,拒不答应。三个混混轮流折磨骆汉生。到第二天凌晨,精疲力竭的骆汉生被迫写了字条:"小波,见条交两万元给来人。汉生"

当天早晨,郝元恭揣着纸条,敲开了骆汉生家的门。不巧韩波到文联机关找方铭去了。开门的是老保姆。郝元恭见拿不到钱,又怕露了马脚,慌忙地溜下楼。在宿舍院子里,撞到了钱诚正和区小华说话。他躲避不及,被钱诚发现。钱诚对区小华说:"等一下。"然后走过来,低声问郝元恭:"你来干什么?"

"不干什么。路过……这里。"郝元恭支吾。

"路过?"钱诚不信,审视着郝元恭,"绑架是不是你们干的?"

"不是。"郝元恭目光闪烁。

"不是?"钱诚死死地盯着他。

在十步开外的区小华,看到了和钱诚说话的是一个黑胖娃,但没有听清谈话内容。下午才听说,有个年轻的黑脸绑架者上午到骆汉生家索要赎金。她吓了一跳,晚上她无意间和同宿舍的女伴说了这事,后来又急忙否认了。

"我还有急事,先走了。"郝元恭打算开溜。

"你是缺钱缺疯啦!"钱诚小声呵斥,"我告诉你,不管你们想要多少钱,绝不能伤害骆老师的性命……"

郝元恭神色慌张地走了。当天晚上,他们就把骆汉生转移到了土产公司工地大楼。郝元恭曾在这里做过临时工,后来这栋建筑成了烂尾楼。

经过了一天的盘算和筹划。两天后,上午十点由郭森给骆汉生家打电话,提出要家属把两万元现金装进一个牛皮纸信封并封口,信封上写"王二小收",于当天下午两点整准时送到芳飞路25号芳飞茶楼,交给秦掌柜。并指定要骆汉生的学生钱诚送赎金。必须准时,不准报警。否则骆汉生的性命难保。

于是,那天在芳飞茶楼演出了一出赎金"不翼而飞"的悬疑剧。这都是郭森那家伙想的鬼点子,他就是那个"王二小"。

两万元到手后,三人立即瓜分了。郝元恭分了七千元,郭森和吕强龙各分了六千五百元。在土产公司工地大楼关押点,三人在商量究竟放不放骆汉生时,意见发生严重分歧,争执起来。

吕强龙主张放人:"赎金已经到手了,人就放了吧。"

郭森反对说:"那老家伙认得我们每一个人,要是放了他,我们都得完蛋!"

郝元恭犹豫不决,也许他想到了钱诚给他那句警告。

"我们拿着钱跑吧?"他说。

"哪有那么容易跑的。干脆一不做二不休,撕票算啦!"

正在这时,屋里发出磕碰的声音。关在里面的骆汉生听到了他们的话,大声喊道:"绑匪要杀人!"纵身从六楼跳下。他的身躯飘然地坠落,双手慢慢挥动,挥动,然后砰的一声触地,人仰卧在血泊里。

三人急忙追下底楼。郭森走过来,咧着嘴用小刀在骆的右眼眉划了一刀,殷红的血渗出来,渐渐糊住了他的眼睛……

当天晚上,郭森打电话给骆汉生家里。只匆匆说了一句话:"人关在城北石板镇丘家村磨坊,你们去领人吧!"说完电话就挂断了。

警方立即赶到石板镇丘家村磨坊救人,韩波、钱诚和文联领导也一起前往。出人意料的是,赶到丘家村磨坊,现场一片狼藉,找遍所有角落,都没有找到骆汉生。随警方一同前往的钱诚,觉得事有蹊跷。他暗自琢磨骆汉生可能的下落。后来蓦然想起,有次郝元恭对他说土产公司大楼停工了。那个工地就在石板镇，离丘家村只有几里地。钱诚没有吱声，当晚悄悄一个人赶到那个工地。

土产公司工地大楼，黑影憧憧。昏黄的灯光映着河坝。钱诚神色慌张，推开虚掩的门板进去。他打着手电四下寻找，发现满脸泥垢的骆汉生仰躺在拐角处地上，已经断气。在骆汉生右手边不远处，扔着一个牛皮提包，皮包的底部已经摔裂。骆汉生的脸上鲜血淋漓，眼眉上有道很深的伤口，浸出铁锈色般的血迹。

钱诚受到极大的震动，只觉得那血的颜色在他的眼底渐渐褪去，变成苍白的灰色……

骆汉生的一双眼睛圆睁，瞪着漆黑的天空。

钱诚表情恐怖，双膝噗地跪在骆汉生面前，痛苦地喊道：

"骆老师，是我害了你！"

……他从牛皮提包里找到骆汉生的遗书，展开来。借着微弱的灯光，辨认出上面写着一行地址，字迹歪歪斜斜："城北石板镇丘家村磨坊"。这正是骆汉生被关押的第一个地点！

在地址的下面，写着——

小钱：绑匪想杀人灭口。我与其不明不白地死，不如舍命一搏。我有一部小说稿，就放在上面写的这个地方。这比我的命还重要，你要发誓，一定替我妥善保存好。

苍天在上！

骆汉生　绝笔于黑屋
九月十四日

钱诚重新返回丘家村磨坊，在一堆米糠里刨出一个报纸包裹着的东西。打开看，里面是一叠厚厚的稿纸。纸页上，密密麻麻地用圆珠笔写着蝇头小字。在手稿首页的上方，写着"大河颂"三字，下面括号内注明"长篇小说"。作者署名：骆汉生。这就是骆汉生的遗稿啊！

钱诚的眼睛射出狂热的光芒，犹如发现了稀世珍宝。

此后不知出于什么原因，是庇护表弟郝元恭？或是怕被绑架案牵连？抑或是觊觎骆汉生的遗世巨著？他隐瞒了这一切。

两年后，以钱诚署名的长篇小说《大河奔腾》，由省外一家出版社推出，引起轰动。钱诚一炮走红，成了著名小说家。在文艺界声誉日隆，春风得意。

只有韩波一直心存疑窦，但苦于没有证据。

骆汉生绑架案一直未破。成了她终生的遗憾……

可是天网恢恢，疏而不漏。作恶者终于没有好下场。警方根据郝元恭的揭发，在贵州抓到了郭森，他因为几起诈骗案正被贵州警方通缉中。吕强龙分了钱后逃到广东，二十年后成了一家建筑公司的老板。当刑警出现在他面前时，他顿时就吓白了脸。

接下来，钱诚的结局，令很多人震惊。

4

逮捕钱诚是在聂风打电话的第二天。

岚山公安局和棱县警方联合实施逮捕。凌晨四点左右，五个便衣刑警撞开了钱诚的住宅门，发现钱诚已经上吊自尽。绳子就系在过道上方的横梁上，地上倒着一个木凳。

刑警在写字台上找到了钱诚的遗书。

上面只写着一个字：恨！

那意思是悔恨，遗恨，还是仇恨……已没人知道。

5

文联调班子的决定，是两周后宣布的。

关、沈、秦三位部长和组织处处长到文联。会开得异常严肃而决断。未容老班子人马表态及某些人可能的发难，即宣布散会。

关部长代表市委，宣布了调整岚山市文联班子的决定：免去庞文聪、白演达两人党组成员职务，文联党组大换班。由市委宣传部副部长沈君宜兼任文联党组书记，雷鸣为党组副书记，文化局一位副局长调来文联做党组成员、文联副主席。大家意识到市委对雷鸣的器重。提升雷鸣做党组副书记，就是让他挑起繁荣全市文艺工作的重担。在岚山这场惊心动魄的文坛世纪大战中，雷鸣获得了最后胜利。

庞文聪调市政协任参事。白演达就地免职，未做安排。司马宏纵横捭阖，机关算尽，但到头来他的如意算盘还是功亏一篑，没有实现。

文联反响很大。包括庞文聪对自己的安排也有点不甘。

关部长在会上说："文联的是非，上面的意见也不一样，让新班子去解决吧！"

头两日白演达和殷浩、冷若冰等人在博物馆密谋了两天，被筱红偶然发现。车夫立即向沈君宜做了汇报。

沈说："他们完全可能这样。"

原来白演达们事先听到了风声，准备弄十几个人发难，集体要求白演达回党组。

沈部长一笑说："这咋可能呢！这是市委常委决定的嘛，岂不荒谬。"并关照车夫，"让他们闹嘛，你们听招呼。有意见可以通过其他渠道反映。"

听说班子宣布后白演达们的确想闹，但终于大势已去，没有结果。

有人说，岚山市文联的这场窝里斗最大的赢家是韩波。她在临死前交代了让雷鸣接班，结果这匹黑马抗衡住了对立派独霸文坛的野心，使得司马宏坐卧不宁，始终也未当上市作协主席。

也许韩波是无意识这样做的。可谓人算不如天算。

尾 声

石磨山。韩波的墓碑前。

雷鸣在韩波墓前,放下一束白菊。心中一片肃穆和宁静。他穿着黑皮夹克,牛仔裤,眉宇间透着蹚过沧海的老成。

陆石与他同来,穿件深色西便服。

这两年多的窝里斗如同一场噩梦。雷鸣此刻有一种解脱感,他终于卸下了扛在肩上这么久的十字架!同时他感觉到,也解脱了对一个死者的承诺。如果韩波弥留之际不向他透露人事安排,不托付他寻找骆汉生的遗稿,也许事情的演变不会完全这样。受人之托,忠人之事。一个前辈的遗言,竟然束缚了他这样长久!

他终于可以告慰韩波的在天之灵了。下一步文联还有许多事需要做,他有信心把岚山市的文艺工作做好。

神态洒脱的陆石拍拍他的肩头。

两人离去。一只蓝尾雀从草丛里飞起,在头上盘旋。他俩惊奇地发现,墓地后面,现出一片蓝色的花地,一直延续到山麓,全是盛开的勿忘我。

雷鸣的眼睛闪着泪光。

他的耳畔升起一个声音,像是从遥远的地方传来:

"我爱群山!我爱群山!我爱……"

雷鸣想到一处地方应该去看看。不知为什么，心里总有一个未解的心结。那地方，无论如何也要去看看。

摩天崖。秋色斑驳。

雷鸣来到上次和陆雯伫立的山梁。

向下俯视，他的脸上浮现出神往之色。只见苍松翠柏簇拥着漫山的红叶，红得像燃烧的火。整整一座山岗被枫林点染成大块炽烈的红色，间杂着的耀眼的金黄，色彩极富动感，像凡·高的大手笔。

他心灵上感应到了一种大自然的神秘和宁静。那浓艳的秋色，偶尔的几声鸟啼，以及从山谷吹来的微风，都使他觉得回复到了中国人很久以前所向往的天人合一的意境。

陆雯好像就在身旁。他甚至可听到她的呼吸声。

"真像日本画家东山魁夷的风景画杰作！"她赞道。

"不，更像中国岭南派大师关山月笔下的国画巨幅。"雷鸣喃喃地说。

"我爱群山！"陆雯陶醉地冲着远方喊道。

"我也爱！"雷鸣仰着脖子，大声地喊。

山谷里回荡着悠远的回音：

"我爱群山！我爱群山！我爱群山！……"

"我也爱！我也爱！我也爱！……"

雷鸣转过脸，陆雯的身影蓦然消失。只有轻风吹拂着几支狗尾巴草。

雷鸣怅然若失。有种"青山依旧在，几度夕阳红"之感。

侧面立着形似牌坊的石门。雷鸣凝视。

门楣上神兽辟邪，长尾曳地，四腿蹲踞，作昂首吐舌状。

绕过石门。雷鸣走到一处峭壁下，向上仰视。顿时他惊奇地站住了，两眼闪闪发亮。

在那堵斑驳嶙峋的赭红色花岗岩峭壁上，现出了一条栩栩如生的石龙！身姿盘曲，头上尾下，作凌空腾飞状。石龙全长约莫七十余米，身径约四米多。那蛟龙像是从岩层里剥离出来的一样，鳞甲披露，张牙探爪，两眼眈视，仿佛震壁欲出，令人惊叹不已。龙的头角上可以站立近百人，衬着透迤起伏的赭红色山岩背景，显得格外壮观和气势磅礴。

身后的游人发出声声赞叹。

没想到，老汉的梦果真在这花岗岩的悬壁上实现了。

雷鸣顿时大彻大悟。

这龙雕并未署名，人们不知道那老石匠的名字，甚至不知道有这个人。老者已飘然而去，留下一壁永垂的艺术杰作！一个普通的劳动者，他也是在从事伟大的创作，执着的追求。这个石匠不知看到多少民间的美，才创作出这座不朽的作品。不管人世间闹闹嚷嚷，我就每天日出而作。两年潜心忘我地雕琢，最后终于完成了传世之作！那堵巨大的花岗岩峭壁，就是他留下的无字的丰碑。而自己，这两年的光阴完全荒废了。悲壮的窝里斗！看看文坛的喧哗热闹，名利场上的是非荣辱，不过都是过眼云烟，转眼即逝，连一片龙鳞、一根龙须也没有……

他记起老人的那句偈语："忍者无生，方得无我；人不负天，天不欺人。"

想想并不深奥。实为叫人超越世间名利场的喧嚣，也有天道酬勤之意。只有淡泊，静远，超脱于世俗名利的纠葛，最终才可能成大器。

他明白了，那个白色的旋涡，实际是可以超越的。越是世事纷繁,不可自拔,就越觉得可以超越。逝者如斯,不堪的我啊!

雷鸣回身下坡。朝来路走去。这里成了一个新的旅游景点。游人如织。

在一处凉亭前,有卖旅游纪念品的。雷鸣转身,意外发现陆雯站在不远处,她穿着白色的风衣,面带微笑,两眼脉脉地盯着他。在她胸峰上,缀着一束淡蓝色的小花。

他惊喜地站住了。

"陆——雯!"雷鸣高声喊道。

陆雯的脸上泛起红晕。

附　记

事情过去若干年。当年旋涡里的人物，各奔东西，但额角都添了皱纹。

白演达玩弄权术和写黑幕文章的事，后来被查处，受到应有的惩罚。

庞文聪一直没有到市政协上任，在文联拖到退休。他女儿留学美国读博士，得到绿卡。庞和老伴常去加州小住。

车夫刚过退休年龄，在家赋闲写作。

蒋学贵去向不明。有人说他一直郁郁寡欢，头发全白。

雷鸣不负众望，对岚山市的文艺界进行了积极的改革，使得岚山市文学界如同获得了新生。文学界出现积极繁荣的新气象，文学作品百花齐放，文人间是互相扶植互相帮助，而不再是互相倾轧。他的长篇小说"青春三部曲"成为青年偶像派畅销书，拥有众多的粉丝，并获得全国文学大奖。

司马宏已过了退休年龄，还是热衷于社会活动。据说他平生一大憾事，就是没有当成岚山市的作协主席。

筱红担任了《金蔷薇》新主编，刊物办得有声有色。听说很受青年读者欢迎。

在商品大潮的卷带下，文庙街22号小院后来被拆了。在旧址上耸立起一座八层高的超级市场。据说施工队挖地基时,在一口干涸的古井里,发现了大量战国时的箭镞、铜钺等兵器;还有一堆竹简残骸,上面的字迹依稀可辨,送市博物馆的专家鉴定,发现是一部早已失传的汉代权谋古籍残篇。